KiWi 171

Über das Buch
Hot Water Music – das ist das Gurgeln des warmen Wassers in altersschwachen Boilern, das sind die Geschichten über die Liebe, über den Alkohol, den Mief verwohnter Häuser, die miesen Bars, das sind Geschichten über die Männer und die Frauen. Und es geht nicht immer nur um Sinnliches, es geht auch um Übersinnliches. Da serviert ein Gerippe in einer Bar die Drinks, und eine nicht mehr ganz junge Lady erzählt, wie sie Jeanne d'Arcs Verbrennung miterlebt hat. Dichter, berühmt, verkannt, versoffen, hoffen in einem dreckigen Hotelzimmer auf die große Eingebung, die nie kommen wird. Die Girls warten überall, und die Gigolos führen die fetten Hunde zahlungsfähiger Damen spazieren.
Bukowskis Stories sind ein Zug durch die Unterwelt von Los Angeles, wo die große Öde ist, wo die Frustrationen in sinnlosen Akten aberwitziger Gewalt explodieren. Und immer gibt es nur eins:
»Man konnte sich nur noch die nächste Zigarette anzünden, den nächsten Drink eingießen, die Wände anblinzeln und hoffen, daß sie keine Münder und Augen hatten. Was Männer und Frauen einander antaten, war wirklich nicht mehr zu begreifen.«

Der Autor
Charles Bukowski, 1920 in Andernach geboren, lebt seit dem dritten Lebensjahr in Los Angeles. Nach Jobs als Tankwart, Schlachthof- und Hafenarbeiter begann er mit 35 Jahren zu schreiben und veröffentlichte bisher über 40 Prosa- und Lyrikbände.

Weitere Titel bei K & W
Der Mann mit der Ledertasche. Post-Office. Roman. KiWi 11, 1982
Das Liebesleben der Hyäne. Roman. 1984. KiWi 98, 1986
Flinke Killer. KiWi 65, 1984
Pacific Telephone. 51 Gedichte. KiWi 76, 1985
Hot Water Music. Erzählungen, 1985
Die Girls im grünen Hotel. 51 Gedichte. KiWi 87, 1985
Die letzte Generation. Gedichte. KiWi 157, 1988

Charles Bukowski

Hot Water Music

Erzählungen

Deutsch von Carl Weissner

Kiepenheuer & Witsch

Titel der amerikanischen Originalausgabe
Hot Water Music
Die Stories in diesem Band erschienen
zuerst in Magazinen wie *L. A. Weekly*
(Los Angeles) und *High Times* (New York).
Sie wurden vom Autor für die deutsche
Ausgabe neu durchgesehen.
© 1983 by Charles Bukowski
Deutsch von Carl Weissner
© 1985, 1988 by Verlag Kiepenheuer & Witsch, Köln
Umschlag Manfred Schulz, Köln, nach einer
Konzeption von Hannes Jähn
Umschlagabbildung von Hannes Jähn
Gesamtherstellung Clausen & Bosse, Leck
ISBN 3 462 01919 8

Für Michael Montfort

Inhalt

Die Heuschreckenplage 11
Zwei Gigolos 18
Schrei, wenn du brennst 26
Alles wegen Lilly 36
Der große Dichter 43
Eine heiße Lady 49
Mach was dagegen 56
Neunhundert Pfund 62
Die Verrohung der Sitten 68
Kennen Sie Pirandello? 75
Der Dämon 80
Eddies Mutter 89
Dreckiger Kummer 96
Kein Ersatz für Bernadette 103
Ein böses Erwachen 110
Mensch Mayer 117
Der Fahrstuhl-Freak 126
Die Büste von Marx 133
Ein Job in einem drittklassigen Bordell 141
Probleme der Lyrik 145
Albert, ich liebe Dich 153
Der geile Hund 159
Opfer der Telefonitis 168
Die Geschichte mit Mulloch 173
Spinne am Abend 179
Der Tod des Vaters (I) 186
Der Tod des Vaters (II) 193
Ein Fall für Harry 197
Die Kneipe an der Ecke 201
Man lernt nie aus 206

Ein vergeßlicher Killer.................... 213
Kuppelei............................... 219
Gottesanbeterin 225
Der Riß................................ 230
Volltreffer.............................. 237
Seitensprung eines Amateurs 248

Die Heuschreckenplage

»Mir reichts«, sagte er. »Schluß für heute. Laß uns weggehn. Ich kann diese stinkenden Ölfarben nicht mehr riechen. Ich bins leid, ein großer Maler zu sein. Ich hab keine Lust, bloß auf den Tod zu warten. Komm, wir gehn.«

»Wohin denn?« fragte sie.

»Egal. Was essen. Trinken. Was erleben.«

»Jorg«, sagte sie, »was mach ich, wenn du mal stirbst?«

»Na was wohl? Essen, schlafen, ficken, pissen, scheißen, dich anziehen, rumlaufen und nörgeln.«

»Ich brauch ne Sicherheit.«

»Brauchen wir alle.«

»Ich meine, wir sind nicht verheiratet. Ich komm nicht mal an das Geld von deiner Lebensversicherung ran.«

»Schon gut. Mach dir nicht so viele Gedanken. Außerdem hältst du von Heiraten sowieso nichts, Arlene.«

Arlene saß in dem rosaroten Sessel und las die Nachmittagszeitung. »Du sagst, fünftausend Frauen wollen mit dir ins Bett. Wo bleibe *ich* da?«

»Stellst dich eben hinten an.«

»Denkst du, ich kann keinen anderen Mann kriegen?«

»Nein, das ist für dich kein Problem. Du kannst in drei Minuten einen anderen haben.«

»Denkst du, ich brauche unbedingt einen großen Maler?«

»Nein, brauchst du nicht. Ein guter Klempner würde es auch tun.«

»Ja. Hauptsache, er liebt mich.«

»Natürlich. Zieh deinen Mantel an. Gehn wir.«

Sie verließen die Atelierwohnung unterm Dach und gingen im Treppenhaus die Stufen hinunter. Ringsum gab es spärlich möblierte Zimmer mit reichlich Kakerlaken, doch niemand schien zu hungern: Ständig kochten sie etwas in großen Töpfen und saßen herum, rauchten, putzten sich die Fingernägel, tranken Bier aus der Dose oder teilten sich eine große blaue Flasche Weißwein, schrien miteinander herum oder lachten, furzten, rülpsten, kratzten sich oder dösten vor dem Fernseher. Wie die meisten Menschen auf der Welt lebten auch sie nicht gerade im Überfluß, doch je weniger Geld sie hatten, desto besser kamen sie offenbar zurecht. Schlaf, ein sauberes Bettlaken, Essen, Trinken und Hämorrhoidensalbe, mehr brauchten sie nicht. Und immer ließen sie ihre Tür einen Spalt offen.

»Idioten«, sagte Jorg. »Sie verplempern ihr Leben, und mir drängen sie's auf Schritt und Tritt auf.«

»Ach Jorg«, seufzte Arlene, »du kannst einfach keinen Menschen *leiden*, nicht?«

Er sah sie mit hochgezogener Augenbraue von der Seite an, sagte aber nichts. Ihre Reaktion auf seine Einstellung zur Menschheit blieb sich immer gleich. Als verrate die Tatsache, daß er die Menschen nicht mochte, einen unverzeihlichen Mangel an seelischer Größe. Aber im Bett war sie hervorragend, und es war angenehm, sie um sich zu haben – die meiste Zeit jedenfalls.

Sie kamen aus dem Gebäude und gingen den Boulevard hinunter. Jorg in seinem übelriechenden zerfledderten Mantel und mit seinem weißen Krückstock aus Elfenbein, seinem angegrauten roten Bart, den kaputten gelben Zähnen und dem schlechten Atem, violetten Ohren und verängstigten Augen. Wenn er sich richtig mies fühlte, ging es ihm immer am besten. »Scheiße«, sagte er. »Alles scheißt, bis es stirbt.«

Arlene ließ ihren Hintern schlingern, ohne ein Geheimnis daraus zu machen, und Jorg ließ seinen Krückstock aufs Pflaster knallen, und sogar die Sonne wurde stutzig und sagte o-ho. Schließlich erreichten sie das alte verwahrloste Hotel, in dem Serge wohnte. Jorg und Serge malten schon seit vielen Jahren, doch erst seit kurzem erzielten ihre Bilder einen anständigen Preis. Sie hatten gemeinsam gehungert, und berühmt wurde jetzt jeder für sich. Jorg und Arlene durchquerten die Hotelhalle und stiegen die Treppe hoch. Aus den Korridoren drang der Geruch von Jod und brutzelndem Hühnerfett. Irgendwo wurde jemand gefickt und machte kein Geheimnis daraus. Vor dem Atelier in der obersten Etage blieben sie stehen, und Arlene klopfte an. Die Tür wurde aufgerissen, und Serge rief: »Guck-Guck!« Dann wurde er rot. »Oh, Entschuldigung... kommt rein.«

»Mensch, was ist denn mit dir los?« fragte Jorg.

»Setzt euch. Ich dachte, es ist Lila...«

»Spielst du mit Lila etwa Verstecken?«

»Laß nur. Ist nichts weiter.«

»Serge, du mußt dich von diesem Girl trennen. Sie ruiniert dir den Verstand.«

»Sie spitzt mir die Bleistifte.«

»Serge, sie ist zu jung für dich.«

»Sie ist dreißig.«

»Und du bist sechzig. Das sind dreißig Jahre Unterschied.«

»Du meinst, dreißig Jahre sind zuviel?«

»Natürlich.«

»Und zwanzig?« fragte Serge mit einem Seitenblick auf Arlene.

»Zwanzig geht noch. Dreißig ist obszön.«

»Warum sucht ihr euch nicht Frauen in eurem Alter?« fragte Arlene.

Die beiden sahen sie an. »Sie macht gern so kleine Scherze«, sagte Jorg. »Ja«, sagte Serge, »sie ist witzig. Kommt, ich muß euch mal was zeigen...«

Sie folgten ihm ins Schlafzimmer. Er zog die Schuhe aus und legte sich aufs Bett. »Seht ihr? Einfach so. Bequem wie nur was.« Serge hatte seine Pinsel an langen Stecken und malte damit auf eine Leinwand, die an der Decke befestigt war. »Es ist wegen meinem Rücken. Kann keine zehn Minuten malen, ohne daß ich unterbrechen muß. Auf die Tour halte ich stundenlang durch.«

»Und wer mischt dir die Farben?«

»Lila. Ich sag ihr: ›Rühr Blau rein. Jetzt noch ein bißchen Grün.‹ Sie macht es ganz gut. Am Ende laß ich sie vielleicht auch die Pinsel bedienen und liege einfach rum und lese Illustrierte.«

Jetzt hörten sie Lila draußen die Treppe heraufkommen. Sie machte die Tür auf, ging durch den Wohnraum und kam ins Schlafzimmer. »Hey«, sagte sie, »ich sehe, der alte Scheißer ist am Malen.«

»Ja«, sagte Jorg, »er behauptet, du hast ihm die Bandscheiben verbogen.«

»Kein Wort hab ich davon gesagt.«

»Kommt, wir gehn essen«, sagte Arlene. Serge wälzte sich ächzend von seinem Bett und stand auf.

»Ich schwörs euch«, sagte Lila, »die meiste Zeit liegt er nur rum wie ein kranker Frosch.«

»Ich brauche was zu trinken«, sagte Serge, »dann komm ich wieder in Form.«

Sie gingen nach unten und machten sich auf den Weg zum *Sheep's Tick*. Zwei junge Männer von Mitte zwanzig rannten auf sie zu. Beide trugen Rollkragenpullover. »Hey, ihr seid doch Jorg Swenson und Serge Maro, die beiden Maler!«

»Geht uns gefälligst aus dem Weg!« sagte Serge.

Jorg holte mit seinem Krückstock aus und drosch ihn dem kleineren der beiden Burschen genau aufs Knie. »Scheiße«, sagte der junge Mann, »Sie haben mir das Bein gebrochen!«

»Das will ich hoffen«, sagte Jorg. »Vielleicht legst du dir jetzt bessere Umgangsformen zu.«

Sie gingen weiter. Als sie ins Restaurant kamen, steckten die Gäste die Köpfe zusammen und tuschelten. Der Oberkellner kam im Laufschritt an, verbeugte sich, wedelte mit Speisekarten und äußerte Nettigkeiten auf französisch, italienisch und russisch.

»Sieh dir mal das lange schwarze Haar an, das ihm aus der Nase wächst«, sagte Serge. »Ist ja ekelhaft!«

»Ja«, sagte Jorg und schrie den Kellner an: »Halt' dir die Hand vor die Nase!«

»Fünf Flaschen von eurem besten Wein!« brüllte Serge, während sie sich an den besten Tisch setzten.

Der Oberkellner verschwand.

»Ihr zwei seid richtige Arschlöcher«, sagte Lila.

Jorg strich ihr mit der Hand am Bein hoch. »Zwei Unsterbliche können sich gewisse Taktlosigkeiten leisten.«

»Nimm deine Hand von meiner Muschi, Jorg.«

»Es ist nicht deine Muschi. Sie gehört Serge.«

»Dann nimm die Hand von der Muschi, die Serge gehört. Oder ich schreie.«

»Mein Geist ist aber nicht willig.«

Sie schrie. Jorg nahm die Hand weg. Der Oberkellner rollte den Sektkübel mit dem gekühlten Wein auf einem Wägelchen heran. Er machte eine Verbeugung und entkorkte eine Flasche. Er goß Jorg das Glas voll. Jorg trank es aus. »Scheißzeug, aber es geht. Mach die Flaschen auf!«

»Alle?«

»Ja *alle*, du Arschloch! Und ein bißchen *dalli*!«

»Er hat zwei linke Hände«, sagte Serge. »Sieh dir das an. Sollen wir essen?«

»Essen?« sagte Arlene. »Ihr tut doch nichts als trinken. Ich glaube, ich hab noch nie erlebt, daß einer von euch mehr als ein gekochtes Ei ißt.«

»Geh mir aus den Augen, du Schlappschwanz«, sagte Serge zu dem Kellner.

Der Oberkellner verschwand.

»Ihr solltet mit den Leuten nicht so umspringen«, sagte Lila.

»Wir haben es uns verdient«, sagte Serge.

»Ihr habt kein Recht dazu«, sagte Arlene.

»Schon möglich«, meinte Jorg, »aber es ist interessant.«

»Die Leute müssen sich so einen Scheiß nicht gefallen lassen«, sagte Lila.

»Was die Leute schlucken, das schlucken sie«, sagte Jorg. »Sie schlucken noch viel Schlimmeres.«

»Von euch wollen sie nur eure Bilder, das ist alles«, sagte Arlene.

»*Wir* sind unsere Bilder«, sagte Serge.

»Weiber sind einfach strohdumm«, sagte Jorg.

»Sieh dich vor«, sagte Serge. »Sie sind auch zu schauerlichen Racheakten fähig...«

Die nächsten zwei Stunden saßen sie schweigend da und tranken den Wein.

Schließlich sagte Jorg: »Der Mensch ist ne größere Plage als die Heuschrecke.«

»Der Mensch ist der Abschaum des Universums«, sagte Serge.

»Ihr zwei seid wirklich die letzten Arschlöcher«, sagte Lila.

»Weiß Gott«, sagte Arlene.

»Wie wärs, wenn wir heute nacht Partnertausch machen«, sagte Jorg. »Ich fick deine Muschi und du meine.«

»Oh nein«, sagte Arlene. »Kommt nicht in Frage.«

»Genau«, sagte Lila.

»Ich hätte jetzt Lust zu malen«, sagte Jorg. »Die Trinkerei langweilt mich.«

»Mir ist auch nach Malen«, sagte Serge.

»Laß uns hier verschwinden«, sagte Jorg.

»Moment mal«, sagte Lila, »ihr habt die Rechnung noch nicht bezahlt.«

»*Die Rechnung?*« schrie Serge. »*Glaubst du vielleicht, wir zahlen auch noch was für dieses Gesöff?*«

»Gehn wir«, sagte Jorg.

Als sie aufstanden, kam der Oberkellner mit der Rechnung.

»*Dieses Gesöff ist eine Zumutung!*« schrie Serge und trampelte vor Empörung. »*Ich würde es nicht wagen, für so ein Zeug auch noch Geld zu verlangen! Ich werd' dir zeigen, was diese Pisse wert ist!*«

Serge griff sich eine halbvolle Flasche, riß dem Kellner das Hemd auf und schüttete ihm den Wein auf die Brust. Jorg packte seinen Elfenbeinstock wie ein Schwert. Der Oberkellner sah völlig entgeistert drein. Er war ein ausnehmend schöner junger Mann mit langen Fingernägeln und einem teuren Apartment. Er studierte Chemie, und in einem Wettbewerb für Opernsänger hatte er einmal den zweiten Preis bekommen. Jorg schwang seinen Krückstock und verpaßte dem Kellner einen harten Hieb genau unters linke Ohr. Der Kellner wurde sehr weiß im Gesicht und schwankte. Jorg schlug ihn noch dreimal auf dieselbe Stelle, und der junge Mann ging zu Boden.

Serge, Jorg, Lila und Arlene strebten gemeinsam dem Ausgang zu. Sie waren alle betrunken, aber sie hatten so etwas an sich, etwas Besonderes. Sie zwängten sich durch die Tür und gingen die Straße runter.

An einem Tisch in der Nähe des Eingangs saß ein junges Paar, das den ganzen Auftritt verfolgt hatte. Der Mann wirkte ganz intelligent, aber der gute Eindruck wurde verdorben von einem ziemlich großen Leberfleck, den er ausgerechnet auf der Nase hatte. Das Girl war eine liebenswerte Dicke in einem dunkelblauen Kleid. Sie hatte einmal Nonne werden wollen.

»Waren sie nicht sagenhaft?« fragte der junge Mann.

»Das waren Arschlöcher«, sagte das Girl.

Der junge Mann winkte den Kellner heran und bestellte die dritte Flasche Wein. Es sah mal wieder nach einem anstrengenden Abend aus.

Zwei Gigolos

Als Gigolo kommt man sich sehr eigenartig vor. Besonders, wenn man Amateur ist.

Wir wohnten in einem zweistöckigen Haus. Comstock hatte sich bei Lynne im Obergeschoß einquartiert, ich bei Doreen im Erdgeschoß. Das Haus lag in wunderschöner Umgebung am Fuß der Hollywood Hills. Beide Ladies hatten hochdotierte Jobs in der Industrie, und im Haus fehlte es nie an gutem Wein und gutem Essen. Es gab auch einen Hund mit einem zottigen Hinterteil. Und ein fülliges schwarzes Dienstmädchen namens Retha, das die meiste Zeit in der Küche verbrachte und die Bestände des Kühlschranks dezimierte.

Jeden Monat brachte der Postbote die Magazine und Illustrierten, die man in diesen Kreisen las. Comstock und ich lasen sie nicht. Wir hingen nur verkatert herum und warteten darauf, daß es Abend wurde und die Ladies uns mit Speis und Trank verwöhnten. Auf Spesen.

Laut Comstock war Lynne eine sehr erfolgreiche Produzentin bei einer großen Filmgesellschaft. Comstock trug immer eine Baskenmütze, einen Seidenschal und eine Türkiskette. Er hatte einen Bart, und sein Gang war so geschmeidig wie reine Seide. Ich war Schriftsteller und kam mit meinem zweiten Roman nicht voran. Ich hatte eine eigene Wohnung in einem abbruchreifen Mietshaus in East Hollywood, aber dort hielt ich mich nur selten auf.

Mein Transportmittel war ein Mercury Comet, Baujahr 62. Der jungen Dame im Haus gegenüber war mein altes Auto ein Dorn im Auge. Ich mußte vor ihrem Haus parken, weil es eine der wenigen ebenen Stellen in der Gegend war und meine Karre nur ansprang, wenn sie waagerecht stand.

Selbst so hatte ich noch meine Mühe und mußte das Gaspedal pumpen und den Starter malträtieren, und der Qualm waberte unter dem Wagen heraus, und der Lärm war anhaltend und widerwärtig. Die Dame fing an zu schreien, als sei sie im Begriff, den Verstand zu verlieren. Es machte mir sonst nur selten etwas aus, daß ich ein armer Schlucker war, aber in solchen Augenblicken schämte ich mich dafür. Ich saß da und pumpte und betete darum, daß der 62er Comet endlich anspringen würde, während ich versuchte, die Wutschreie aus ihrem teuren Heim zu ignorieren. Ich pumpte und pumpte, und schließlich sprang der Wagen an, fuhr ein paar Meter und soff wieder ab.

»Schaffen Sie dieses stinkende Wrack vor meinem Haus weg, oder ich rufe die Polizei!« Dann wieder die langen irren Schreie. Es dauerte noch eine Weile, dann kam sie heraus, in einem Kimono – eine junge Blondine, wunderschön anzusehen, aber offenbar vollkommen kirre. Schreiend rannte sie außen herum zur Fahrertür, und jedesmal fiel ihr der halbe Busen heraus. Sie stopfte die Titte wieder rein, und die andere fiel raus. Dann schob sich ein Schenkel aus ihrem geschlitzten Kimono. »Lady, ich bitte Sie«, sagte ich dann immer. »Ich versuch es ja.«

Endlich fuhr der Wagen an, und sie stand mitten auf der Straße, und der ganze Busen hing ihr raus, und sie schrie: *»Parken Sie nie wieder vor meinem Haus! Nie, nie, nie wieder!«* In solchen Augenblicken überlegte ich, ob es nicht besser wäre, wenn ich mir einen Job suchte.

Aber Doreen brauchte mich. Sie hatte Probleme mit dem Burschen, der im Supermarkt die Sachen in Tüten packte. Ich begleitete sie also und stellte mich neben sie und gab ihr ein Gefühl von Sicherheit. Wenn sie allein war, verlor sie die Beherrschung, und es endete damit, daß sie ihm eine Handvoll Trauben ins Gesicht warf oder sich beim Filialleiter beschwerte oder dem Besitzer des Supermarkts einen Sechs-Seiten-Brief schrieb. Ich nahm ihr den Burschen mit den

Tüten ab und kam gut mit ihm zurecht. Ich mochte ihn sogar. Besonders gefiel mir, wie er mit einer einzigen eleganten Handbewegung eine große braune Tüte aufklappen konnte.

Mein erstes privates Gespräch mit Comstock war recht interessant. Bis dahin hatte es nur belanglose Unterhaltungen gegeben, wenn wir abends mit unseren Ladies etwas trinken gingen. Eines Morgens lief ich, nur mit einer Unterhose bekleidet, im Erdgeschoß herum. Doreen war zur Arbeit gefahren. Ich überlegte, ob ich mich anziehen sollte, um rüber in meine Wohnung zu fahren und nach der Post zu sehen. Retha, das Dienstmädchen, war daran gewöhnt, mich in Unterhosen zu sehen. »Oh Mann«, sagte sie immer, »deine Beine sind so weiß wie Hähnchenschlegel. Kommst du nie in die Sonne?«

Die Küche im Erdgeschoß war die einzige im Haus. Comstock hatte wohl Hunger, denn er ging gleichzeitig mit mir rein. Er trug ein altes weißes T-Shirt mit einem Weinfleck auf der Brust. Ich setzte Kaffee auf, und Retha bot an, uns Spiegeleier mit Schinken zu braten. Comstock setzte sich an den Tisch. »Na«, fragte ich ihn, »wie lange werden wir die beiden noch drankriegen können?«

»Sehr lange. Ich hab dringend Erholung nötig.«

»Ich denke, ich werde auch dranbleiben.«

»Ihr seid mir vielleicht zwei Schnorrer«, sagte Retha.

»Laß die Spiegeleier nicht anbrennen«, sagte Comstock.

Retha servierte uns Orangensaft, Toast, Schinken und Eier. Sie setzte sich zu uns und aß mit und blätterte die letzte Nummer von *Playgirl* durch.

»Ich habe gerade eine richtig schlimme Ehe hinter mir«, sagte Comstock. »Ich brauche eine ausgiebige Ruhepause.«

»Hier ist Erdbeermarmelade für euren Toast«, sagte Retha. »Versucht sie mal.«

»Erzähl mal von deiner Ehe«, sagte ich zu Retha.

»Tja, ich hab mir einen elenden, nichtsnutzigen, stinkfaulen Typ geangelt, der dauernd Billard spielt...«

Sie erzählte uns alles von ihm, und als sie mit ihrem Frühstück fertig war, ging sie nach oben und warf den Staubsauger an. Dann erzählte mir Comstock von seiner Ehe.

»Vor unsrer Heirat war alles bestens. Sie zeigte sich von der besten Seite, aber die andere Hälfte der Karten ließ sie mich nie sehen. Eher mehr als die Hälfte, würde ich sagen.« Comstock trank einen Schluck Kaffee.

»Drei Tage nach der Trauung komme ich nach Hause, da hat sie sich einige Miniröcke gekauft – kürzer als alles, was Sie je gesehen haben. Und als ich reinkam, saß sie da und *kürzte* die Dinger. ›Was soll denn das?‹ fragte ich, und sie sagte: ›Die Scheißdinger sind zu lang. Ich will sie ohne Slip tragen, und ich steh drauf, wenn die Männer Stielaugen machen, weil sie meine Muschi sehen können, wenn ich von einem Barhocker runtersteige oder so was.‹«

»Das hat sie Ihnen einfach so hingeknallt, hm?«

»Naja, eine leichte Vorwarnung hatte es eigentlich schon gegeben. Als ich sie ein paar Tage vor der Hochzeit meinen Eltern vorstellte. Sie hatte ein ganz normales Kleid an, und meine Eltern machten ihr ein Kompliment. ›Ach, mein Kleid gefällt Ihnen?‹ sagte sie. Und dann zog sie es hoch und zeigte ihr Höschen her.«

»Das fanden Sie wahrscheinlich noch charmant.«

»Irgendwie ja. Jedenfalls, dann fing sie an, in ihren Miniröcken rumzulaufen – ohne was drunter. Sie waren so kurz, daß man ihr zwischen die Arschbacken reinsehen konnte, wenn sie sich nur mal ein bißchen gebückt hat.«

»Hat es den Boys gefallen?«

»Vermutlich, ja. Wenn wir irgendwo reinkamen, haben sie zuerst sie angesehen, dann mich. Sie saßen da und fragten sich, wie ein Kerl so etwas dulden kann.«

»Naja, wir haben alle unsere Macken. Was soll's. Muschi und Arschbacken bleiben sich immer gleich. Man kann nicht mehr daraus machen.«

»Das denken Sie nur so lange, bis es *Ihnen* mal passiert.

Wenn wir aus einer Bar kamen, sagte sie zum Beispiel: ›Hey, hast du den Glatzkopf da in der Ecke gesehen? Der hat meine Muschi richtig verschlungen, als ich aufgestanden bin! Ich wette, der geht jetzt nach Hause und zittert sich einen runter.‹«

»Kann ich Ihnen noch Kaffee nachgießen?«

»Ja, und einen Schuß Scotch dazu. Wir können uns eigentlich duzen. Ich heiße Roger.«

»Okay, Roger.«

»Eines Abends komme ich von der Arbeit, und sie ist fort. Sie hat sämtliche Spiegel und Fenster in der Wohnung eingeschlagen. Und die Wände vollgekritzelt. ›Roger ist das Letzte!‹ ›Roger lutscht Ärsche!‹ ›Roger trinkt Pisse!‹ Lauter so Sachen. Und sie ist fort. Sie hat eine Nachricht hinterlassen. Sie fährt mit dem Bus nach Texas zu ihrer Mutter. Sie macht sich Sorgen. Ihre Mutter ist schon zehnmal im Irrenhaus gewesen. Ihre Mutter braucht sie. Das war die Nachricht.«

»Noch Kaffee, Roger?«

»Nur Scotch diesmal. Ich fuhr zum Busbahnhof, und da sitzt sie und zeigt ihre Muschi her, und achtzehn Kerle mit ausgebeulten Hosenlätzen schleichen um sie herum. Ich setzte mich zu ihr, und sie fing an zu schluchzen. ›Ein Schwarzer‹, erzählt sie mir, ›hat gesagt, ich kann pro Woche tausend Dollar verdienen, wenn ich tue, was er sagt. Roger, ich bin doch keine Hure!‹«

Retha kam wieder die Treppe herunter, griff sich Schokoladekuchen und Eiskrem aus dem Kühlschrank, ging ins Schlafzimmer, stellte den Fernseher an, legte sich aufs Bett und begann zu futtern. Sie war enorm schwergewichtig, aber ein angenehmer Mensch.

»Jedenfalls«, sagte Roger, »ich sagte ihr, daß ich sie liebe, und am Schalter nahm man ihr Ticket zurück und gab ihr das Geld wieder. Ich brachte sie nach Hause. Am nächsten Abend kommt ein Freund von mir zu Besuch, und sie schleicht sich von hinten an und schlägt ihm einen holzgeschnitzten Salatlöffel übern Kopf. Einfach so. Macht sich von hinten ran und bumm. Als er gegangen war, hat sie gesagt, ich müßte sie nur jeden Mittwochabend in den Keramik-Kurs gehen lassen, dann wär ihr geholfen. Na schön, sag ich. Aber es ist alles umsonst. Als nächstes geht sie mit Messern auf mich los. Überall Blut. Meines. An den Wänden, auf den Teppichen. Sie ist sehr flink auf den Beinen, denn sie macht Ballett und Yoga, hat es mit Kräutern und Vitaminen, ißt Sonnenblumenkerne und Nüsse und all solchen Scheiß. In ihrer Handtasche trägt sie ständig eine Bibel mit sich herum, und die Hälfte der Sprüche ist mit roter Tinte unterstrichen. Sie nimmt sich ihre ganzen Miniröcke her und macht sie noch mal anderthalb Zentimeter kürzer. Eines Nachts werde ich gerade noch rechtzeitig wach: Da hechtet sie schreiend über das Fußende vom Bett und hat ein Schlachtermesser in der Hand. Ich wälze mich zur Seite, und die Klinge geht zwölf oder fünfzehn Zentimeter in die Matratze. Ich steh auf und lange ihr eine, daß sie an die Wand fliegt. Sie geht zu Boden und schreit: ›*Du Feigling! Du elender Feigling! Du hast eine Frau geschlagen! Du bist ein feiges Aas!*‹«

»Tja«, sagte ich. »War vielleicht nicht richtig, daß du sie geschlagen hast.«

»Na jedenfalls, ich zog aus und reichte die Scheidung ein. Aber damit war ich sie noch nicht los. Sie verfolgte mich auf Schritt und Tritt. Einmal stand ich in einem Supermarkt in der Schlange vor der Kasse, da kam sie rein und schrie mich an: ›*Du dreckiger Schwanzlutscher! Du Schwuchtel!*‹ Ein andermal erwischte sie mich in einem Waschsalon. Ich nahm gerade meine Sachen aus der Waschmaschine und stopfte sie in den Trockner. Sie stand nur da und sah mich an, ohne ein Wort zu sagen. Ich ging raus, stieg in meinen Wagen und fuhr weg. Als ich wiederkam, war sie nicht mehr da. Ich schaute in den Trockner, und er war leer. Sie hatte alles mitgenommen. Meine Hemden, Hosen, Unterhosen, Handtücher, Leintücher, alles. Dann bekam ich Briefe, in roter Tinte geschrieben, in denen sie mir ihre Träume erzählte. Sie hatte einen Traum nach dem anderen. Sie schnitt Fotos aus Illustrierten aus und kritzelte sie voll. Ich konnte kein Wort entziffern. Abends, wenn ich in meinem Apartment saß, kam sie draußen vorbei, warf eine Handvoll Rollsplitt gegen die Fensterscheibe und brüllte: ›*Roger Comstock ist schwul!*‹ Man konnte es mehrere Blocks weit hören.«

»Hört sich alles sehr abwechslungsreich an.«

»Dann lernte ich Lynne kennen und zog hier oben ein. Aus meinem Apartment verdrückte ich mich in aller Herrgottsfrühe. Sie weiß nicht, wo ich bin. Ich gab auch meinen Job auf. Und jetzt bin ich hier. Ich denke, ich werde jetzt mal den Hund ausführen. Lynne hat das gern. Wenn sie von der Arbeit kommt, sage ich immer: ›Hey, Lynne, ich hab deinen Hund ausgeführt.‹ Dann lächelt sie. Sie mag das.«

»Okay«, sagte ich.

»Hey, Boner!« brüllte Roger. »Auf gehts, Boner!« Die verblödete Kreatur kam mit schlabberndem Bauch und triefenden Lefzen herein. Sie zogen zusammen los.

Ich hielt mich noch drei Monate, dann war ich abgemeldet. Doreen lernte einen Burschen kennen, der Ägyptologe war und drei Sprachen beherrschte. Ich ging zurück in meine baufällige Bude in East Hollywood.

Ein knappes Jahr danach kam ich eines Tages in Glendale aus der Praxis meines Zahnarztes, da sah ich Doreen, die gerade in ihren Wagen stieg. Ich sagte ihr guten Tag, und wir gingen einen Kaffee trinken.

»Was macht der Roman?« fragte sie.

»Immer noch nicht weiter«, sagte ich. »Ich glaube, das Scheißding bring ich nie zu Ende.«

»Bis du jetzt solo?«

»Nein.«

»Ich auch nicht.«

»Gut.«

»Gut ist es nicht, aber es geht.«

»Ist Roger noch mit Lynne zusammen?«

»Sie wollte ihn eigentlich abservieren«, erzählte Doreen. »Aber eines Tages ist er stockbesoffen vom Balkon gefallen und war von der Hüfte abwärts gelähmt. Er hat fünfzigtausend Dollar von der Versicherung kassiert. Mit der Zeit hat er sich erholt und konnte wieder gehen. Erst mit Krücken, dann mit einem Stock. Er kann Boner wieder ausführen. Vor kurzem hat er ein paar ganz tolle Aufnahmen von der Olvera Street gemacht. Hör zu, ich muß wieder los. Ich fliege nächste Woche nach London. Ein Arbeitsurlaub. Alles auf Spesen! Wiedersehn.«

»Wiedersehn.«

Doreen sprang auf, lächelte mir zu, ging raus, bog um die Ecke und war verschwunden. Ich hob meine Kaffeetasse, trank einen kleinen Schluck und setzte sie wieder ab. Die Rechnung lag auf dem Tisch. $ 1,85. Ich hatte noch zwei Dollar in der Tasche. Das kam gerade hin und reichte auch noch für Trinkgeld. Wie ich die verdammte Zahnarztrechnung bezahlen sollte, war ein Problem für sich.

Schrei, wenn du brennst

Henry goß sich einen Drink ein, stellte sich ans Fenster und sah hinaus auf die kahle heiße Straße in Hollywood. Herrgottnochmal, wie lange plagte er sich jetzt schon über die Runden. Und was hatte er? Nichts. Nur noch die Aussicht auf den Tod. Der war immer in der Nähe. Er hatte die Dummheit gemacht, sich eine Untergrundzeitung zu kaufen – sie glorifizierten immer noch Lenny Bruce. Da war wieder das Foto, das ihn tot auf den Fliesen zeigte, nach seinem Goldenen Schuß. Gut, Lenny war manchmal ganz witzig gewesen. »Ich kann nicht *kommen!*« – dieser Sketch war ein Meisterstück. Aber ganz so toll war er nun auch nicht gewesen. Sicher, sie hatten ihn schikaniert, bis er seelisch und körperlich am Ende war. Na und? Irgendwann mußte jeder dran glauben. Das konnte man sich an den fünf Fingern abzählen. Das war nichts Neues. Rumsitzen und darauf warten müssen, das war das Problem.

Das Telefon schrillte. Seine Freundin war dran.

»Hör zu, du Drecksack, ich hab deine Trinkerei satt. Mein Vater hat mich damit schon genug genervt...«

»Ach komm, so schlimm ist es auch wieder nicht.«

»Doch. Und ich will es kein zweites Mal durchmachen.«

»Ich sag dir, du nimmst das viel zu wichtig.«

»Nein, ich hab genug davon. Ich sag dir, mir reichts. Als ich auf der Party gesehen habe, wie du jemand losgeschickt hast, damit er noch mehr Whisky holt, da bin ich gegangen. Ich bin bedient. Ich mach das nicht mehr mit...«

Sie legte auf. Er mixte sich in der Küche einen Scotch mit Wasser, ging ins Schlafzimmer, zog sich bis auf die Unterhose aus und legte sich mit seinem Drink aufs Bett. Es war kurz vor Mittag. Kein Ehrgeiz, kein Talent, keine Chance. Was ihn vor der Gosse bewahrte, war schieres Glück, und das Glück hielt nie lange vor. Das mit Lu war bedauerlich, aber Lu wollte eben einen Sieger. Er trank das Glas aus und machte es sich bequem. Er nahm einen Band Camus vom Nachttisch – *Der Mensch in der Revolte* – und las ein paar Seiten. Camus redete von Angst und Verzweiflung und menschlichem Elend, aber in einer Sprache, die so ausgeruht und blumig war – man hatte den Eindruck, daß die Zustände weder ihn noch seine Schreibe irgendwie erreichten. Genausogut hätte auf der Welt alles in bester Ordnung sein können. Camus schrieb wie ein Mann, der gerade ein ordentliches Steak mit Fritten und Salat verzehrt und eine Flasche guten französischen Wein dazu getrunken hat. Die Menschheit mochte vielleicht leiden, aber nicht er. Möglich, daß er ein kluger Kopf war, doch Henry las lieber etwas von einem, der schrie, wenn er brannte. Er schubste das Buch über den Bettrand und versuchte zu schlafen. Mit dem Schlafen hatte er seine Schwierigkeiten. Wenn er am Tag drei Stunden Schlaf fand, schätzte er sich schon glücklich. Naja, dachte er, ich hab immer noch meine vier Wände um mich. Laß einem Mann seine vier Wände, und er hat noch eine Chance. Wenn man erst mal auf der Straße sitzt, ist nichts mehr zu machen.

Es läutete an der Tür. »Hank!« schrie jemand. »Hey, Hank!«

Scheiße, dachte er. Was ist jetzt wieder?

»Yeah?« rief er und sah an sich herunter.

»Hey! Was machst du gerade?«

»Augenblick noch...«

Er stand auf, griff sich Hose und Hemd und ging nach vorn ins Wohnzimmer.

»Was machst du?«

»Ich zieh mich an...«

»Du ziehst dich an?«

»Yeah.«

Es war zehn Minuten nach zwölf. Er machte die Tür auf.

Draußen stand der Englischprofessor aus Pasadena. Er hatte eine junge Schönheit dabei und stellte sie ihm vor. Sie war Lektorin in einem großen Verlag in New York.

»Ach du reizendes Ding«, sagte er. Er stellte sich dicht vor sie hin und griff ihr an den rechten Schenkel. »Ich liebe dich.«

»Na Sie gehn aber ran«, sagte sie.

»Sie wissen ja – Autoren mußten den Verlegern schon immer den Arsch küssen.«

»Ich dachte immer, es sei umgekehrt.«

»Ist es nicht. Die Hungerleider sind immer die Autoren.«

»Sie interessiert sich für deinen Roman«, sagte der Prof.

»Ich hab nur noch ein gebundenes Exemplar. Das kann ich ihr nicht geben.«

»Na los, mach schon«, sagte der Prof. »Vielleicht kaufen sie die Rechte.«

Gemeint war sein Roman *Alptraum*. Er sagte sich, daß sie nur ein Exemplar abstauben wollte.

»Wir waren unterwegs nach Del Mar, aber Pat wollte dich unbedingt mal kennenlernen.«

»Wie nett.«

»Hank hat für meine Studenten eine Dichterlesung gemacht. Wir haben ihm fünfzig Dollar gezahlt. Er hatte solche Angst, daß ihm die Tränen nur so runterliefen. Ich mußte ihn buchstäblich ans Mikrofon zerren.«

»Ich war empört. Ganze fünfzig Dollar. Auden kriegte immer zweitausend. Ich finde nicht, daß ich so viel schlechter bin als er. Ich denke eher...«

»Ja, wir wissen schon, was du denkst.«

Henry bückte sich und raffte die alten Rennformulare vor den Füßen der Lektorin zusammen.

»Ich habe elfhundert Dollar Außenstände und komm nicht ran. Die Zahlungsmoral bei den Sexmagazinen ist unsäglich geworden. Mit der Sekretärin von diesem einen Chefredakteur bin ich mittlerweile schon per du. Eine gewisse Clara. Ich rufe sie an und sagte: ›Hallo, Clara, hast du gut gefrühstückt?‹ ›Oh ja, Hank, und du?‹ ›Klar‹, sag ich, ›zwei hartgekochte Eier.‹ ›Ich weiß, weshalb du anrufst‹, sagt sie. ›Ja freilich‹, sage ich zu ihr, ›es ist jedesmal dasselbe.‹ ›Also ich habe deine Honoraranweisung Nr. 984765 für fünfundachtzig Dollar gerade auf dem Tisch.‹ ›Aha. Ich warte aber auch noch auf die Nr. 973895, Clara. Die fünfhundertsiebzig Dollar für die fünf Stories.‹ ›Ach ja. Na, ich werde mal sehn, daß mir Mr. Masters die beiden unterschreibt.‹ ›Danke, Clara‹, sage ich. ›Oh, keine Ursache‹, sagt sie, ›ihr Jungs müßt ja zu eurem Geld kommen.‹ ›Eben‹, sage ich. Und dann sagt sie: ›Und wenn du dein Geld nicht bekommst, rufst du wieder an, nicht? Ha, ha, ha.‹ ›Ja, Clara‹, sag ich. ›Dann ruf ich wieder an.‹«

Der Professor und die Lektorin lachten.

»Verdammt, ich komm auf keinen grünen Zweig. Möchte jemand was trinken?«

Sie wollten nicht, also goß sich Henry selbst etwas ein.

»Ich hab es sogar schon mit Pferdewetten versucht. Es ließ sich gut an, aber dann hatte ich eine Pechsträhne und mußte aufhören. Ich kann mirs nur leisten, solange ich gewinne.«

Der Professor fing an, sein System zu erläutern, mit dem man in Las Vegas beim Blackjack angeblich groß gewinnen konnte. Henry machte sich an die Lektorin heran.

»Gehn wir doch ins Bett«, schlug er vor.

»Sie sind ja lustig«, sagte sie.

»Ja. Wie Lenny Bruce. Nein, nicht ganz. Er ist tot. Ich bin erst kurz davor.«

»Sie sind trotzdem lustig.«

»Jaja, ich bin der Held. Der Mythos. Der reine Tor, der seine Seele noch keinem Teufel vermacht hat. An der Ostküste versteigern sie meine Briefe für zweihundertfünfzig Dollar das Stück, und ich kann mir nicht mal 'n Furz in ner Tüte kaufen.«

»Ihr Schriftsteller meint immer, ihr kommt zu kurz.«

»Wäre ja möglich, daß wir recht haben. Von seiner reinen

Seele kann keiner leben. Man kann damit nicht die Miete bezahlen. Versuchen Sie's mal.«

»Vielleicht sollte ich doch mit Ihnen ins Bett«, sagte sie.

Der Professor stand auf. »Kommen Sie, Pat«, sagte er, »wir müssen zum ersten Rennen in Del Mar sein.«

Sie gingen zur Tür.

»War nett, Sie kennenzulernen«, sagte sie.

»Mhm«, sagte Henry.

»Sie werden es schaffen.«

»Klar«, sagte er. »Wiedersehn.«

Er ging zurück ins Schlafzimmer, zog sich aus und legte sich aufs Bett. Vielleicht würde er jetzt schlafen können. Schlafen war ein bißchen so, als wäre man tot.

Er schlief ein und träumte, er sei auf der Rennbahn. Der Mann am Wettschalter zahlte ihm seinen Gewinn aus, und er verstaute das Geld in der Brieftasche. Es war eine Menge Geld.

»*Sie sollten sich eine neue Brieftasche leisten*«, meinte der Mann. »*Die hier ist ja ganz zerfleddert.*«

»*Nein*«, sagte er. »*Die Leute sollen nicht merken, daß ich reich bin.*«

Die Türglocke weckte ihn. »Hank!« schrie jemand. »Hey, Hank!«

»Ja doch... Moment mal...«

Er zog sich wieder an und ging zur Tür. Draußen stand Harry Stobbs. Ein Kollege. Henry kannte zu viele Schriftsteller.

Stobbs kam herein.

»Hast du Geld, Stobbs?«

»Gott, nee.«

»Na schön, kauf ich eben das Bier. Ich dachte immer, du bist reich.«

»Nein. Ich habe bei diesem Girl in Malibu gewohnt. Sie hat mich gut verköstigt und eingekleidet. Aber sie hat mich rausgeworfen. Jetzt hause ich in einer Duschkabine.«

»In einer Duschkabine?«

»Ja. Ist gar nicht schlecht. Sogar mit einer Schiebetür aus Glas.«

»Na gut. Gehn wir. Hast du ein Auto?«

»Nein.«

»Dann nehmen wir meins.«

Sie stiegen in seinen 62er Comet und fuhren in Richtung Hollywood Boulevard und Normandy.

»Ich hab einen Artikel bei *Time* untergebracht«, erzählte Stobbs. »Mann, ich dachte, jetzt rollt das große Geld. Heute kam der Scheck. Ich hab ihn noch nicht eingelöst. Rate mal, wieviel.«

»Achthundert?«

»Nee, hundertfünfundsechzig.«

»Was? Das *Time*-Magazin? Hundertfünfundsechzig Dollar?«

»Ganz recht.«

Sie parkten und gingen in einen kleinen Getränkeladen, um das Bier zu holen. »Meine hat mich auch abgehängt«, sagte Henry. »Sie behauptet, ich trinke zuviel. Eine glatte Lüge.« Er griff in die Kühltruhe und nahm zwei Sechserpakkungen heraus. »Ich muß langsam tun. War letzte Nacht auf einer fürchterlichen Party. Nichts als hungernde Schriftsteller. Und Professoren, denen demnächst der Job flöten geht. Dieses ewige Tratschen und Fachsimpeln. Geht einem richtig an die Substanz.«

»Schriftsteller sind Nutten«, sagte Stobbs. »Sie sind die Nutten des Universums.«

»Den Nutten geht es in diesem Universum wesentlich besser als uns, Freund.«

Sie gingen zur Kasse.

»›Auf Flügeln des Gesangs‹«, sagte der Inhaber des Getränkeladens.

»›Auf Flügeln des Gesangs‹«, antwortete Henry.

Vor einem Jahr war in der *L. A. Times* ein Artikel über

Henry und seine Gedichte erschienen. Den Inhaber des Ladens hatte der Artikel sehr beeindruckt, und das Zitat daraus war zu einem Ritual geworden. Henry hatte es anfangs nicht ausstehen können, doch inzwischen fand er es amüsant. Auf Flügeln des Gesangs. Weiß Gott.

Sie stiegen wieder in den Wagen und fuhren zurück. Die Post war gekommen. Im Briefkasten lag ein einsamer Umschlag.

»Vielleicht ist ein Scheck drin«, sagte Henry.

Er nahm den Brief mit rein, machte zwei Flaschen Bier auf, öffnete den Brief und las ihn vor:

»Sehr geehrter Mr. Chinaski, ich habe gerade Ihren Roman *Alptraum* und Ihren Gedichtband *Fotos aus der Hölle* gelesen, und ich finde, Sie sind ein großer Schriftsteller. Ich bin verheiratet, 52 Jahre alt, und meine Kinder sind erwachsen. Ich würde mich sehr freuen, von Ihnen zu hören. Hochachtungsvoll, Doris Anderson.«

Der Brief kam aus einer Kleinstadt in Maine.

»Gar nicht gewußt, daß in Maine noch welche leben«, sagte Henry.

»Leben tun sie bestimmt nicht«, meinte Stobbs.

»Doch. Jedenfalls die hier.«

Henry stopfte den Brief in den Müllsack. Das Bier tat gut. Die Krankenschwestern, die im Hochhaus auf der anderen Straßenseite wohnten, kamen von der Arbeit. Es wohnten ziemlich viele Krankenschwestern da drüben. Die meisten trugen eine dünne Kluft, die allerhand sehen ließ, und die tiefstehende Sonne tat das übrige. Henry und Stobbs sahen ihnen zu, wie sie aus ihren Autos stiegen und durch die Glastür ins Gebäude gingen. Um in ihren Apartments zu verschwinden und sich nach dem Duschen vor den Fernseher zu setzen.

»Sieh dir die da an«, sagte Stobbs.

»Mhm.«

»Da kommt noch eine.«

»Herrje!«

Wir benehmen uns wie Fünfzehnjährige, dachte Henry. Wir verdienen es nicht, am Leben zu sein. Ich wette, Camus hat nie aus dem Fenster gelinst.

»Wie willst du über die Runden kommen, Stobbs?«

»Naja, solang ich die Duschkabine habe, steh ich ganz gut da.«

»Warum suchst du dir nicht einen Job?«

»Einen Job? Ist dir nicht gut?«

»Ja, wahrscheinlich hast du recht.«

»Sieh dir die da an! Was die für einen Arsch hat!«

»Ja. Wahrhaftig.«

Sie setzten sich und nahmen sich das Bier vor.

»Mason«, sagte Henry, »hat sich nach Mexiko abgesetzt.« Mason war ein junger Dichter, der noch keinen Verleger gefunden hatte. »Er jagt sich sein Fleisch mit Pfeil und Bogen, und er angelt Fische. Hat seine Frau dabei und hält sich ein Dienstmädchen. Er hat vier Buchmanuskripte, die die Runde machen. Sogar einen Western hat er geschrieben. Das Problem ist nur, daß du im Ausland praktisch keine Chance hast, deine Honorare einzutreiben. Zu deinem Geld kommst du nur, wenn du ihnen Morddrohungen schickst. Ich versteh mich gut auf solche Briefe. Aber wenn du tausend Meilen vom Schuß bist, können sie sich denken, daß deine Wut verraucht ist, bis du bei ihnen vor der Tür stehst. Aber die Vorstellung, sich sein Fleisch selber zu jagen, gefällt mir. Entschieden besser, als immer in den Supermarkt zu latschen. Bei jedem Tier, das du erlegst, kannst du dir vorstellen, es ist ein Lektor oder ein Verleger. Muß ein tolles Gefühl sein.«

Stobbs blieb bis fünf Uhr da. Sie lästerten über die Schriftstellerei und die berühmten Kollegen und wie beschissen sie alle waren. Typen wie Mailer und Capote. Dann ging Stobbs, und Henry zog sich wieder bis auf die Unterhose aus und legte sich ins Bett. Das Telefon klingelte. Der

Apparat stand neben dem Bett auf dem Fußboden. Henry langte runter und nahm den Hörer ab. Lu war dran.

»Was machst du gerade? Schreiben?«
»Ich schreibe selten.«
»Trinkst du?«
»Ich versuch mirs abzugewöhnen.«
»Ich glaube, dazu brauchst du ne Krankenschwester.«
»Gehst du heut abend mit zum Pferderennen?«
»Meinetwegen. Wann holst du mich ab?«
»Ist dir halb sieben recht?«
»Halb sieben ist recht.«
»Also, bis dann.«

Er legte sich lang. Tja, es war schön, mit Lu wieder versöhnt zu sein. Sie war gut für ihn. Sie hatte recht, daß er zuviel trank. Wenn Lu so viel trinken würde wie er, würde er sie nicht haben wollen. Mal ehrlich, Mann, sei doch fair. Sieh dir an, was mit Hemingway passiert ist, der dauernd ein Glas in der Hand hatte. Denk an Faulkner und all die anderen. Naja. Scheiß drauf.

Wieder klingelte das Telefon. Er hob ab.

»Chinaski?«
»Yeah?«

Es war die Dichterin Janessa Teel. Sie hatte eine gute Figur, aber er war noch nie mit ihr im Bett gewesen.

»Ich möchte dich für morgen abend zum Essen bei mir einladen.«
»Ich bin mit Lu zusammen«, sagte er. »Es ist was Festes.«

Gott, dachte er, was bin ich loyal. Gott, was bin ich doch für ein anständiger Mensch. Meine Güte.

»Bring sie doch mit.«
»Meinst du, das wäre klug?«
»Mir macht es nichts aus.«
»Paß auf, ich ruf dich morgen zurück und sag dir Bescheid.«

Er legte auf und streckte sich wieder aus. Dreißig Jahre

lang, dachte er, wollte ich immer Schriftsteller werden. Jetzt bin ich einer, und was hab ich davon?

Wieder das Telefon. Diesmal war es Doug Eshlesham. Der Dichter.

»Hank, Baby...«

»Yeah, Doug?«

»Ich bin klamm, Baby, ich brauch dringend fünf Dollar, Baby. Leih mir einen Fünfer.«

»Doug, die Pferde haben mich eingemacht. Ich bin restlos pleite.«

»Oh«, sagte Doug.

»Tut mir leid, Baby.«

»Naja, schon gut.«

Doug legte auf. Doug schuldete ihm bereits fünfzehn Dollar. Aber Henry hatte die fünf. Er hätte sie Doug geben sollen. Doug lebte wahrscheinlich schon von Hundefutter. Hm, dachte er, ein besonders anständiger Kerl bin ich wirklich nicht. Gott, da sieht mans mal wieder.

Er streckte sich auf seinem Bett aus. In seiner ganzen Unzulänglichkeit.

Alles wegen Lilly

Der Mittwochabend war zu Ende. Das Fernsehprogramm hatte nicht viel getaugt. Theodore, 56, und seine Frau Margaret, 50, gingen zu Bett. Sie waren seit zwanzig Jahren verheiratet und hatten keine Kinder. Ted knipste das Licht aus. Sie lagen in der Dunkelheit nebeneinander.

»Na?« sagte Margaret. »Gibst du mir keinen Gutenachtkuß?«

Ted seufzte und drehte sich zu ihr um. Er gab ihr einen flüchtigen Kuß.

»Das nennst du einen Kuß?«

Ted gab keine Antwort.

»Die Frau in dem Programm sah genau wie Lilly aus, nicht?«

»Ich weiß nicht.«

»Du weißt es.«

»Hör mal, fang jetzt nichts an, dann gibts auch nichts.«

»Du willst dich nie auf was *einlassen*. Du willst immer nur kneifen. Mal ehrlich jetzt: Die Frau in dem Programm sah aus wie Lilly, hab ich recht?«

»Also gut. Eine gewisse Ähnlichkeit war da.«

»Hast du dabei an Lilly gedacht?«

»Ach Gott...«

»Weich mir nicht aus! Hast du an sie gedacht?«

»Einen Augenblick lang, ja...«

»War es ein schönes Gefühl?«

»Nein. Hör mal, Marge, das ist jetzt schon fünf Jahre her!«

»Du meinst, die Zeit heilt alle Wunden?«

»Ich hab dir doch gesagt, daß es mir leid tut.«

»*Daß es dir leid tut!* Ist dir klar, was du mir *angetan* hast?

Angenommen, ich hätte so etwas mit einem fremden Mann gemacht. Wie würdest *du* dich fühlen?«

»Ich weiß nicht. Tu's doch mal, dann werd ichs wissen.«

»Ach, jetzt wirst du auch noch *ironisch*! Es ist bloß ein Witz!«

»Marge, über die Sache haben wir schon vier- oder fünfhundert Nächte geredet.«

»Als du mit Lilly geschlafen hast, hast du sie da so geküßt wie vorhin *mich*?«

»Nein, ich glaub nicht...«

»Wie dann? Wie?«

»Herrgott, jetzt hör doch auf!«

»*Wie?*«

»Na, eben anders.«

»Wie anders?«

»Naja, es war etwas Neues für mich. Es hat mich erregt...«

Marge setzte sich im Bett auf und schrie. Dann brach sie plötzlich ab. »Und wenn du mich küßt, ist es nicht erregend – hm?«

»Wir sind einander gewöhnt.«

»Aber das bedeutet doch Liebe: Miteinander leben und älter werden.«

»Okay.«

»›Okay‹? Was meinst du mit ›okay‹?«

»Ich meine, du hast recht.«

»Du sagst es aber nicht so, als ob du's meinst. Du willst einfach nicht darüber reden. Du hast all diese Jahre mit mir zusammengelebt – weißt du überhaupt, warum?«

»Ich bin mir nicht sicher. Man gewöhnt sich eben daran. Wie bei einem Job. Man gewöhnt sich an alles. Ist eben so.«

»Du meinst, das Leben mit mir ist wie ein Job? Es ist nur noch ein Job?«

»Nein, bei einem Job drückt man ne Stechuhr.«

»Jetzt fängst du schon wieder an! Das hier ist ein ernstes Gespräch!«

»Na gut.«
»›Na gut‹? Du Ekel! Du bist schon halb am Pennen!«
»Marge, was willst du eigentlich von mir? Das ist schon Jahre her!«
»Na schön, ich sag dir, was ich von dir will! Ich will, daß du mich genauso küßt wie Lilly! Und *ficken* sollst du mich wie Lilly!«
»Das kann ich nicht…«
»Warum? Weil ich dich nicht errege wie Lilly? Weil es nicht den Reiz des Neuen hat?«
»Ich kann mich an Lilly kaum noch erinnern.«
»Du mußt noch *genug* in Erinnerung haben. Na schön, du brauchst mich nicht zu ficken. Aber küß mich wenigstens wie Lilly!«
»Mein Gott, Margy, ich *bitte* dich, hör endlich auf damit!«
»Ich will wissen, *wozu* wir die ganzen Jahre miteinander gelebt haben! Hab ich etwa mein Leben verschwendet?«
»Das tun wir doch alle. Fast alle.«
»Unser Leben verschwenden?«
»Ich glaub schon.«
»Wenn du nur eine *Ahnung* hättest, wie sehr ich dich hasse!«
»Willst du eine Scheidung?«
»Ob ich eine Scheidung will? Mein Gott, wie *gleichgültig* du bist! Du machst mein ganzes gottverdammtes Leben kaputt, und dann fragst du mich, ob ich eine Scheidung will! Ich bin *fünfzig!* Ich hab dir mein ganzes Leben gegeben! Wo soll ich jetzt noch hin?«
»Von mir aus kannst du zum Teufel gehn! Ich kann deine Stimme nicht mehr hören. Dein Gezeter steht mir bis hier.«
»Stell dir mal vor, ich hätte mich mit einem Mann eingelassen.«
»Hätt'st du's doch nur getan! Ich wollte, du würdest es tun!«

Theodore machte die Augen zu. Margaret schluchzte. Draußen bellte irgendwo ein Hund. Jemand versuchte, seinen Wagen anzulassen. Das Auto sprang nicht an. Es war in einer Kleinstadt in Illinois. Die Außentemperatur betrug 18 Grad. James Carter war Präsident der Vereinigten Staaten.

Theodore begann zu schnarchen. Margaret stand auf, ging zur Kommode, zog die unterste Schublade auf und nahm den Revolver heraus. Kaliber 22. Er war geladen. Sie legte sich wieder zu ihrem Mann ins Bett.

Sie rüttelte ihn. »Ted, Darling, du *schnarchst*...«

Sie rüttelte ihn noch einmal.

»Was ist...?« fragte Ted.

Sie entsicherte die Waffe, setzte die Mündung auf die Seite seiner Brust, die ihr am nächsten war, und drückte ab. Das Bett wippte jäh auf und nieder. Sie nahm die Waffe weg. Ein pupsender Laut drang Theodore aus dem Mund. Er schien keine Schmerzen zu haben. Im Mondlicht sah sie, daß das Loch in seiner Brust sehr klein war und kaum blutete. Sie setzte die Waffe auf die andere Seite seiner Brust und drückte noch einmal ab. Diesmal gab er keinen Laut von sich. Aber er atmete weiter. Sie beobachtete ihn. Die Wunde begann zu bluten. Das Blut stank entsetzlich.

Jetzt, wo er im Sterben lag, war er ihr fast wieder nahe. Doch wenn sie an Lilly dachte... wie er sie küßte, und all das andere... da hätte sie am liebsten gleich noch einmal abgedrückt. Ted hatte in Rollkragenpullovern immer flott ausgesehen. Grün stand ihm besonders. Und wenn er im Bett einen fahren ließ, drehte er sich immer auf die Seite. Er furzte sie nie an. Er fehlte auch selten einen Tag bei der Arbeit. Nun, morgen würde er fehlen...

Margaret lag noch eine Weile schluchzend da. Dann schlief sie ein.

Als Theodore zu sich kam, hatte er ein Gefühl, als stecke links und rechts ein langes scharfes Schilfrohr in seiner Brust. Es tat eigentlich nicht weh. Nur so ein taubes Gefühl. Er legte beide Hände auf die Brust und hob sie ans Mondlicht. Sie waren voll Blut. Er konnte sich das nicht erklären. Er sah Margaret an. Sie schlief, und in der Hand hielt sie den Revolver, den er ihr vor Jahren gekauft hatte, damit sie sich verteidigen konnte, wenn sie allein im Haus war. Er hatte ihr gezeigt, wie man damit umgeht.

Er setzte sich auf, und das Blut quoll jetzt rascher aus den beiden Wunden in seiner Brust. Margaret hatte auf ihn geschossen, während er schlief. Wegen der Sache mit Lilly. Dabei war er mit Lilly nicht einmal zu einem Orgasmus gekommen.

Ich bin so gut wie tot, dachte er. Aber wenn ich es schaffe, von ihr wegzukommen, habe ich vielleicht noch eine Chance.

Er tastete mit der einen Hand zu ihr hinüber und löste vorsichtig ihre Finger von der Waffe. Der Revolver war noch entsichert.

Ich will dich nicht umbringen, dachte er. Ich will nur weg von dir. Ich glaube, ich will schon seit mindestens fünfzehn Jahren von dir weg.

Es gelang ihm, vom Bett hochzukommen. Er richtete den Revolver auf ihren rechten Oberschenkel. Und drückte ab.

Sie schrie auf, und er hielt ihr den Mund zu. Er wartete eine Weile. Dann nahm er die Hand weg.

»Theodore, was *tust* du?!«

Er richtete die Waffe auf ihren linken Oberschenkel und drückte ab. Er erstickte ihren Schrei, indem er ihr wieder die Hand auf den Mund drückte. Er wartete eine Weile, bis er die Hand wegnahm.

»Du hast Lilly geküßt«, sagte Margaret.

Es waren noch zwei Patronen in der Trommel. Ted richtete sich auf und sah an sich herunter. Die Wunde auf der rechten Seite hatte aufgehört zu bluten. Aus der linken Wunde spritzte in regelmäßigen Abständen ein dünner Blutstrahl.

»Ich *bring* dich um!« sagte Margaret.

»Du hast es wirklich vor, wie?«
»Ja, *ja*! Und ich *tu* es auch!«
Ted spürte, wie ihm schwindelig und übel wurde. Wo blieb die Polizei? Man mußte die Schüsse doch gehört haben. Wo *blieben* sie? Achtete denn niemand mehr auf eine Schießerei?

Sein Blick fiel auf das Fenster. Er hob den Revolver und schoß durchs Fenster. Seine Kräfte ließen immer mehr nach. Er sank auf die Knie, rutschte zum nächsten Fenster und schoß noch einmal. Die Kugel hinterließ ein rundes Loch im Glas. Die Scheibe zerbrach nicht. Ein schwarzer Schatten glitt an ihm vorüber und verschwand.

Ich muß den Revolver durchs Fenster werfen, dachte er.

Theodore nahm seine ganze Kraft zusammen. Er traf den Fensterrahmen. Die Scheibe ging entzwei, aber die Waffe fiel ins Zimmer zurück...

Als er wieder zu sich kam, stand seine Frau über ihm. Tatsächlich, sie *stand*. Auf den beiden Beinen, die er ihr durchschossen hatte. Sie lud die Waffe nach.

»Ich bring dich um«, sagte sie.
»Margy, um Himmels willen, hör mir zu! Ich *liebe* dich!«
»*Kriechen* sollst du, du verlogener Hund!«
»Margy, bitte nicht...!«
Theodore kroch auf allen vieren aus dem Zimmer.
Sie folgte ihm. »So, es hat dich also *erregt*, als du Lilly geküßt hast, hm?«
»Nein, nein! So war es gar nicht! Ich hab mich davor geekelt!«
»Ich werde dir deine verdammten Knutschlippen wegpusten!«
»Margy! Mein Gott!...«
Sie drückte ihm die Mündung seitlich an den Mund.
»Da *hast* du einen Kuß!«
Sie drückte ab. Die Kugel riß ihm die Unterlippe und

einen Teil des Kiefers weg. Er blieb bei Bewußtsein. Er sah einen seiner Schuhe am Boden. Er nahm seine letzte Kraft zusammen und warf den Schuh gegen ein Fenster. Das Glas splitterte, doch der Schuh fiel innen herunter.

Margaret richtete die Waffe gegen ihre Brust. Sie drückte ab...

Als die Polizei die Tür aufbrach, stand Margaret noch schwankend da, mit dem Revolver in der Hand.

»All right, lassen Sie die Waffe fallen!« rief einer der Polizisten.

Theodore versuchte immer noch wegzukriechen. Margaret zielte auf ihn und schoß, doch sie traf ihn nicht. Dann sank sie in ihrem violetten Nachthemd zu Boden.

Der zweite Mann aus dem Streifenwagen rannte zu Theodore hin und beugte sich zu ihm herunter. »Was war denn hier los?« fragte er.

Theodore wandte den Kopf. Sein Mund war nur noch eine rote Masse.

»Skirrr«, sagte Theodore. »Skirrr...«

»Ich hasse diese Ehekräche«, sagte der andere Polizist. »Jedesmal ein Schlamassel...«

»Yeah«, sagte sein Kollege.

»Ich hatte grad heute früh einen Krach mit meiner Frau. Man kann nie wissen...«

»Skirrr«, machte Theodore...

Lilly war zu Hause und sah sich im Fernsehen einen alten Film mit Marlon Brando an. Sie war allein. Marlon war schon immer ihr großer Schwarm gewesen.

Sie ließ einen dezenter Pupser. Dann zog sie den Morgenrock über die Schenkel hoch und begann, sich zu fingern.

Der große Dichter

Ich ging ihn besuchen. Er war der große Dichter. Er schrieb die besten Prosagedichte seit Jeffers, war weltberühmt und noch keine siebzig. Seine vermutlich bekanntesten Werke waren: *Mein Kummer ist besser als dein Kummer, Ha!* und *Die Toten kauen seelenruhig ihr Kaugummi*. Er hatte an zahlreichen Universitäten gelehrt und sämtliche Preise gewonnen, auch den Nobelpreis. Bernard Stachman.

Im CVJM-Hospiz stieg ich die Treppe hoch. Mr. Stachman wohnte in Zimmer 223. Ich klopfte an. »NA KOMM SCHON REIN, VERDAMMT!« schrie jemand von drinnen. Ich drehte den Türknauf und ging rein. Bernard Stachman lag im Bett. Er stank nach Erbrochenem, nach Wein, Urin, Scheiße und verdorbenem Essen. Ich begann zu würgen. Ich rannte ins Badezimmer und übergab mich.

Als ich herauskam, sagte ich: »Mr. Stachman, warum machen Sie nicht ein Fenster auf?«

»Gute Idee. Und bleib mir weg mit diesem Scheiß von wegen ›Mister Stachman‹. Barney heiß ich.«

Er war gehbehindert, und es kostete ihn große Anstrengung, sich aus dem Bett zu wälzen und in den Sessel zu setzen, der dicht daneben stand. »So, und jetzt eine anständige Unterhaltung«, sagte er. »Darauf hab ich gewartet.«

Auf dem Tisch neben seinem Sessel stand in Reichweite eine Vier-Liter-Korbflasche mit billigem Rotwein, auf dem Zigarettenasche und tote Motten schwammen. Ich schaute weg. Als ich wieder hinsah, hatte er die Flasche am Mund, doch der Wein lief ihm zum größten Teil vorne am Hemd herunter und auf die Hose. Stachman stellte die Flasche zurück. »Genau das, was ich jetzt brauchte.«

»Sie sollten ein Glas nehmen«, sagte ich. »Das macht es einfacher.«

»Ja, ich glaube, du hast recht.« Er schaute sich um. Es gab einige schmutzige Gläser, und ich fragte mich, welches er nehmen würde. Er nahm das nächstbeste. Der Boden des Glases war mit gelblichem Zeug verkrustet. Es sah nach dem Rest einer Hühnersuppe mit Nudeln aus. Er goß sich Wein ein, hob das Glas und trank es aus. »Ja, viel besser so. Ich sehe, du hast deinen Fotoapparat dabei. Ich nehme an, du willst Fotos von mir machen?«

»Ja«, sagte ich. Ich ging ans Fenster, machte es auf und sog die Luft ein. Es regnete schon seit Tagen, und die Luft war frisch und klar.

»Hör mal«, sagte er, »ich habe seit Stunden einen Druck auf der Blase. Hol mir mal eine leere Flasche.« Es standen allerhand leere Flaschen herum. Ich holte ihm eine. Seine Hose hatte vorne keinen Reißverschluß, sondern Knöpfe, und Stachman war so aufgedunsen, daß nur noch der unterste Knopf hielt. Er griff rein, holte seinen Penis heraus und hielt ihn an die Öffnung der Flasche. Als er zu pinkeln anfing, wurde sein Penis steif und schlenkerte ihm hin und her. Die Pisse sprühte ihm aufs Hemd, auf die Hose und ins Gesicht, und der letzte Spritzer ging ihm unbegreiflicherweise ins linke Ohr.

»Mit so einer Behinderung ist man wirklich gestraft«, sagte er.

»Wie ist das passiert?« fragte ich.

»Wie ist was passiert?«

»Das mit den Beinen.«

»Meine Frau. Sie hat mich mit ihrem Wagen überfahren.«

»Wie das? Warum?«

»Sie sagte, sie könnte mich nicht mehr ertragen.«

Dazu sagte ich nichts. Ich machte einige Fotos.

»Ich habe Fotos von meiner Frau. Willst du sie sehen?«

»Ja, gut.«

»Das Fotoalbum liegt da drüben auf dem Kühlschrank.«

Ich ging hin, nahm es herunter und setzte mich wieder.

Die Fotos zeigten nichts als hochhackige Schuhe und straffe Waden, nylonbestrumpfte Beine mit Strumpfhaltern und Beine in Strumpfhosen. Auf manche Seiten waren Sonderangebote aus der Fleischabteilung des Supermarkts geklebt. Rinderbraten, das Pfund zu 89 Cents. Ich klappte das Album zu.

»Nach der Scheidung«, sagte er, »hat sie mir die da gegeben...« Er griff unters Kopfkissen und zog ein Paar Stöckelschuhe mit langen spitzen Absätzen hervor. Er hatte die Schuhe bronzieren lassen.

Er stellte sie auf den Nachttisch. Dann goß er sich das Glas wieder voll. »Ich schlafe mit den Schuhen«, sagte er. »Ich meine richtig, wie mit einer Frau. Anschließend spüle ich sie unter dem Wasserhahn ab.«

Ich machte wieder ein paar Aufnahmen.

»Willst du ein gutes Foto? Hier, paß auf...« Er stemmte sich aus dem Sessel hoch. Er konnte nur mit Mühe stehen und mußte sich am Nachttisch festhalten. Er machte den letzten Knopf an seiner Hose auf und zog sie herunter. Er trug keine Unterhose. Er nahm einen der Schuhe und bohrte sich den spitzen Absatz hinten rein. »Da hast du ein Foto.« Ich drückte auf den Auslöser, und er setzte sich wieder.

»Schreiben Sie noch, Barney?«

»Und ob. Ich schreibe andauernd.«

»Werden Sie von Ihren Fans nicht bei der Arbeit gestört?«

»Ach naja. Ab und zu machen mich Frauen ausfindig, aber die bleiben nie lange.«

»Verkaufen sich Ihre Bücher?«

»Na, von den Verlagen kommen jedenfalls Schecks.«

»Was raten Sie jungen Autoren?«

»Trinken, ficken und ne Menge Zigaretten rauchen.«

»Was raten Sie älteren Autoren?«

»Wer so lange überlebt hat, braucht keinen Rat mehr.«

»Was bewegt Sie dazu, ein Gedicht zu schreiben?«

»Was bewegt dich zu einem Schiß?«

»Wie denken Sie über Reagan und die Arbeitslosigkeit?«

»Ich denke weder an Reagan noch an die Arbeitslosigkeit. Langweilt mich alles. Genau wie Raumflüge und die Football-Meisterschaft.«

»Was beschäftigt Sie dann?«

»Die Frauen von heute.«

»Die Frauen von heute?«

»Ja. Sie verstehen sich nicht anzuziehen. Ihre Schuhe sind ein Graus.«

»Was halten Sie von der Frauenbewegung?«

»Sobald sie die Autowaschanlagen bedienen, sich hinter den Pflug klemmen, die zwei Kerle dingfest machen, die den Spirituosenladen überfallen haben, oder bereit sind, die Kanalisation zu reinigen und in die Armee zu gehn und im Kugelhagel ihre Titten hinzuhalten, dann bleibe ich gern zu Hause und spüle das Geschirr und langweile mich damit, daß ich die Fusseln vom Teppich pflücke.«

»Aber meinen Sie nicht, daß ihre Forderungen einigermaßen vernünftig sind?«

»Natürlich.«

Stachman goß sich wieder einen Drink ein. Obwohl er aus einem Glas trank, tropfte ihm immer noch ein Teil des Weins am Kinn herunter und bekleckerte sein Hemd. Er hatte den Körpergeruch eines Mannes, der seit Monaten nicht mehr gebadet hat. »Meine Frau«, sagte er. »Ich liebe sie immer noch. Gibst du mir mal das Telefon rüber?« Ich gab es ihm. Er wählte eine Nummer. »Claire? Hallo, Claire...« Er legte den Hörer wieder auf die Gabel.

»Was war denn?« fragte ich.

»Das Übliche. Sie hat aufgelegt. Hör mal, laß uns hier verschwinden und in eine Kneipe gehn. Mir fällt die Decke auf den Kopf. Ich muß mal raus.«

»Aber es regnet. Es regnet schon seit einer Woche. Die Straßen sind überschwemmt.«

»Ist mir egal. Ich muß raus. Wahrscheinlich treibt sie's

gerade mit irgendeinem Kerl. Wahrscheinlich hat sie ihre Stöckelschuhe an. Ich habe immer darauf bestanden, daß sie ihre Schuhe anbehält.«

Ich half Bernard Stachman in einen alten braunen Mantel, an dem sämtliche Knöpfe fehlten. Es war ein dicker unbequemer Wintermantel, steif vor Dreck und nicht gerade passend für eine Gegend wie Los Angeles. Er mußte ihn wohl in den dreißiger Jahren in Chicago oder Denver erstanden haben.

Ich holte ihm seine Krücken, und wir quälten uns die Treppen runter. In der einen Manteltasche hatte er eine Halbliterflasche Muskateller. Vor dem Eingang versicherte er mir, er könne es allein über den Gehsteig und bis zum Wagen schaffen. Der Wagen stand ein ganzes Stück vom Bordstein entfernt.

Als ich außen herum zur Fahrertür rannte, hörte ich hinter mir einen Schrei und dann ein schweres Platschen. Es regnete in Strömen. Ich rannte zurück und sah, daß Bernard es geschafft hatte, im überfluteten Rinnstein zu landen. Er hockte da, und das Wasser umspülte ihn, rauschte über ihn hinweg, lief ihm in die Hosenbeine und schwappte ihm links und rechts über die Schenkel. Die Krücken schwammen träge auf seinem Schoß.

»Ist schon gut«, sagte er. »Fahr du nur und laß mich hier.«
»Ach Quatsch, Barney.«
»Doch. Fahr nur. Laß mich da. Meine Frau liebt mich nicht.«
»Sie ist nicht mehr Ihre Frau, Barney. Sie sind geschieden.«
»Erzähl das sonstwem, aber nicht mir.«
»Kommen Sie, Barney, ich helfe Ihnen hoch.«
»Nein, nein. Laß mal. Ich komm zurecht. Fahr du nur. Trink dir ohne mich einen an.«

Ich zerrte ihn hoch, machte die Beifahrertür auf und hievte ihn hinein. Er war völlig durchnäßt. Das Wasser lief ihm nur so aus den Kleidern und sammelte sich auf der Fußmatte. Ich ging außen herum und stieg ein. Barney schraubte seine Flasche auf, trank einen Schluck und reichte sie mir herüber. Ich trank einen Schluck. Dann ließ ich den Motor an und fuhr los, starrte durch die Windschutzscheibe in den Regen und hielt Ausschau nach einer Kneipe, die erwarten ließ, daß man aufs Männerklo gehen konnte, ohne daß es einem gleich den Magen umdrehte.

Eine heiße Lady

Von außen war es eine Bar wie jede andere, doch als Monk hineinkam, wirkte alles sehr verstaubt, und die Beleuchtung war spärlicher als sonst in diesen Lokalen. Er ging ans hintere Ende der Bar und setzte sich neben eine vollschlanke Blondine, die einen Cigarillo rauchte und ein Hamm's trank. Sie ließ einen fahren, als er sich setzte. »Guten Abend«, sagte er. »Ich heiße Monk.« »Mein Name ist Mud«, sagte sie in Anspielung auf einen uralten Song über den Broadway. Damit konnte man sie gleich richtig einordnen.

Hinter der Bar erhob sich ein Gerippe, das dort auf einem Hocker gesessen hatte. Es stakte nach hinten und blieb vor Monk stehen. Er bestellte einen Scotch mit Eis, und das Gerippe fuhr die Arme aus und fing an, den Drink zu machen. Es schüttete eine ganze Portion Scotch daneben, aber es brachte den Drink zustande, nahm Monks Geld von der Bar, legte es in die Registrierkasse und brachte das korrekte Wechselgeld zurück.

»Was ist los?« fragte Monk die Lady. »Kann man sich hier keinen lebenden Barkeeper zum normalen Tariflohn leisten?«

»Ach Scheiße«, sagte die Lady, »das ist nur so ein Gag von Billy. Sehn Sie nicht die beknackten Drähte da? Er sitzt da oben und dirigiert das Ding an Drähten. Er findet das sehr witzig.«

»Komischer Laden«, sagte Monk. »Stinkt ja nach Tod.«

»Der Tod stinkt nicht«, sagte die Lady. »Stinken tun nur die Lebenden. Und die Sterbenden und die Leichen. Der Tod stinkt nicht.«

Eine Spinne sank zwischen ihnen an einem unsichtbaren

Faden herab. Sie drehte sich langsam und schimmerte golden im trüben Licht. Dann krabbelte sie an ihrem Faden wieder hinauf und war verschwunden.

»Die erste Spinne, die ich in einer Bar sehe«, sagte Monk.

»Sie lebt von Barfliegen«, sagte die Lady.

»Gott, dieser Laden ist ja voll von schlechten Scherzen.«

Die Lady ließ einen fahren. »Ein Kuß für Sie«, sagte sie.

»Danke«, sagte Monk.

Ein Betrunkener am anderen Ende der Bar steckte einige Münzen in die Musikbox. Das Gerippe kam hinter der Bar hervor, ging zu der Lady hin und machte eine Verbeugung. Die Lady rutschte von ihrem Barhocker herunter und tanzte mit dem Gerippe. Sie drehten sich im Kreis. Außer Monk, dem Betrunkenen und dem Paar auf der Tanzfläche war im Lokal niemand zu sehen. Ein ruhiger Abend. Monk steckte sich eine Pall Mall an und schlürfte seinen Scotch. Als die Platte zu Ende war, ging das Gerippe hinter die Bar zurück, und die Lady kam her und setzte sich wieder neben Monk.

»Ich weiß noch«, sagte sie, »wie hier die ganzen Berühmtheiten reinkamen. Bing Crosby, Amos und Andy, die Three Stooges. In diesem Lokal war mal allerhand los.«

»Mir ist es so lieber«, sagte Monk.

Die Musikbox fuhr die nächste Platte ab. »Wie wärs mit einem Tanz?« fragte die Lady.

»Warum nicht?« sagte Monk.

Sie standen auf und begannen zu tanzen. Die Lady trug ein lavendelfarbenes Kleid und roch nach Lilien, doch sie war ziemlich dick, hatte eine gelbrote Haut, und ihr falsches Gebiß schien hingebungsvoll auf einer toten Maus zu kauen.

»Diese Bude erinnert mich an Herbert Hoover«, sagte Monk.

»Hoover war ein großer Mann«, sagte die Lady.

»Von wegen«, sagte Monk. »Wenn wir nicht Frankie Roosevelt gekriegt hätten, wären wir alle verhungert.«

»Roosevelt hat uns in den Krieg reingezogen«, sagte die Lady.

»Na, er mußte schließlich verhindern, daß uns die faschistischen Horden überrennen.«

»Von den faschistischen Horden brauchen Sie mir nichts zu erzählen«, sagte die Lady. »Mein Bruder ist in Spanien im Kampf gegen Franco gefallen.«

»Abraham-Lincoln-Brigade?« fragte Monk.

»Abraham-Lincoln-Brigade«, sagte die Lady.

Sie tanzten sehr eng. Plötzlich schob ihm die Lady ihre Zunge in den Mund. Er schob ihre Zunge mit seiner wieder heraus. Sie schmeckte nach alten Briefmarken. Und nach toter Maus. Die Platte ging zu Ende. Sie setzten sich wieder an die Bar.

Das Gerippe kam zu ihnen nach hinten. Es hatte einen Wodka-Orange in der einen Hand. Es blieb vor Monk stehen, schüttete ihm den Wodka-Orange ins Gesicht und ging wieder weg.

»Was ist denn mit dem los?« fragte Monk.

»Er ist sehr eifersüchtig«, sagte die Lady. »Er hat gesehen, wie ich Sie geküßt habe.«

»Das soll ein Kuß gewesen sein?«

»Ich habe einige der größten Männer aller Zeiten geküßt.«

»Das glaube ich Ihnen gern. Zum Beispiel Napoleon, Heinrich VIII. und Caesar.«

Die Lady ließ einen fahren. »Ein Kuß für Sie«, sagte sie.

»Danke«, sagte Monk.

»Ich werde wohl langsam alt«, sagte die Lady. »Wissen Sie, man redet so viel von Vorurteilen, aber wir reden nie von den Vorurteilen, die jeder gegen die ältere Generation hat.«

»Yeah«, sagte Monk.

»Ich bin aber noch nicht *richtig* alt«, sagte die Lady.

»Nein«, sagte Monk.

»Ich bekomme immer noch meine Tage«, sagte die Lady. Monk winkte das Gerippe heran, um noch mal zwei

Drinks zu bestellen. Die Lady wollte jetzt einen Scotch mit Eis. Er bestellte also zwei Scotch mit Eis. Das Gerippe brachte die Drinks und setzte sich wieder auf seinen Hocker.

»Wissen Sie, was?« sagte die Lady. »Ich war dabei, als Babe Ruth nach zwei Treffern auf die Mauer gezeigt hat, und dann hat er den nächsten Ball glatt über die Mauer gehauen.«

»Ich dachte immer, das wär ein Märchen«, sagte Monk.

»Scheiße, von wegen Märchen. Ich war dabei. Ich hab es gesehen.«

»Also wissen Sie, das ist wirklich erhebend«, sagte Monk. »Außergewöhnliche Menschen, die dafür sorgen, daß es in der Welt rundgeht. Sie vollbringen die Wunder für uns, während wir einfach auf dem Hintern sitzen.«

»Yeah«, sagte die Lady.

Sie saßen da und nippten an ihren Gläsern. Vom Hollywood Boulevard draußen drang der Verkehrslärm herein. Es war ein anhaltendes Geräusch – wie die Flut, wie die Brandung, fast wie ein Ozean. Und es war auch ein Ozean: Haie waren da draußen und Barracudas und Quallen und Kraken und Neunaugen und Wale und Mollusken und Schwämme und Schmerlen und solches Zeug. Hier drinnen war man gewissermaßen in einem separaten Aquarium.

»Ich war dabei«, sagte die Lady, »als Dempsey beinahe zum Mörder an Willard wurde. Jack kam frisch von der Trebe und war gefährlich wie ein halbverhungerter Tiger. So etwas hat man noch nie gesehen.«

»Und Sie sagen, Sie bekommen immer noch Ihre Tage?«

»Ganz recht«, sagte die Lady.

»Es heißt, Dempsey hatte Zement oder Gips in seinen Handschuhen. Man sagt, er hat sie in Wasser eingeweicht und das Zeug hart werden lassen, und deshalb hat er Willard so zugerichtet.«

»Das ist erstunken und erlogen«, sagte die Lady. »Ich war dabei. Ich hab die Handschuhe gesehen.«

»Ich glaube, Sie spinnen«, sagte Monk.

»Das hat man von Jeanne d'Arc auch gedacht.«

»Ich nehme an, Sie haben auch gesehen, wie man Jeanne d'Arc verbrannt hat«, sagte Monk.

»Ich war dabei«, sagte die Lady. »Ich hab es gesehen.«

»Quatsch.«

»Sie hat gebrannt. Ich hab sie brennen sehen. Es war gräßlich und gleichzeitig wunderschön.«

»Was war denn so schön daran?«

»Na wie sie verbrannt ist. Es fing an ihren Füßen an. Es war wie ein Nest von roten Schlangen, die ihr die Beine raufkrochen, und dann war es wie ein flammender roter Vorhang, und sie schaute nach oben, und man konnte das angebrannte Fleisch riechen, und sie war noch am Leben, aber sie hat nicht geschrien. Sie bewegte die Lippen und betete, aber sie schrie nicht ein einziges Mal.«

»Quatsch«, sagte Monk. »Jeder würde da schreien.«

»Nein«, sagte die Lady, »nicht jeder. Die Menschen sind nicht alle gleich.«

»Fleisch ist Fleisch, und Schmerzen sind Schmerzen«, sagte Monk.

»Sie unterschätzen den menschlichen Willen«, sagte die Lady.

»Yeah«, sagte Monk.

Die Lady öffnete ihre Handtasche. »Passen Sie auf. Ich zeig Ihnen mal was.« Sie nahm eine Packung Streichhölzer heraus, riß eines an und streckte die linke Hand aus. Sie hielt das Streichholz unter ihre Handfläche und ließ sie versengen, bis die Flamme ausging. In der Luft lag der süßliche Geruch von verbranntem Fleisch.

»Ganz gut«, sagte Monk. »Aber es ist nicht der ganze Körper.«

»Darauf kommt es nicht an«, sagte die Lady. »Das Prinzip ist dasselbe.«

»Nein«, sagte Monk, »es ist nicht dasselbe.«

»Von wegen«, sagte die Lady. Sie stand auf, riß ein

Streichholz an und hielt es an den Saum ihres lavendelfarbenen Kleids. Der Stoff war dünn wie Gaze. Die Flammen züngelten ihr an den Beinen hoch und auf die Hüfte zu.

»Meine Güte«, sagte Monk, »was machen Sie denn da?«

»Ein Prinzip beweisen«, sagte die Lady.

Die Flammen stiegen höher. Monk sprang von seinem Barhocker, warf sich auf die Lady und riß sie um. Er wälzte sie über den Fußboden und schlug die Flammen mit den Händen aus. Die Lady ging zurück zu ihrem Barhocker und setzte sich. Monk setzte sich neben sie. Er zitterte am ganzen Leib. Der Barkeeper kam zu ihnen her. Er trug ein frisches weißes Hemd mit Fliege, eine schwarze Weste und blauweiß gestreifte Hosen.

»Tut mir leid, Maude«, sagte er zu der Lady, »aber du mußt jetzt gehn. Für heute hast du genug.«

»Okay, Billy«, sagte die Lady. Sie trank ihr Glas aus, stand auf und ging zur Tür. Ehe sie hinausging, wünschte sie dem Betrunkenen am anderen Ende der Bar noch eine gute Nacht.

»Mein Gott«, sagte Monk, »das ist vielleicht eine. Nicht zu fassen.«

»Hat sie wieder ihre Jeanne-d'Arc-Nummer vorgeführt?« fragte der Barkeeper.

»Herrgott, Sie haben es doch gesehen, oder nicht?«

»Nein, ich hab mich mit Louie unterhalten.« Er zeigte auf den Betrunkenen am Ende der Bar.

»Ich dachte, Sie waren oben und haben an den Drähten gezogen.«

»Was für Drähte denn?«

»Die Drähte an dem Gerippe.«

»An welchem Gerippe?« fragte der Barkeeper.

»Also kommen Sie«, sagte Monk, »nehmen Sie mich nicht auf den Arm, ja?«

»Wovon reden Sie eigentlich?«

»Hier war ein Gerippe, das Drinks serviert hat. Es hat sogar mit Maude getanzt.«

»Ich bin den ganzen Abend hier gewesen, Fremder«, sagte der Barkeeper.

»Ich sagte, Sie sollen mich nicht auf den Arm nehmen!«

»Ich nehme Sie nicht auf den Arm«, sagte der Barkeeper. »Hey, Louie«, rief er dem Betrunkenen am anderen Ende der Bar zu. »Hast du hier ein Gerippe gesehen?«

»Ein Gerippe?« fragte Louie. »Was redest du denn da?«

»Sag dem Mann hier, daß ich schon den ganzen Abend hinter der Bar bin.«

»Billy ist schon den ganzen Abend hier, Fremder. Und ein Gerippe hat keiner von uns gesehn.«

»Geben Sie mir noch einen Scotch mit Eis«, sagte Monk. »Und dann muß ich hier raus.«

Der Barkeeper brachte ihm den Scotch mit Eis. Monk trank das Glas aus, und dann machte er, daß er da rauskam.

Mach was dagegen

Ich fuhr spät am Abend den Sunset Boulevard entlang, mußte an einer Ampel halten, und an einer Bushaltestelle sah ich eine künstliche Rothaarige mit einem brutalen verwüsteten Gesicht, das stark gepudert und geschminkt war und einen daran erinnerte, wie einem das Leben mitspielen konnte. Ich stellte mir vor, wie sie in betrunkenem Zustand quer durchs Zimmer einen Mann anschrie, und ich war froh, daß ich nicht dieser Mann war. Sie sah, daß ich sie anstarrte, und winkte mir zu: »Hey, nehmen Sie mich 'n Stück mit?« »Okay«, sagte ich, und sie rannte über zwei Fahrspuren zwischen den Autos durch und stieg bei mir ein. Ich fuhr los, und sie zeigte mir ein Stück Schenkel. Sah nicht übel aus. Ich fuhr schweigend weiter. »Ich will in die Alvarado Street«, sagte sie. Das hatte ich mir schon gedacht. Dort trieben sie sich alle herum. Von der Kreuzung Eighth Street und Alvarado, den Bars gegenüber vom Park und um die Ecken, bis rauf zum Bunker Hill. Ich hatte selbst eine Reihe von Jahren in diesen Bars gehockt und wußte, was dort los war. Die meisten Girls wollten nur einen Drink und eine Bleibe für die Nacht. In den dunklen Kaschemmen sahen sie nicht allzu schlecht aus. Als wir uns der Alvarado Street näherten, fragte sie: »Kann ich fünfzig Cents haben?« Ich griff in die Tasche und gab ihr das Geld. »Dafür sollte ich eigentlich mal kurz fummeln dürfen.« Sie lachte. »Nur zu.« Ich schob ihr das Kleid hoch und kniff sie an der Stelle, wo der Nylonstrumpf endete. Fast hätte ich gesagt: »Scheiße, besorgen wir uns ne Flasche und gehn wir zu mir nach Hause.« Ich konnte mich sehen, wie ich diesen ausgemergelten Körper stieß, und fast hörte ich auch noch die Sprungfedern quietschen. Doch dann stellte ich mir vor, wie sie anschließend in einem Sessel sitzen und fluchen und reden und lachen würde. Ich verzichtete. Sie stieg an der Alvarado aus, und ich sah ihr nach, wie sie über die Straße ging und ein Schlingern reinzulegen versuchte, als hätte sie was zu bieten. Ich fuhr weiter. Ich schuldete dem Staat Kalifornien 606 Dollar Einkommensteuer. Da mußte ich mir wohl ab und zu eine Nummer verkneifen.

Ich parkte vor dem chinesischen Restaurant, ging rein und ließ mir eine Won-Ton-Suppe mit Hühnerfleisch bringen. Rechts von mir saß einer, dem das linke Ohr fehlte. Es war nur noch ein Loch zu sehen, ein schmutziges Loch mit einer Menge Haar außen herum. Und überhaupt kein Ohr. Ich starrte in dieses Loch und wandte mich wieder meiner Suppe zu. Sie schmeckte jetzt nicht mehr so gut. Dann kam einer herein und setzte sich links von mir. Ein Penner. Er bestellte sich eine Tasse Kaffee, sah mich an und sagte: »Hallo, Süffel.«

»Hallo«, sagte ich.

»Alle nennen *mich* einen Süffel, da hab ich mir gedacht, ich nenne dich mal einen.«

»Schon gut. Ich war auch mal einer.«

Er rührte seinen Kaffee um. »Da, die kleinen Bläschen auf dem Kaffee – meine Mutter hat immer gesagt, das bedeutet, daß ich zu Geld komme. War aber nicht so.«

Mutter? Dieser Mensch hatte mal eine Mutter gehabt?

Ich löffelte den Rest meiner Suppe und ließ die beiden da sitzen, den Kerl ohne Ohr und den Penner, der die Bläschen auf seinem Kaffee betrachtete.

›Was für ein vermurkster Abend‹, dachte ich. ›Ich schätze, viel mehr kann jetzt nicht mehr passieren.‹ Ich irrte mich.

Ehe ich wieder ins Auto stieg, wollte ich noch rasch auf die andere Seite der Alameda Street und mir ein paar Briefmarken besorgen. Es herrschte starker Verkehr, und sie hatten einen jungen Polizisten auf der Straße, der Zeichen gab. Vor mir am Straßenrand bahnte sich etwas an. Ein junger Mann schrie andauernd zu dem Polizisten hinüber. »Los, laß uns endlich rüber, Menschenskind! Wir stehn jetzt schon lang genug hier!« Der Polizist winkte weiter die Autos durch. »Na los! Herrgott noch mal, was ist denn?« schrie der Bursche. ›Der Junge muß nicht ganz bei Trost sein‹, dachte ich. Äußerlich machte er einen ganz guten Eindruck. Jung, kräftig, an die einsachtundachtzig, 90 Kilo. Weißes T-Shirt. Die Nase ein bißchen zu groß. Er mochte vielleicht ein paar Biere intus haben, aber er war nicht betrunken. Der Polizist blies jetzt auf seiner Trillerpfeife und gab den Fußgängern das Zeichen zum Überqueren der Straße. Der Junge machte einen Schritt auf die Straße. »Auf gehts, Leute, jetzt *können* wir, ohne daß jemand was *passiert*!« ›An deiner Stelle wär ich mir da nicht so sicher‹, dachte ich. Der Junge wedelte mit den Armen. »Los doch, auf gehts!« Ich ging direkt hinter ihm. Ich sah mir den Polizisten an. Er wurde sehr weiß im Gesicht, und seine Augen verengten sich zu schmalen Schlitzen. Er war nicht groß, aber gut beieinander. Er ging auf den Jungen zu. ›Ach Gott‹, dachte ich, ›jetzt kommts.‹ Der Junge sah den Polizisten auf sich zukommen. »Rühren Sie mich nicht an! Wagen Sie's ja nicht, mich anzufassen!« Der Polizist packte ihn am rechten Arm, sagte etwas zu ihm und versuchte, ihn zurück zum Gehsteig zu bugsieren. Der Junge riß sich los und ging weiter. Der Polizist rannte ihm nach und nahm ihn von hinten in einen Ringergriff. Der Junge befreite sich auch aus diesem Griff, und im nächsten Augenblick rangelten sie miteinander und wirbelten herum. Man hörte ihre Schuhe über das Pflaster schleifen. Ich war so nahe bei ihnen, daß ich mehrmals einen Schritt zurücktreten mußte, während sie sich balgten. Ich war nicht besser als dieser Junge: Auch ich hatte keinen Funken Verstand. Dann waren sie auf dem Bürgersteig. Dem Polizisten flog die Mütze vom Kopf. Jetzt wurde ich ein bißchen nervös. Ohne seine Mütze sah der Polizist zwar nicht mehr sehr amtlich aus, aber er hatte immer noch seinen Knüppel und seine Waffe. Der Junge riß sich los und wollte weglaufen. Der Polizist sprang ihn von hinten an, schlang ihm den Arm um den Hals und versuchte, ihn rückwärts zu Boden zu reißen, aber der Junge blieb eisern stehen. Und riß sich wieder los. Dem Polizisten gelang es schließlich, ihn gegen die Umzäunung eines Parkplatzes neben einer Tankstelle zu drücken. Ein weißer Bursche und ein weißer Cop. Ich schaute auf die andere Straßenseite und sah fünf junge Schwarze, die an einer Hauswand lehnten und grinsend zusahen. Der Polizist hatte jetzt seine Mütze wieder auf und führte den Jungen die Straße hinunter zum nächsten Telefonkasten mit Direktleitung zum Revier.

Ich ging rein und leierte meine Briefmarken aus dem Apparat. Es war wirklich ein verhexter Abend: Fast rechnete ich damit, daß unten eine Schlange herauskommen würde. Aber es kamen nur Briefmarken. Als ich hochschaute, sah ich meinen Freund Benny. »Hast du das da draußen mitgekriegt, Benny?«

»Ja. Wenn sie den auf der Wache haben, ziehn sie sich Lederhandschuhe an und prügeln ihn windelweich.«

»Meinst du?«

»Klar. Die Stadtbullen sind genau wie die vom Bezirk. Sie prügeln sie windelweich. Ich komm grade aus dem neuen Bezirksgefängnis. Dort lassen sie ihre Anfänger auf die Häftlinge los, damit sie Erfahrung kriegen. Man hörte sie brüllen, so haben die Bullen auf ihnen rumgedroschen. Sie geben richtig damit an. Während ich drin war, kam ein Bulle vorbei und sagte: ›Ich hab grad einen Süffel zur Schnecke gemacht!‹«

»Ja, hab schon davon gehört.«

»Sie lassen dich nur einen einzigen Anruf machen. Da war ein Kerl, der nahm sich zum Telefonieren zuviel Zeit, und sie sagten ihm dauernd, er soll Schluß machen. Er sagte jedesmal: ›Nur noch eine Minute! Nur *eine* Minute noch!‹ Schließlich wurde es einem von den Bullen zuviel. Er nahm ihm den Hörer weg und hängte ein, und der Kerl schrie: ›Das können Sie nicht machen! Ich hab meine Rechte!‹«

»Und dann?«

»Drei oder vier Bullen schnappten sich den Kerl. Sie

schleiften ihn so schnell weg, daß seine Füße nicht mal den Boden berührten. Sie schafften ihn ins Zimmer nebenan. Man konnte ihn hören. Sie gingen voll zur Sache. Verstehst du, sie hatten uns da drin, und wir mußten uns bücken, und sie sahen uns in den Arsch rein und untersuchten unsere Schuhe nach Rauschgift. Als sie den Kerl wieder reinbrachten, war er nackt und zusammengekrümmt, und er hat nur noch gezittert und gebibbert. Sie ließen ihn einfach da an der Wand liegen und sich einen abzittern. Der war restlos fertig.«

»Ja«, sagte ich, »ich bin mal abends an der Union Rescue Mission vorbeigefahren, als zwei Streifenbullen einen Besoffenen aufgelesen haben. Der eine ist mit ihm hinten rein auf den Rücksitz, und ich hörte den Besoffenen sagen: ›Du drekkiger Scheißbulle!‹ Der Cop machte seinen Knüppel ab und rammte ihn dem Kerl mit voller Wucht in den Bauch. Mir wurde richtig schlecht. Dem Mann hätte der Magen platzen können, oder er hätte innere Blutungen kriegen können.«

»Yeah. Schon beschissen, wie's auf der Welt zugeht.«
»Du sagst es, Benny. Machs gut. Paß auf dich auf.«
»Klar. Du auch.«

Ich fand meinen Wagen wieder und fuhr den Sunset Boulevard zurück. Als ich zur Alvarado kam, bog ich nach Süden ab und fuhr fast bis runter zur 8. Straße. Ich parkte, stieg aus, ging in einen Spirituosenladen und erstand eine Halbliterflasche Whisky. Dann ging ich in die nächste Bar. Da saß sie. Meine Rothaarige mit dem brutalen Gesicht. Ich ging zu ihr hin und tätschelte die Flasche. »Gehn wir.« Sie trank ihr Glas aus und folgte mir nach draußen. »Netter Abend«, sagte sie. »Oh ja«, antwortete ich.

Als wir in meinem Apartment waren, ging sie ins Badezimmer, und ich spülte zwei Gläser aus. ›Es gibt keinen Ausweg‹, dachte ich. ›Es gibt aus nichts einen Ausweg.‹

Sie kam in die Küche und drückte sich an mich. Sie hatte sich die Lippen frisch geschminkt. Sie küßte mich und fuhrwerkte mir mit ihrer Zunge im Mund herum. Ich hob ihr das

Kleid hoch und erwischte eine Handvoll Slip. Wir standen da, unter der elektrischen Glühbirne, wie zusammengeschweißt. Nun, der Staat Kalifornien würde noch ein bißchen länger auf seine Steuern warten müssen. Gouverneur Deukmejian würde vielleicht Verständnis dafür haben. Wir lösten uns voneinander, ich goß zwei Drinks ein, und wir gingen nach nebenan.

Neunhundert Pfund

Eric Knowles wachte im Motelzimmer auf und sah sich um. Da lagen Louie und Gloria, eng umschlungen, auf der anderen Hälfte des Doppelbetts. Eric entdeckte eine Flasche Bier, machte sie auf, nahm sie mit ins Badezimmer und trank das warme Bier, während er duschte. Er fühlte sich grauenhaft elend. Von Experten hatte er gehört, warmes Bier würde in solchen Fällen helfen. Aber es klappte nicht – er trat aus der Duschkabine und würgte in die Kloschüssel. Dann stellte er sich wieder unter die Dusche. Das war das Schlechte daran, das Problem, das man als Schriftsteller hatte: Zuviel Zeit, in der man nichts tat. Man mußte warten, bis man in Form kam, um etwas schreiben zu können, und während man darauf wartete, drehte man durch, und während man durchdrehte, trank man, und je mehr man trank, desto mehr drehte man durch. An einem Schriftstellerleben war nichts dran, was man glorreich finden konnte. Und am Leben eines Trinkers auch nicht. Eric frottierte sich ab, zog seine Unterhose an und ging ins Zimmer zurück. Louie und Gloria wurden gerade wach.

»Ach du Scheiße«, sagte Louie. »Mein Gott.«

Louie war ebenfalls Schriftsteller. Nur daß er nicht wie Eric seine Miete damit bezahlte. Seine Miete bezahlte Gloria. Dreiviertel aller Schriftsteller, die Eric in Hollywood und Los Angeles kannte, ließen sich von Frauen aushalten und zeigten dabei wesentlich mehr Talent als an der Schreibmaschine. Sie verkauften sich mit Leib und Seele an ihre Frauen.

Er hörte Louie im Badezimmer kotzen, und bei dem Geräusch kam es auch ihm wieder hoch. Er fand eine leere Einkaufstüte, und bei jedem Würgen von Louie würgte er mit. Es hörte sich fast wie ein Duett an.

Gloria war recht nett. Sie hatte gerade bei einem College

im Norden von Kalifornien als Privatdozentin angeheuert. Sie räkelte sich auf dem Bett und sagte: »Ihr seid mir vielleicht zwei. Die Kotter-Zwillinge.«

Louie kam aus dem Badezimmer. »Hey, machst du dich über mich lustig?«

»Keine Spur, Kleiner. Ich hatte nur eine harte Nacht.«

»Die hatten wir alle.«

»Ich glaube, ich versuch nochmal die Kur mit dem warmen Bier«, sagte Eric. Er schraubte eine Flasche auf und machte den zweiten Versuch.

»Also wie du sie gestern abend gebändigt hast, das war allerhand«, sagte Louie.

»Von was redest du?«

»Na, als sie sich über den Couchtisch auf dich geworfen hat. Du hast es wie in Zeitlupe gemacht. Du warst die Ruhe selbst. Hast sie einfach am Arm gepackt, dann am anderen und sie aufs Kreuz gelegt. Dann hast du dich auf sie gehockt und gesagt: ›Verdammt, was ist denn in dich gefahren?‹«

»Diesmal klappt es mit dem Bier«, sagte Eric. »Solltest es auch mal versuchen.«

Louie schraubte eine Flasche auf und setzte sich auf die Bettkante. Louie gab eine kleine Literaturzeitschrift mit dem Titel *Aufstand der Ratten* heraus. Es war eine hektographierte Zeitschrift. Sie war nicht besser oder schlechter als die anderen. Irgendwann wurden sie alle langweilig. Autoren mit Talent waren dünn gesät, und sie waren auch nicht immer gleich gut. Louie war inzwischen bei Heft 15 oder 16 angelangt.

»Es war ihr Haus.« Louie war immer noch bei dem Zwischenfall vom letzten Abend. »Sie sagte, es ist ihr Haus, und wir sollen alle verschwinden.«

»Unvereinbare Standpunkte und Ideale. Das führt regelmäßig zum Krach, und es gibt *immer* unvereinbare Standpunkte und Ideale. Außerdem *war* es ihr Haus.«

»Ich denke, ich versuch es auch mal mit einem Bier«, sagte

Gloria. Sie stand auf, zog ihr Kleid an und nahm sich ein warmes Bier. Eine attraktive Dozentin, dachte Eric.

Sie saßen da und zwangen sich das Bier runter.

»Jemand Lust auf Fernsehen?« fragte Louie.

»Untersteh dich«, sagte Gloria.

Plötzlich gab es draußen eine Explosion, daß die Wände wackelten.

»O Gott!« sagte Eric.

»Was war das?« fragte Gloria.

Louie ging zur Tür und öffnete sie. Das Zimmer lag im ersten Obergeschoß und hatte einen Balkon. Das Motel war um einen Swimming-pool herumgebaut. Louie schaute hinunter. »Ihr werdet es nicht glauben, aber da unten schwimmt einer, der fünfhundert Pfund wiegt. Die Explosion, die ihr gehört habt, war sein Sprung ins Wasser. So einen Brummer hab ich noch nie gesehen. Er ist richtig unförmig. Und er hat noch einen dabei, der an die vierhundert Pfund schwer ist. Scheint sein Sohn zu sein. Jetzt springt der Sohn rein – haltet euch fest!«

Es gab wieder eine Explosion. Wieder wackelten die Wände. Wasserfontänen schossen aus dem Schwimmbecken.

»Jetzt schwimmen sie nebeneinander. Ist das ein Anblick!«

Eric und Gloria gingen zur Tür und schauten hinaus.

»Das ist eine gefährliche Situation«, sagte Eric.

»Wieso?«

»Na, der Anblick von so viel Fett könnte uns dazu verleiten, daß wir da was Unvorsichtiges runterbrüllen. Ist natürlich völlig kindisch, aber ihr wißt ja – in so einem verkaterten Zustand ist man zu allem fähig.«

»Ja«, sagte Louie, »ich seh schon, wie sie die Treppe rauftrampeln und an unsere Tür hämmern. Wie sollen wir mit neunhundert Pfund fertig werden?«

»Keine Chance. Nicht mal, wenn wir in bester Verfassung wären.«

»Und in schlechter Verfassung schon gar nicht.«
»Richtig.«
»HE, FETTSACK!« brüllte Louie hinunter.
»Oh nein«, sagte Eric, »bitte nicht. Mir ist schlecht . . .«
Die beiden Kolosse schauten herauf. Beide trugen hellblaue Badehosen.
»He, Fettsack!« schrie Louie. »Ich wette, wenn du einen Furz läßt, bläst du Seetang von hier bis Bermuda!«
»Louie«, sagte Eric, »da unten ist überhaupt kein Seetang.«
»Da unten ist überhaupt kein Seetang, Fettsack!« schrie Louie. »Dein Arsch hat anscheinend das ganze Zeug eingesaugt!«
»O Gott«, sagte Eric. »Ich bin Schriftsteller geworden, weil ich ein Feigling bin, und jetzt blüht mir ein jäher gewaltsamer Tod.«
Der größere Dicke stieg aus dem Schwimmbecken, und der kleinere folgte ihm. Man hörte wie die beiden die Treppe heraufkamen. Plop, plop, plop. Die Wände wackelten.
Louie schlug die Tür zu und machte die Kette dran.
»Was hat das alles noch mit ehrbarer Literatur zu tun?« fragte Eric.
»Vermutlich nichts«, antwortete Louie.
»Du und deine mickrige beschissene Hektographiermaschine«, sagte Eric.
»Ich hab Angst«, sagte Gloria.
»Wir haben alle Angst«, sagte Louie.
Die beiden waren jetzt an der Tür. BÄNG, BÄNG, BÄNG, BÄNG!
»Ja?« sagte Louie. »Was gibts?«
»*Macht die verdammte Tür auf!*«
»Hier drin ist niemand«, sagte Eric.
»*Euch Scheißern werd ichs zeigen!*«
»Oh bitte, Sir, tun Sie das«, sagte Eric.
»Also warum hast du denn das gesagt?« fragte Gloria.

»Ach verdammt, ich wollte nur ein bißchen auf ihn eingehen.«

»Macht auf oder ich komm durch!«

»Kannst ruhig was dafür tun«, sagte Louie. »Zeig mal, was du drauf hast.«

Sie hörten das Ächzen von Fleischmassen, die sich gegen die Tür stemmten. Die Tür gab nach und beulte sich nach innen.

»Du und deine beschissene Hektographiermaschine«, sagte Eric.

»So schlecht war die gar nicht.«

»Hilf mir lieber und drück gegen die Tür«, sagte Eric.

Sie stemmten sich gegen den massiven Druck von außen. Die Tür gab weiter nach. Dann hörten sie eine Stimme. »Hey, was zum Teufel ist da oben los?«

»Ich bin dabei, diesen Strolchen einen Dämpfer zu verpassen! Das ist los!«

»Wenn Sie die Tür kaputtmachen, ruf ich die Polizei!«

»Was?«

Noch einmal wurde gegen die Tür gerempelt. Dann war es draußen ruhig. Bis auf die Stimmen.

»Ich war wegen Körperverletzung drin und hab noch Bewährung. Vielleicht besser, wenn ich hier langsam tue.«

»Yeah, laß es sein. Kannst dir nicht schon wieder was leisten.«

»Aber sie haben mir das Schwimmen versaut.«

»Es gibt Dinge, die wichtiger sind als Schwimmen, Mann.«

»Ja, zum Beispiel fressen«, sagte Louie durch die Tür.

BÄNG! BÄNG! BÄNG! BÄNG!

»Was ist?« fragte Eric.

»Ich sag euch bloß eins, ihr Typen: Noch ein Pieps von euch, und ich komm rein!«

Eric und Louie hielten den Mund. Sie hörten, wie die beiden Dicken die Treppe wieder runtergingen.

»Ich glaube, wir hätten die zwei geschafft«, sagte Eric. »Fette Typen sind schwerfällig. Mit denen wird man leicht fertig.«

»Ja«, sagte Louie, »ich glaub auch, daß wir sie geschafft hätten. Ich meine, wenn wirs wirklich gewollt hätten.«

»Unser Bier ist alle«, sagte Gloria. »Ich könnte dringend ein kühles Bier gebrauchen. Meine Nerven sind völlig hin.«

»Okay, Louie«, sagte Eric, »du gehst Bier holen, und ich bezahl es.«

»Nein«, sagte Louie, »du gehst es holen, und ich bezahle.«

»Ich bezahle«, sagte Eric, »und wir schicken Gloria.«

»Okay«, sagte Louie.

Eric gab Gloria das Geld und erklärte ihr den Weg. Sie schlossen die Tür auf und ließen sie raus. Unten am Swimming-pool war niemand zu sehen. Es war ein angenehmer kalifornischer Morgen. Schal und öde und mit Smog in der Luft.

»Du und deine beschissene Hektographiermaschine«, sagte Eric.

»Es ist ein gutes Magazin«, sagte Louie. »So gut wie die meisten anderen.«

»Ja, wahrscheinlich hast du recht.«

Sie standen herum, setzten sich und standen wieder auf und warteten auf Gloria und das kühle Bier.

Die Verrohung der Sitten

Es war Montagnachmittag, und Mel saß im *Hungry Diamond*. Außer ihm und dem Barkeeper war niemand im Lokal. Ein Montagnachmittag in Los Angeles ist die gähnende Langeweile – selbst der Freitagabend ist glatte Fehlanzeige, aber der Montagnachmittag ganz besonders. Der Barkeeper, Carl hieß er, hatte eine Flasche unter der Bar, aus der er ab und zu trank. Er stand bei Mel, der in aller Gemütsruhe über einem schal gewordenen Bier hing. »Ich muß dir was erzählen«, sagte Mel. »Schieß los«, sagte der Barkeeper.

»Also neulich abends hat mich einer angerufen. Ehemaliger Arbeitskollege von mir aus Akron. Er hat damals den Job verloren, weil er dauernd besoffen war. Dann hat er eine Krankenschwester geheiratet, und die versorgt ihn jetzt. Ich hab nicht viel übrig für solche Leute, aber du weißt ja, wie die sind. Sie hängen an einem wie Kletten.«

»Yeah«, sagte der Barkeeper.

»Jedenfalls, sie rufen mich an – hör mal, gib mir ein frisches Bier, die Brühe da schmeckt ja entsetzlich.«

»Okay. Trink es halt ein bißchen schneller. Nach einer Stunde schmeckt jedes Bier labbrig.«

»Jaja, schon gut… also sie erzählen mir, sie hätten das Problem mit der Fleischknappheit gelöst – ›Nanu‹, denk ich, ›seit wann ist denn das Fleisch knapp?‹ – und ich soll doch vorbeikommen. Ich hab nichts zu tun, also fahr ich hin. Die Rams haben ein Spiel an diesem Abend, und Al – so heißt der Typ – stellt den Fernseher an, und wir gucken zu. Erica, seine Frau, ist in der Küche und macht einen Salat, und ich hab zwei Sixpacks mitgebracht. Ich sag hallo, Al macht ein paar Flaschen auf, sie haben den Ofen an, und es ist gemütlich warm. Also alles ganz behaglich. Sie sehen aus, als hätten sie schon seit Tagen keinen Krach mehr gehabt und würden sich vertragen. Al redet was von Reagan und Arbeitslosigkeit, aber dazu kann ich mir nichts abringen. Langweilt mich viel zu sehr. Verstehst du, was juckt es mich, ob das Land in die Binsen geht oder nicht? Hauptsache, *ich* komm über die Runden.«

»Genau«, sagte der Barkeeper und trank einen Schluck aus seiner Flasche.

»Na schön. Sie kommt aus der Küche und setzt sich zu uns und trinkt ihr Bier. Erica. Die Krankenschwester. Sie sagt, die Ärzte sind alle gleich. Sie behandeln ihre Patienten wie Vieh. Die ganzen verdammten Ärzte, sagt sie, sind nichts als Beutelschneider. Sie denken, ihre Scheiße ist die einzige, die nicht stinkt. So ein Doktor käme für sie nie in Frage. Da wäre ihr Al jederzeit lieber. Ziemlich blöd von ihr, findest du nicht?«

»Ich kenn diesen Al nicht«, sagte der Barkeeper.

»Na, wir spielen Karten, und die Rams sind am Verlieren, und nach ein paar Runden sagt Al zu mir: ›Weißt du, meine Frau ist komisch. Sie hat gern, daß jemand zusieht, wenn wirs miteinander machen.‹ ›Stimmt‹, sagt sie, ›das bringt mich richtig in Fahrt.‹ Und Al sagt: ›Aber es ist so schwierig, jemand dafür zu kriegen. Man könnte meinen, es wär leicht, jemand zu finden, der zusieht, aber es ist verdammt schwierig.‹ Ich sag gar nichts dazu. Ich laß mir zwei Karten geben und erhöhe um fünf Cents. Da legt sie ihre Karten weg, und Al legt seine weg, und sie stehn beide auf. Sie geht durchs Zimmer, und Al geht ihr nach. ›Du Nutte‹, sagt er, ›du gottverdammte Nutte!‹ Nennt dieser Kerl seine Frau doch tatsächlich eine Nutte. ›Du Nutte!‹ schreit er. Er drängt sie in die Ecke, haut ihr eine runter und reißt ihr die Bluse auf. ›Du Nutte!‹ schreit er wieder und scheuert ihr eine, daß sie zu Boden geht. Ihr Rock hat einen Riß, und sie tritt nach ihm und schreit. Er zerrt sie hoch und knutscht sie ab, und dann schmeißt er sie auf die Couch. Im nächsten Moment ist er auf ihr und küßt sie und reißt an ihren Kleidern rum. Dann hat er ihren Slip runter und sein Ding bei ihr drin. Während er es ihr besorgt, schaut sie unter ihm vor und vergewissert sich, ob ich auch zusehe. Sie sieht, daß ich zusehe, und da legt sie los und windet sich wie ne verrückte Schlange. Sie steigern sich voll rein, und als sie fertig sind, geht sie ins Badezimmer, und Al holt ein paar Flaschen Bier aus der Küche. ›Danke‹, sagt er, als er reinkommt, ›warst uns ne große Hilfe.‹«

»Und was war dann?« fragte der Barkeeper.

»Naja, dann machten die Rams endlich ihren Punkt, und aus dem Fernseher kam ne Menge Lärm, und sie kommt aus dem Badezimmer und geht wieder in die Küche. Al fängt wieder von Reagan an. Er sagt, wir erleben den Anfang vom Untergang des Abendlands, genau wie's Spengler vorausgesagt hat. Alle wären so raffgierig und dekadent, und die Fäulnis hätte schon eingesetzt. Lauter so Zeug. Er redet ne ganze Weile davon. Dann ruft uns Erica rein, und wir setzen uns in der Frühstücksnische an den gedeckten Tisch. Es riecht sehr lecker. Ein Rostbraten, mit Ananasscheiben garniert. Die Form erinnert irgendwie an einen Oberschenkel. Ich seh da etwas unten dran, das fast wie ein Knie aussieht. ›Al‹, sage ich, ›das sieht echt wie der Oberschenkel von einem Menschen aus.‹ ›Ja‹, sagt Al, ›genau das ist es auch.‹«

»Das hat er gesagt?« fragte der Barkeeper und trank wieder einen Schluck aus seiner Flasche.

»Ja. Und wenn man so was hört, weiß man nicht recht, was man denken soll. Was würdest *du* denken?«

»Ich würde denken«, sagte der Barkeeper, »daß er einen Witz macht.«

»Eben. Also sagte ich: ›Na prima, dann schneid mir mal ein ordentliches Stück ab.‹ Tat er auch. Es gab Kartoffelbrei mit Soße dazu, Maisgemüse, geröstetes Brot und den Salat. Im Salat waren gefüllte Oliven. ›Nimm ein bißchen von dem scharfen Senf‹, sagt Al. ›Schmeckt gut zu dem Fleisch.‹ Ich machte mir ein bißchen drauf. Das Fleisch schmeckte wirklich nicht übel. ›Weißt du, Al‹, sagte ich, ›das ist gar nicht übel. Was ist es?‹ ›Na, was ich dir gesagt habe, Mel – der Oberschenkel von einem Menschen. Stammt von einem vierzehnjährigen Tramper, den wir auf dem Hollywood Boulevard mitgenommen haben. Wir haben ihn bei uns aufgenommen und ihn verköstigt, und drei oder vier Tage hat er Erica und mir beim Bumsen zugesehen. Dann wurde es uns langweilig, also haben wir ihn geschlachtet und ausgenommen, die Innereien in den Müllschlucker geworfen und ihn in die Kühltruhe gepackt. Ist entschieden besser als Brathähnchen. Obwohl, an ein Porterhouse-Steak, finde ich, kommt es doch nicht ran.‹«

»Das hat er gesagt?« fragte der Barkeeper, während er wieder nach seiner Flasche griff.

»Hat er gesagt, ja. Gib mir noch ein Bier.«

Der Barkeeper machte eine Flasche Bier auf und schob sie Mel hin.

»Na«, sagte Mel, »ich dachte immer noch, er macht nur einen Witz, verstehst du. Also sagte ich: ›Na schön, laß mich mal in eure Kühltruhe sehn.‹ Und Al sagt: ›Nur zu – gleich hier.‹ Er macht den Deckel hoch, und da sehe ich den Rumpf, anderthalb Beine, zwei Arme und den Kopf. Alles so zerteilt. Sieht ganz hygienisch aus, aber ein angenehmer Anblick ist es nicht. Der Kopf liegt mit dem Gesicht nach oben, und die Augen sind offen und starren uns an. Blau waren sie. Und die Zunge hing raus und war an der Unterlippe festgefroren. ›Mein Gott, Al‹, sage ich, ›du bist ein Mörder! Das ist unbegreiflich! Das ist widerlich!‹ ›Komm‹, sagt er, ›hab dich nicht so. Im Krieg killen sie Millionen von Menschen und verteilen Auszeichnungen dafür. Die Hälfte aller Menschen auf der Welt wird den Hungertod sterben, während wir dasitzen und es uns auf der Mattscheibe ansehen.‹ Ich kann dir sagen, Carl, vor mir hat sich alles gedreht. Ich sah dauernd diesen Kopf vor mir, diese Arme, das abgehackte Bein... So was Ermordetes ist so unheimlich stumm – ich weiß nicht, irgendwie denkt man, es müßte dauernd schreien. Jedenfalls, ich ging rüber zum Ausguß und fing an zu kotzen. Es wollte gar nicht mehr aufhören. Dann sagte ich zu Al, ich müßte schleunigst raus. Würdest du da nicht auch raus wollen, Carl?«

»Und wie«, sagte Carl. »So schnell ich kann.«

»Tja, aber Al hat sich vor die Tür gestellt und mir den Weg versperrt. ›Hör zu‹, sagt er, ›das war nicht Mord. Nichts ist Mord. Man muß nur die ganzen Ideen abschütteln, die sie uns eingetrichtert haben, dann ist man ein freier Mensch. *Frei*, verstehst du?‹ ›Verdammt nochmal, Al, geh von der Tür weg! Ich verschwinde hier!‹ Er packt mich vorne am Hemd und reißt daran herum. Ich hau ihm eine rein, aber er reißt weiter an meinem Hemd. Ich hau ihm noch ein paar rein, aber er scheint nichts zu spüren. Im Fernsehen läuft immer noch das Spiel von den Rams. Ich geh von der Tür zurück, und da stürzt sich seine Frau auf mich. Sie packt mich und fängt an, mich zu küssen. Ich weiß nicht, was ich machen soll. Sie ist ziemlich kräftig gebaut und beherrscht die ganzen Tricks, die Krankenschwestern so drauf haben. Ich versuche sie wegzustoßen, aber es geht nicht. Ihr Mund ist auf meinem. Sie ist genauso verrückt wie Al. Ich kann mir nicht helfen – ich kriege einen Steifen. Ihr Gesicht ist nicht so besonders, aber sie hat aufreizende Beine und einen drallen Hintern, und sie hat sich ein Kleid angezogen, das so eng ist, wie es enger gar nicht mehr geht. Ihr Mund schmeckt nach Zwiebeln, und ihre Zunge ist dick und hat ne Menge Speichel dran, aber sie trägt dieses enge grüne Kleid, und als ich ihr das Kleid hochziehe, seh ich, daß sie einen blutroten Unterrock anhat, und das macht mich unheimlich heiß. Und wie ich zur Seite schaue, seh ich, daß Al seinen Schwanz heraus hat und uns zusieht. Ich warf sie auf die Couch, und bald waren wir mitten drin. Al stand schwer atmend über uns. Wir machten es, alle zusammen, es war ein richtiger Dreier. Dann stand ich auf und brachte meine Kleider wieder in Ordnung. Ich ging ins Bad und plätscherte mir Wasser ins Gesicht und kämmte mir die

Haare. Als ich rauskam, saßen sie beide auf der Couch und sahen sich die Football-Übertragung an. Al hatte mir ne Flasche Bier aufgemacht. Ich setzte mich, trank sie und rauchte eine Zigarette. Ja, und das wars dann. Ich stand auf und sagte, ich würde jetzt gehen. Sie wünschten mir gute Nacht, und Al sagte: ›Ruf mal wieder an. Jederzeit.‹ Dann war ich draußen auf der Straße, und dann saß ich in meinem Wagen und fuhr weg. Das war alles.«

»Du bist nicht zur Polizei?« fragte der Barkeeper.

»Ja weißt du, Carl, es ist schwer zu erklären – sie haben mich sozusagen in die Familie aufgenommen. Es war nicht so, als hätten sie versucht, etwas vor mir zu verheimlichen...«

»Ich seh das so, daß ein Mord passiert ist, und du bist ein Mitwisser.«

»Aber weißt du, Carl, ich hab mir gesagt: Wenn ich mirs recht überlege, hab ich wirklich nicht das Gefühl, daß das schlechte Menschen sind. Ich hab Leute gekannt, die nie einen umgebracht haben, und die konnte ich viel weniger leiden. Ich weiß auch nicht. Es macht mich ganz durcheinander. Sogar wenn ich an den Jungen in der Kühltruhe denke, seh ich ihn eigentlich eher als so was wie ein großes tiefgefrorenes Kaninchen...«

Der Barkeeper holte die Luger unter der Bar hervor und richtete sie auf Mel.

»Okay«, sagte er, »du rührst dich nicht von der Stelle. Ich ruf jetzt die Polizei an.«

»Hör mal, Carl – das ist nichts, was du zu entscheiden hast.«

»Von wegen! Ich bin ein unbescholtener Bürger! Ihr Arschlöcher könnt nicht einfach rumlaufen und Leute in die Kühltruhe stecken. Ich könnte der nächste sein!«

»Schau her, Carl. Sieh mich an! Ich will dir was sagen...«
»Na los, sag schon.«
»Es war alles nur Schmäh.«

»Du meinst – was du mir da erzählt hast?«

»Ja. Alles nur Schmäh. Ein einziger Witz. Ich hab dich bloß aufs Glatteis geführt. Also jetzt tu die Kanone weg und mach jedem von uns einen Scotch mit Wasser.«

»Das war kein Schmäh.«

»Doch, ich habs doch grade gesagt.«

»Das war keine erfundene Geschichte. Dazu hast du zu viele Einzelheiten erzählt. So erzählt niemand eine erfundene Geschichte. Das war kein Witz. Niemand erzählt solche Witze.«

»Ich sag dir doch, Carl – es war *Schmäh*.«

»Niemals. Das machst du mir nicht weis.«

Carl griff mit der linken Hand nach dem Telefon, das auf der Bar stand, und zog es zu sich her. Im gleichen Augenblick packte Mel die Bierflasche und schlug sie Carl ins Gesicht. Carl ließ die Waffe fallen und schlug die Hände vors Gesicht. Mel sprang über die Bar, knallte ihm die Flasche hinters Ohr, und Carl sank zu Boden. Mel hob die Luger auf, zielte ganz ruhig und drückte ab. Dann stopfte er die Waffe in eine braune Tüte, sprang über die Bar zurück und ging hinaus auf den Boulevard. Die Parkuhr neben seinem Wagen war abgelaufen, doch es steckte kein Strafzettel unter dem Scheibenwischer. Er stieg ein und fuhr weg.

Kennen Sie Pirandello?

Meine Freundin hatte mir nahegelegt, aus ihrem Haus zu verschwinden. Es war ein recht weitläufiges Haus, nett und behaglich, mit schadhaften Wasserleitungen, mit einem Garten dahinter, der einen ganzen Häuserblock lang war, mit Fröschen und Grillen und Katzen. Na schön, ich war abgemeldet, und wie immer in solchen Situationen fühlte ich mich ehrenhaft entlassen und sah tapfer und erwartungsvoll dem nächsten Abenteuer entgegen. Ich gab bei einer der Untergrundzeitungen eine Anzeige auf.

> Schriftsteller sucht möbl. Zimmer in einem Haus, wo das Geräusch einer Schreibmaschine willkommener ist als die Lachspur von »I Love Lucy«. Bis $100 mtl. Separater Eingang Bedingung.

Meine Freundin war zu ihrem alljährlichen Familientreffen nach Colorado gefahren, so daß ich mir für meinen Umzug einen Monat Zeit lassen konnte. Ich lag im Bett und wartete auf Anrufe. Schließlich klingelte das Telefon. Der Mann am anderen Ende wollte mich als Babysitter für seine drei Kinder, und zwar immer dann, wenn ihn und seine Frau der »kreative Drang« überkam. Unterkunft und Verpflegung waren frei, und schreiben konnte ich, wann immer der kreative Drang die beiden in Ruhe ließ. Ich sagte, ich würde es mir überlegen. Zwei Stunden später rief er zurück. »Na, was ist?« »Nein«, sagte ich. »Hm«, sagte er, »wissen Sie vielleicht eine Schwangere, die gerade was sucht?«

Ich sagte ihm, ich würde versuchen, eine für ihn aufzutreiben.

Am nächsten Tag kam ein weiterer Anruf. »Ich habe Ihre Anzeige gelesen«, sagte eine weibliche Stimme. »Ich bin Yoga-Lehrerin.« »Oh?« »Ja, ich unterrichte Yoga und Meditation.« »Aha.« »Sie sind Schriftsteller?« »Ja.« »Worüber schreiben Sie denn?« »Ach Gott, ich weiß nicht. Hört sich vielleicht abgeschmackt an, aber – über das Leben, würde ich sagen.« »Klingt nicht schlecht. Ist auch Sex dabei?« »Gehört das nicht zum Leben?« »Manchmal. Manchmal auch nicht.« »Verstehe.« »Wie heißen Sie?« »Henry Chinaski.« »Haben Sie schon was veröffentlicht?« »Ja.« »Well, ich habe ein großes Schlafzimmer, das können sie für hundert Dollar haben. Mit eigenem Eingang.« »Klingt gut.« »Haben Sie Pirandello gelesen?« »Ja.« »Haben Sie Swinburne gelesen?« »Hat doch jeder.« »Haben Sie Hermann Hesse gelesen?« »Ja, aber ich bin nicht homosexuell.« »Hassen Sie Homosexuelle?« »Nein, aber ich bin auch nicht grade verrückt nach ihnen.« »Und Schwarze?« »Was ist mit Schwarzen?« »Was halten Sie von denen?« »Mir sind sie recht.« »Haben Sie Vorurteile?« »Wer hat die nicht?« »Wie stellen Sie sich Gott vor?« »Weißes Haar, schütterer Bart und kein Piephahn.« »Wie denken Sie über die Liebe?« »Ich denke überhaupt nicht an sie.« »Sie sind ein ganz Schlauer, wie? Also ich sage Ihnen jetzt meine Adresse. Kommen Sie zu mir raus.«

Ich schrieb die Adresse auf, aber die nächsten Tage lag ich nur herum, sah mir morgens die Seifenopern an und abends die Spionagethriller. Und die Boxkämpfe. Schließlich kam ein Anruf. Von der Lady.

»Sie sind nicht gekommen.« »Ich war beschäftigt.« »Eine Liebesaffäre?« »Ja, ich schreibe an meinem neuen Roman.« »Viel Sex drin?« »Ab und zu.« »Sind Sie ein guter Liebhaber?« »Das denken die meisten Männer gern von sich. Ich bin wahrscheinlich gut, aber nicht außergewöhnlich.« »Essen Sie Pussy?« »Ja.« »Gut.« »Ist Ihr Zimmer noch zu haben?« »Ja. Das große Schlafzimmer. Machen Sie's einer Frau wirklich mit dem Mund?« »Ja sicher. Aber das macht heute doch jeder. Wir haben 1982. Und ich bin zweiundsechzig. Sie können einen kriegen, der dreißig Jahre jünger ist und es genauso bringt. Vielleicht besser.« »Hm, haben Sie ne Ahnung.«

Ich ging zum Kühlschrank, holte mir ein Bier und zündete mir eine Zigarette an. Als ich den Hörer wieder ans Ohr hielt, war sie immer noch dran. »Wie heißen Sie?« fragte ich. Sie nannte mir einen ausgefallenen Namen, den ich sofort wieder vergaß.

»Ich habe einiges von Ihnen gelesen«, sagte sie. »Sie schreiben wirklich starke Sachen. Vieles ist zwar Scheiße, aber Sie verstehen es, die Gefühle des Lesers zu packen.«

»Da haben Sie recht. Ich bin nichts Großartiges, aber ich bin anders.«

»Wie machen Sie's denn einer Frau?«
»Na, entschuldigen Sie mal...«
»Doch, sagen Sie schon.«
»Naja. Es ist eine Kunst.«
»Ja, das ist es. Wie fangen Sie an?«
»Mit einem leichten Pinselstrich.« »Natürlich, natürlich – und dann?« »Tja, da gibt es verschiedene Techniken...« »Was für Techniken?« »Bei der ersten Berührung wird die betreffende Stelle gewöhnlich ein bißchen taub, und wenn man sie nochmal lecken würde, hätte es nicht mehr dieselbe Wirkung.« »Ja verdammt, was meinen Sie denn *damit*?« »Sie wissen genau, was ich meine.« »Sie machen mich heiß.« »Ich sage es rein klinisch.« »Von wegen. Sie reizen mich. Sie machen mich heiß.« »Ich weiß nicht, was ich noch sagen soll.« »Was macht ein Mann als nächstes?« »Man sucht weiter und läßt sich von dem leiten, was einem Spaß macht. Es ist jedesmal anders.« »Wie meinen Sie das?« »Ich meine, mal ist es ein bißchen vulgär, mal ist es zärtlich. Je nachdem, wie man sich fühlt.« »Sagen Sie schon.« »Naja, alles endet dann am Kitzler.« »Sagen Sie das Wort nochmal.« »Was?« »Kitzler.« »Kitzler, Kitzler, Kitzler...« »Lutschen Sie ihn? Knabbern Sie daran?« »Natürlich.« »Sie machen mich heiß.« »Sorry.« »Sie können das große Schlafzimmer haben. Sie legen Wert

auf eine ruhige Umgebung, nicht?« »Ja, wie ich schon sagte.« »Im Moment ist es hier nicht sehr ruhig. Es wird gerade eine Stützmauer hochgezogen. Aber in ein paar Tagen sind sie damit fertig. Es wird Ihnen hier gefallen.«

Ich notierte mir die Adresse noch einmal, legte auf und kroch ins Bett. Das Telefon schrillte. Ich ging zum Tisch, hob es herunter und nahm es mit ins Bett. »Was meinen Sie mit ›jeder Kitzler ist anders‹?« »Na, wie groß er halt ist und wie gut er sich reizen läßt.« »Schon mal einen gefunden, den Sie nicht reizen konnten?« »Bis jetzt noch nicht.« »Hören Sie, warum kommen Sie nicht gleich zu mir raus?« »Ich hab ein altes Auto, damit komme ich den Canyon nicht rauf.« »Nehmen Sie den Freeway und warten Sie auf dem Parkplatz an der Abzweigung nach Hidden Hills. Ich hole Sie dort ab.« »In Ordnung.«

Ich legte auf, zog mich an und stieg ins Auto. Ich fuhr auf dem Freeway bis zur Abzweigung nach Hidden Hills, fand den Parkplatz, und dann saß ich da und wartete. Zwanzig Minuten vergingen. Dann kam ein weißer Cadillac, Bj. 82, mit einer dicken Frau am Steuer. Sie trug ein grünes Kleid. Ihre Schneidezähne kamen mir ein bißchen groß vor. Jacketkronen.

»Sind Sie derjenige, welcher?« fragte sie.

»Der bin ich, ja.«

»Meine Güte. So doll sehn Sie aber nicht aus.«

»Sie auch nicht.«

»Na schön. Kommen Sie.«

Ich ließ mein Auto stehen und stieg bei ihr ein. Ihr Kleid war sehr kurz. Auf dem dicken Schenkel, der mir am nächsten war, hatte sie eine kleine Tätowierung. Sah aus wie ein Botenjunge, der auf einem Hund steht.

»Zahlen tu ich Ihnen aber nichts dafür«, sagte sie.

»Das macht nichts.«

»Sie sehen nicht aus wie ein Schriftsteller.«

»Dafür bin ich dankbar.«

»Genaugenommen sehen Sie nicht mal danach aus, als könnten Sie überhaupt irgendwas...«

»Gibt allerhand, was ich nicht kann.«

»Aber am Telefon können Sie einen wirklich anmachen. Ich hab an mir gefummelt. Haben Sie auch an sich gefummelt?«

»Nein.«

Der Rest der Fahrt verlief schweigend. Ich hatte noch zwei Zigaretten und rauchte sie beide. Dann stellte ich ihr Autoradio an und hörte Musik. Zu ihrem Haus führte eine lange Auffahrt mit Serpentinen, und das Garagentor öffnete sich automatisch. Sie machte ihren Sicherheitsgurt los, und plötzlich schlang sie mir die Arme um den Hals. Ihr Mund sah aus wie die Öffnung eines roten Tintenfasses. Ihre Zunge schnellte heraus. Wir fielen nach hinten in meine Ecke, und ich konnte mich nicht mehr regen. Dann war es vorüber, und wir stiegen aus. »Komm mit«, sagte sie. Ich folgte ihr einen Pfad hinauf, der mit Rosenhecken eingefaßt war. »Aber Geld kriegst du nicht von mir«, sagte sie, »da spielt sich nichts ab.«

»Schon gut«, sagte ich. Sie holte den Hausschlüssel aus ihrer Handtasche, schloß die Tür auf, und ich ging hinter ihr rein.

Der Dämon

Tony und Meg brachten Tonys Frau zum Flughafen. Als Dolly in der Luft war, gingen sie noch auf einen Drink in die Flughafenbar. Meg bestellte sich einen Whisky-Soda, Tony einen Scotch mit Wasser.

»Deine Frau vertraut dir«, sagte Meg.
»Mhm«, sagte Tony.
»Ich frage mich, ob ich dir auch trauen kann.«
»Wieso? Hast du was gegen Sex?«
»Darum geht es nicht.«
»Was denn dann?«
»Es geht darum, daß Dolly und ich Freundinnen sind.«
»Wir beide können ja auch Freunde sein.«
»Aber nicht so.«
»Du mußt mit der Zeit gehen. Heutzutage ist Swingen modern. Die Leute lassen ihre Hemmungen fallen. Sie ficken, während sie kopfüber von der Decke hängen. Sie treiben es mit Hunden, Babies, Hühnern, Fischen...«
»Ich will es nicht wahllos machen. Ich muß für den anderen etwas empfinden.«
»Das ist doch zickig. Daß man was empfindet, ergibt sich von selber. Und wenn du es lang genug kultivierst, denkst du auf einmal, es ist Liebe.«
»Ja und? Was ist denn an Liebe schlecht, Tony?«
»Liebe ist so eine übersteigerte Vorstellung. Man liebt, was man braucht; man liebt, was einem ein gutes Gefühl gibt; man liebt, was sich grade so ergibt. Wie kannst du sagen, daß du eine bestimmte Person liebst, wenn es auf der Welt zehntausend gibt, für die du noch mehr übrig hättest, wenn du ihnen je begegnen würdest? Nur lernst du sie eben nie kennen.«

»Ja, schon. Wir können nur das Beste daraus machen.«

»Sicher. Trotzdem muß uns klar sein, daß Liebe nur das Ergebnis einer Zufallsbegegnung ist. Die meisten machen zuviel daraus. So gesehen ist ein guter Fick nicht unbedingt zu verachten.«

»Aber das ist auch das Ergebnis einer Zufallsbekanntschaft.«

»Da hast du verdammt recht. Trink aus. Wir bestellen noch eine Runde.«

»Du hast einen guten Vortrag, Tony, aber damit kriegst du mich nicht rum.«

»Na«, sagte Tony und machte dem Barkeeper ein Zeichen, »deshalb laß ich mir auch keine grauen Haare wachsen...«

Es war ein Samstagabend. Sie gingen wieder zu Tony nach Hause und knipsten den Fernseher an. Es wurde nicht viel geboten. Sie tranken Tuborg und unterhielten sich, während der Fernseher lief.

»Hast du schon den Spruch gehört«, fragte Tony, »daß Pferde zu schlau sind, um auf Menschen zu wetten?«

»Nein.«

»Na egal, ist eben so ein Spruch. Ich hab vor kurzem was geträumt, also das hältst du nicht für möglich. Ich war in einem Stall an der Rennbahn, und ein Pferd kam und holte mich zum Morgentraining raus. Im Nacken saß mir ein Affe, der nach billigem Wein stank und seine Arme und Beine um meinen Hals hatte. Es war sechs Uhr morgens, und der Wind von den San Gabriel Mountains war eiskalt. Und neblig war es auch noch. Sie ließen mich die Sechshundert-Meter-Strecke laufen, in lockeren zweiundfünfzig Sekunden. Sie führten mich noch ne halbe Stunde zum Abdampfen auf und ab, dann gings zurück in den Stall. Ein Pferd kam rein und brachte mir zwei hartgekochte Eier, Grapefruitsaft, Toast und Milch. Dann war ich in einem Rennen. Die Tribünen waren voll besetzt mit Pferden. Schien ein Samstag zu sein. Ich war im fünften Rennen. Ich siegte, und meine Quote brachte zweiunddreißig Dollar und vierzig Cents. Ein eigenartiger Traum, findest du nicht?«

»Allerdings«, sagte Meg. »Und was für einer.« Sie schlug die Beine übereinander. Meg stammte aus dem Norden von Maine, war dreißig Jahre alt, wog vierundfünfzig Kilo und hatte noch nie mit der Polizei zu tun gehabt. Sie hatte langes, dunkelbraunes Haar und benutzte weder Puder noch Parfüm, nur einen Hauch Lippenstift. Sie trug einen Minirock, aber keine Strumpfhose, und Stiefel, die ihr bis über die Waden reichten. Ihre nackten Schenkel sahen sehr griffig aus.

Tony stand auf und holte noch zwei Flaschen Bier aus der Küche. Als er wieder ins Zimmer kam, sagte Meg: »Ja, ein eigenartiger Traum. Aber so sind ja die meisten. Wenn dagegen im wirklichen Leben seltsame Dinge passieren, da macht man sich Gedanken...«

»Zum Beispiel?«

»Zum Beispiel das mit meinem Bruder Damion. Er hat dauernd Bücher gelesen über Mystik und Yoga und solchen Kram. Und wenn man in sein Zimmer kam, konnte man immer damit rechnen, daß er in Unterhosen grade einen Kopfstand machte. Er hat sogar zwei Reisen nach Fernost gemacht. Nach Indien und noch mal woanders hin. Als er zurückkam, war er hohlwangig und halb kirre und wog noch ungefähr fünfunddreißig Kilo. Aber er ließ nicht locker. Schließlich gerät er an einen, der sich Ram Da Beetle nennt oder so ähnlich. Ram Da Beetle hat unten bei San Diego ein großes Zelt und läßt die ganzen Einfaltspinsel hundertfünfundsiebzig Dollar für ein fünftägiges Seminar berappen. Das Zelt steht auf einem hohen Felsen direkt am Meer. Beetle schläft mit der alten Dame, der das Gelände gehört, und sie überläßt es ihm umsonst. Damion behauptet, Ram Da Beetle hätte ihm zur letzten Erleuchtung verholfen, die ihm noch fehlte. Und das war vielleicht ein Schocker. Ich hatte damals eine kleine Wohnung in Detroit, und eines Tages taucht er auf und zieht seinen Schocker ab...«

»Seinen Schocker?« sagte Tony und sah an ihren Schenkeln hoch. »Was für einen Schocker?«

»Naja, weißt du, er *erscheint* einfach...« Meg griff nach ihrem Tuborg.

»Er kam dich besuchen?«

»Gewissermaßen, ja. Um es mal ganz schlicht und direkt zu sagen: Damion kann sich entmaterialisieren.«

»Ach ja? Und was passiert dann?«

»Dann erscheint er woanders.«

»Einfach so?«

»Einfach so.«

»Über große Entfernungen?«

»Er kam die ganze Strecke von Indien nach Detroit in meine Wohnung.«

»Wie lange hat er dazu gebraucht?«

»Ich weiß nicht. Zehn Sekunden vielleicht.«

»Zehn Sekunden... hm.«

Sie saßen da und sahen einander an. Meg auf der Couch und Tony ihr gegenüber.

»Also weißt du, Meg, du machst mich richtig scharf. Komm schon, Dolly wird nie was davon erfahren.«

»Nein, Tony.«

»Wo ist dein Bruder jetzt?«

»Er hat jetzt mein Apartment in Detroit. Er arbeitet in einer Schuhfabrik.«

»Sag mal, warum dringt er nicht in einen Banktresor ein und greift sich das Geld und verschwindet damit? Er könnte doch was anfangen mit seinem Talent. Wozu in einer Schuhfabrik arbeiten?«

»Er sagt, so eine Gabe darf man nicht dazu mißbrauchen, etwas Schlechtes zu tun.«

»Verstehe. Komm, reden wir nicht mehr von deinem Bruder, ja?«

Tony stand auf und setzte sich zu Meg auf die Couch.

»Weißt du, Meg, es ist ein großer Unterschied, ob etwas

wirklich schlecht ist, oder ob man uns nur dazu erzogen hat, es schlecht zu finden. Die Gesellschaft hämmert uns ein, dies und jenes sei schlecht, nur damit wir gefügig bleiben.«

»Zum Beispiel eine Bank ausrauben, nicht?«

»Und zum Beispiel ficken, ohne daß man sichs vorher absegnen läßt.«

Er packte Meg und küßte sie. Sie sträubte sich nicht. Er küßte sie noch einmal. Ihre Zunge glitt in seinen Mund.

»Ich finde trotzdem, wir sollten es nicht tun, Tony.«

»Du küßt aber, als ob du's willst.«

»Ich hatte seit Monaten keinen Mann mehr, Tony. Es fällt mir schwer, mich zu beherrschen, aber Dolly und ich sind Freundinnen. Das kann ich mit ihr nicht machen.«

»Du machst es ja auch nicht mit ihr, sondern mit mir.«

»Du weißt schon, was ich meine.«

Tony küßte sie wieder. Diesmal wurde es ein langer Kuß, mit allem Nachdruck. Ihre Körper preßten sich aneinander.

»Komm ins Schlafzimmer, Meg.«

Sie folgte ihm hinein. Tony begann sich auszuziehen und warf seine Kleider über einen Stuhl. Meg ging ins angrenzende Badezimmer. Sie setzte sich auf die Toilette, und man hörte es zischen. Die Tür ließ sie offen.

»Ich will nicht schwanger werden, und ich nehme nicht die Pille.«

»Da brauchst du keine Angst zu haben.«

»Warum nicht?«

»Ich hab mich sterilisieren lassen.«

»Das sagt ihr alle.«

»Nein, es ist wahr. Ich bin sterilisiert.«

Meg stand auf und zog die Spülung.

»Was ist, wenn du mal ein Kind willst?«

»Ich werde nie eins wollen.«

»Ich finde es schlimm, wenn sich ein Mann sterilisieren läßt.«

»Ach hergott noch mal, Meg, laß das Predigen und komm ins Bett.«

Meg kam nackt aus dem Badezimmer. »Ich meine ja nur, irgendwie kommt es mir wie ein Verbrechen an der Natur vor.«

»Und eine Abtreibung? Ist das auch ein Verbrechen an der Natur?«

»Ja sicher. Es ist Mord.«

»Und wenn man einen Präser benutzt oder onaniert?«

»Ach Tony, das ist doch nicht dasselbe.«

»Komm schon ins Bett, eh wir an Altersschwäche sterben.«

Meg legte sich zu ihm ins Bett, und er packte sie. »Ah, fühlst du dich gut an. So drall, als wärst du aufgepumpt...«

»Wie kommst du denn zu so einem Ding, Tony? Davon hat mir Dolly nie erzählt... es ist ja riesig!«

»Warum sollte sie dir davon erzählen?«

»Da hast du auch wieder recht. Steck mirs nur *rein,* das verdammte Ding!«

»Warte mal, nicht so hastig!«

»Komm schon! Ich will es!«

»Was ist mit Dolly? Meinst du, es ist richtig, was wir da tun?«

»Die grämt sich wegen ihrer Mutter, die im Sterben liegt. Sie braucht es jetzt nicht. Ich brauche es!«

»Ja doch! Aber gern!«

Er stieg bei ihr auf und steckte ihn rein.

»So ist es gut, Tony! Jetzt schieb! Mach doch!«

Tony schob. Rein und raus. Langsam und stetig, mit der Gleichförmigkeit einer Pumpe. Flub, flub, flub, flub.

»Oh, du Dreckskerl! O mein Gott. Du Dreckskerl!«

»*Aufhören, Meg! Heraus aus diesem Bett! Dies ist ein Verbrechen wider die Gebote von Sitte und Anstand!*«

Tony spürte eine Hand auf seiner Schulter, und im nächsten Augenblick zerrte ihn jemand von Meg herunter. Er wälzte sich herum und sah einen Mann in Jeans und einem grünen T-Shirt.

»Verdammt noch mal«, sagte Tony, »was hast du in meiner Wohnung zu suchen?«

»Es ist Damion!« sagte Meg.

»Bedecke deine Blöße, kleine Schwester! Dein Leib glüht noch von der Schande deiner Tat!«

»Na mal langsam, Motherfucker«, sagte Tony. Er lag noch immer auf dem Bett.

Meg ging ins Badezimmer und zog sich an. »Es tut mir leid, Damion, es tut mir so leid!«

»Ich sehe, daß ich gerade noch rechtzeitig aus Detroit eingetroffen bin«, sagte Damion. »Noch ein paar Minuten, und ich wäre zu spät gekommen.«

»Noch zehn Sekunden«, sagte Tony.

Damion schaute auf Tony herunter. »Du kannst dich auch wieder anziehen, Mann!«

»Du Arschgesicht«, sagte Tony, »ich *wohne* hier. Ich weiß nicht, wer dich reingelassen hat, aber wenn ich hier splitternackt rumliegen will, dann ist das mein gutes Recht.«

»Beeile dich, Meg«, sagte Damion. »Ich bringe dich fort aus diesem Sündenpfuhl.«

Tony stand auf und zog seine Unterhose an. »Hör mal, du Arsch. Deine Schwester hat es gewollt, und ich hab es gewollt, und das sind zwei gegen einen.«

»Pah«, sagte Damion.

»Nichts ›pah‹«, sagte Tony. »Sie war kurz davor, und ich wars auch, und da kommst du reingeplatzt und unterbrichst uns einen guten altmodischen Fick, auf den wir uns einwandfrei demokratisch geeinigt haben!«

»Pack deine Sachen, Meg. Ich bringe dich sofort nach Hause!«

»Ja, Damion!«

»Du Fickverderber. Ich hätte gute Lust, dir ein paar Rippen zu brechen.«

»Bitte mäßige dich. Ich verabscheue Gewalt.«

Tony schlug zu. Aber Damion war nicht mehr da.

»Hier, Tony.« Damion stand an der Tür zum Badezimmer. Tony stürzte sich auf ihn. Wieder war Damion verschwunden.

»Hier, Tony!« Damion stand jetzt auf dem Bett. Mit Schuhen und allem.

Tony rannte durchs Zimmer, machte einen Satz, schlug ins Leere und landete auf dem Boden. Er rappelte sich hoch und sah sich um. »Damion! Du billiger drittklassiger Supermann aus der Schuhfabrik! Wo bist du? Damion! Komm her, Damion! Na komm schon!«

Tony spürte, wie ihn ein Schlag ins Genick traf. Ein roter Blitz zuckte auf, und er hörte den entfernten Klang einer einsamen Trompete. Dann kippte er vornüber auf den Teppich.

Als er wieder zu sich kam, schrillte das Telefon. Mit Mühe kroch er zum Nachttisch und hob das Telefon herunter. Er nahm den Hörer ab und sank aufs Bett.

»Tony?«

»Ja?«

»Bist du es, Tony?«

»Ja.«

»Hier ist Dolly.«

»Hey, Dolly, was tut sich denn so?«

»Mach keine Scherze, Tony. Mutter ist gestorben.«

»Mutter?«

»Ja, meine Mutter. Heute abend.«

»Tut mir leid.«

»Ich bleib zur Beerdigung da. Ich komm dann gleich anschließend nach Hause.«

Tony legte auf. Er sah die Morgenzeitung auf dem Boden, hob sie auf und legte sich damit aufs Bett. Der Falklandkrieg dauerte immer noch an. Beide Seiten warfen sich Verstöße gegen dies und jenes vor. Es wurde immer noch geschossen. Würde dieser gottverdammte Krieg nie enden?

Tony stand auf und ging in die Küche. Im Kühlschrank

fand er noch etwas Salami und Leberwurst und machte sich daraus einen Sandwich mit scharfem Senf, Salatsoße, Zwiebelringen und Tomatenscheiben. Eine Flasche Tuborg war noch übrig. Er setzte sich an den Tisch, aß seinen Sandwich und trank das Bier dazu. Dann steckte er sich eine Zigarette an, saß da und überlegte. Hm, vielleicht hatte Dolly ein bißchen Geld dagelassen. Das wäre erfreulich. Sogar verdammt erfreulich. Nach so einem aufreibenden Abend hatte er wohl ein bißchen Glück verdient.

Eddies Mutter

Eddies Mutter hatte Pferdezähne, und ich hatte auch welche, und einmal, als wir die steile Straße zum Lebensmittelgeschäft raufgingen, sagte sie: »Henry, wir zwei brauchen dringend Zahnspangen. Wir sehen gräßlich aus.« Ich ging stolz neben ihr her. Sie trug ein enges gelbes geblümtes Kleid und Schuhe mit hohen Absätzen, und sie hatte einen aufreizenden Gang, und das Klappern ihrer Absätze hallte durch die ganze Straße. ›Ich und Eddies Mutter‹, dachte ich. ›Sie geht mit mir die Straße rauf, und wir gehn zusammen einkaufen.‹ Das wars dann auch schon. Im Laden kaufte ich das Brot, das mir meine Eltern aufgetragen hatten, und sie kaufte ihre Sachen. Weiter war nichts.

Ich ging gern zu Eddie nach Hause. Seine Mutter saß immer in einem Sessel, einen Drink in der Hand und die Beine so übereinandergeschlagen, daß man sehen konnte, wo die Strümpfe aufhörten und die nackte Haut anfing. Ich konnte sie gut leiden. Sie war eine richtige Dame. Wenn ich ins Wohnzimmer kam, lächelte sie mich an und sagte »Hi, Henry!«, und nie zog sie den Rock nach unten. Auch Eddies Vater, ein großer kräftiger Mann, saß immer mit einem Drink in der Hand da und begrüßte mich mit einem Hallo. 1933 war Arbeit nicht leicht zu finden, aber Eddies Vater hätte auch gar nicht mehr arbeiten können. Er war Kampfflieger im Ersten Weltkrieg gewesen und abgeschossen worden. Seitdem hatte er statt Knochen lauter Drähte in den Armen, und so saß er nun mit Eddies Mutter herum und trank. Es war immer dunkel da drin, wo die beiden tranken, aber Eddies Mutter lachte viel.

Eddie und ich bastelten Modellflugzeuge, klapprige Dinger aus Balsa. Sie flogen nicht, und wir mußten sie mit der

Hand durch die Luft bewegen. Eddie hatte eine Spad und ich eine Fokker. Wir hatten uns Jean Harlow in »Hell's Angels« angesehen, und ich konnte nicht finden, daß die Harlow etwas hatte, was Eddies Mutter nicht hatte. Aber mit Eddie konnte ich natürlich nicht über seine Mutter reden.

Dann fiel mir auf, daß Eugene immer öfter vorbeikam. Eugene hatte ebenfalls eine Spad und war damit ein Gegner, doch mit ihm konnte ich mich über Eddies Mutter unterhalten. Wenn Eddie mal nicht in Hörweite war. Wir lieferten uns manchen guten Luftkampf – zwei Spads gegen eine Fokker. Ich tat mein Bestes, doch meistens wurde ich abgeschossen. Oft versuchte ich, den Verfolgern im letzten Moment mit einer Immelmann-Kehre zu entkommen. Wir lasen regelmäßig die alten Flieger-Magazine – *Flying Aces* war am besten – und ich schrieb sogar einige Leserbriefe und bekam eine Antwort darauf. Die Immelmann-Kehre, schrieb mir der Herausgeber, sei fast unmöglich zu fliegen. Der Druck auf die Flügel sei einfach zu groß. Doch manchmal blieb mir nur noch eine Immelmann-Kehre übrig. Vor allem, wenn mir einer schon im Genick saß. Gewöhnlich riß es mir dabei die Flügel ab, und ich mußte aussteigen.

So oft Eddie nicht in der Nähe war, redeten wir über seine Mutter.

»Mensch, was die für Beine hat.«

»Und sie zeigt sie auch noch richtig her.«

»Paß auf, da kommt Eddie.«

Eddie hatte keine Ahnung, daß wir so von seiner Mutter redeten. Ich schämte mich ein bißchen, aber ich konnte einfach nicht anders. Ich hätte garantiert etwas dagegen gehabt, daß er über meine Mutter so denkt. Natürlich, meine Mutter sah nicht so gut aus. Keiner hatte eine Mutter, die so viel hermachte. Vielleicht hatten die Pferdezähne etwas damit zu tun. Ich meine, man sah diese Pferdezähne, die ein bißchen gelb waren, und dann schaute man tiefer und sah die aufreizend übereinandergeschlagenen Beine und wie sie mit dem einen Fuß wippte. Tja, und Pferdezähne hatte ich auch.

Nun, Eugene und ich gingen immer wieder hin, und wir lieferten uns Luftkämpfe, und ich flog meine Immelmanns, bei denen es mir regelmäßig die Flügel abriß. Wir hatten noch ein anderes Spiel, bei dem Eddie auch mitmachte. Da zeigten wir akrobatische Kunststücke und flogen Rennen. Wir riskierten die unmöglichsten Dinge, aber irgendwie kamen wir immer wieder heil herunter. Oft landeten wir direkt vor unseren Häusern auf dem Rasen. Jeder hatte ein Haus und eine Frau, und unsere Frauen warteten immer auf uns. Wir schilderten einander, wie unsere Frauen angezogen waren. Viel hatten sie nie am Leib. Die von Eugene hatte am wenigsten an. An ihrem Kleid war vorne sogar ein großes Loch ausgeschnitten, und so pflegte sie Eugene vor der Haustür zu erwarten. Meine war nicht so kühn, aber viel hatte auch sie nicht an. Mit unseren Frauen waren wir ständig im Bett zugange. Wir hatten alle Hände voll zu tun, denn sie konnten einfach nicht genug kriegen. Während wir unsere Stunts machten oder Rennen flogen, waren sie zu Hause und warteten und warteten auf uns. Sie liebten nur uns und sahen keinen anderen an. Manchmal versuchten wir, unsere Gedanken von ihnen loszureißen und wieder unsere Luftkämpfe auszufechten. Aber es war schon so, wie Eddie sagte: Wenn wir von Frauen redeten, lagen wir bloß im Gras auf dem Bauch und taten sonst nichts. Höchstens daß Eddie sagte: »Hey, ich hab einen stehen!« Und dann drehte ich mich auf den Rücken und zeigte ihm meinen, und Eugene zeigte seinen her. So verbrachten wir die meisten Nachmittage. Eddies Mutter und Vater waren im Haus und tranken, und ab und zu hörten wir Eddies Mutter lachen.

Eines Tages gingen Eugene und ich rüber, und als wir Eddie riefen, kam er nicht heraus. »Hey, Eddie! Komm raus, Mensch!« Eddie kam nicht.«

»Da drin stimmt was nicht«, sagte Eugene. »Ich bin mir sicher, da ist irgendwas.«

»Vielleicht ist jemand ermordet worden.«
»Besser, wir sehn mal nach.«
»Meinst du, wir sollen?«
»Ja. Sicher ist sicher.«

Die Tür war nicht abgeschlossen. Wir gingen ins Haus. Es war dunkel wie immer. Dann hörten wir ein einzelnes Wort:
Scheiße!

Im Schlafzimmer lag Eddies Mutter betrunken auf dem Bett. Sie hatte die Beine angewinkelt, und ihr Kleid war ziemlich weit hochgerutscht. Eugene packte mich am Arm.
»Mensch, sieh dir das an!«

Es sah gut aus. Mein Gott, was für ein Anblick. Aber ich hatte zuviel Angst, um es genießen zu können. Was wäre, wenn jemand reinkam und uns erwischte? Ihr Kleid war hochgerutscht, und sie war betrunken, und ihre Schenkel waren ganz entblößt. Man konnte fast ihren Schlüpfer sehen.
»Komm, Eugene, wir verschwinden hier!«
»Nein, sehn wirs uns doch an. Ich will sie ansehen. Schau doch, was sie alles herzeigt!«

Es erinnerte mich an eine Frau, die mich mal mitgenommen hatte, als ich am Straßenrand den Daumen raushielt. Sie hatte ihren Rock bis über die Hüften hoch. Naja, beinahe. Es machte mir Angst, und ich gab mir Mühe, nicht hinzusehen. Sie redete ganz ungezwungen mit mir, doch ich starrte bei meinen Antworten nur durch die Windschutzscheibe nach vorn. »Wo willst du hin?« »Schöner Tag heute, nicht?« Hatte ich vielleicht eine Angst. Ich wußte nicht einmal, was ich mit ihr machen könnte. Ich hatte nur eine Heidenangst vor dem, was mir passieren würde, wenn ich es tat. Vielleicht würde sie um Hilfe schreien oder die Polizei holen. Deshalb warf ich ihr nur hin und wieder einen verstohlenen Blick zu und schaute gleich wieder weg. Schließlich ließ sie mich irgendwo aussteigen.

Die gleiche Angst hatte ich jetzt auch bei Eddies Mutter.
»Du, Eugene, ich verschwinde lieber.«

»Sie ist voll. Sie merkt überhaupt nicht, daß wir hier sind.«

»Der Scheißkerl«, sagte sie jetzt. »Hat mich sitzen lassen und mir mein Kind weggenommen... mein Baby...«

»Sie redet«, sagte ich.

»Sie ist total weg«, sagte Eugene. »Sie kriegt überhaupt nichts mit.«

Er ging ans Bett. »Paß mal auf.« Er griff nach ihrem Kleid und zog es noch ein Stück weiter rauf. So weit, daß man den Schlüpfer sehen konnte – er war rosa.

»Eugene, ich hau ab!«

»Feigling!«

Eugene stand eine ganze Weile regungslos da und starrte ihre Schenkel und ihren Schlüpfer an. Dann holte er seinen Schwanz raus. Ich hörte, wie Eddies Mutter stöhnte. Sie verlagerte ein wenig das Gewicht. Eugene ging näher heran. Bis seine Schwanzspitze ihren Schenkel berührte. Sie stöhnte wieder. Und dann kam es Eugene. Sein Sperma spritzte über ihren ganzen Schenkel, und es sah nach sehr viel aus. Man konnte sehen, wie es an ihrem Schenkel herunterlief. Dann sagte Eddies Mutter »*Scheiße!*« und setzte sich plötzlich auf. Eugene rannte an mir vorbei, hinaus in den Flur, und ich drehte mich um und lief ebenfalls weg. In der Küche prallte Eugene gegen den Kühlschrank, fing sich wieder und sprang mit einem Satz aus der Hintertür. Ich folgte ihm, und wir rannten die Straße runter bis zum Haus meiner Eltern, die Einfahrt hoch und in die Garage. Wir zogen das Garagentor hinter uns zu.

»Meinst du, sie hat uns gesehen?« fragte ich ihn.

»Ich weiß nicht. Ich hab ihr den rosa Schlüpfer ganz verkleistert.«

»Du bist verrückt. Warum hast du das gemacht?«

»Ich wurde geil. Ich konnte nichts dagegen machen. Ich konnte mich nicht mehr beherrschen.«

»Wir kommen bestimmt ins Gefängnis.«

»Du hast ja nichts getan. Ich hab ihr das ganze Bein vollgerotzt.«

»Ich hab aber zugeschaut.«

»Paß auf«, sagte Eugene, »ich glaube, ich geh jetzt nach Hause.«

»Na, dann geh halt.«

Ich sah ihm nach, wie er nach vorn ging, die Straße überquerte und im Haus seiner Eltern verschwand. Dann verließ auch ich die Garage. Ich ging über die hintere Veranda ins Haus, setzte mich in mein Zimmer und wartete. Meine Eltern waren nicht zu Hause. Ich ging ins Badezimmer, schloß die Tür hinter mir ab und stellte mir Eddies Mutter vor, wie sie auf dem Bett lag. Nur hatte sie ihren Schlüpfer aus, und ich hatte mein Ding bei ihr drin. Und es gefiel ihr...

Ich wartete den Rest des Nachmittags, und beim Abendessen war mir schlecht vor Angst, daß etwas passieren würde, aber es tat sich nichts. Nach dem Essen ging ich zurück in mein Zimmer und wartete weiter. Dann wurde es Zeit zum Schlafengehen. Ich lag im Bett und wartete. Als mein Vater im Zimmer nebenan schon schnarchte, wartete ich immer noch darauf. Schließlich fielen mir die Augen zu.

Am nächsten Tag, einem Samstag, sah ich Eddie mit einem Luftgewehr auf dem Rasen vor seinem Haus stehen. Es gab zwei große Palmen vor dem Haus, und er schoß auf die Spatzen, die da oben hausten. Zwei hatte er schon heruntergeholt. Sie hatten drei Katzen, und so oft ein Spatz mit flappenden Flügeln ins Gras fiel, rannte eine der Katzen hin und schnappte sich den Vogel.

»Es ist nichts passiert«, sagte ich.

»Wenn bis jetzt nichts passiert ist, dann kommt auch nichts mehr«, sagte er. »Ich hätte sie ficken sollen. Tut mir jetzt richtig leid, daß ich sie nicht gefickt hab.«

Er schoß noch einen Spatz ab, und ein sehr dicker grauer Kater mit gelbgrünen Augen schnappte ihn und verschwand damit hinter der Hecke. Ich ging über die Straße, zurück zu unserem Haus. Mein Alter stand auf der Veranda und sah mir ungeduldig entgegen. Er machte ein finsteres Gesicht. »Tu endlich was! Sieh zu, daß du den Rasen mähst! *Sofort*!«

Ich ging in die Garage und zerrte den Rasenmäher heraus. Erst mähte ich das Gras in der Mitte der Einfahrt, dann den Rasen vor dem Haus. Der Rasenmäher war alt und klemmte, und es war anstrengende Arbeit. Mein Alter stand mit finsterem Gesicht da und sah mir zu, während ich den Rasenmäher durch das verfilzte Gras schob.

Dreckiger Kummer

Victor Valoff war ein Poet, der nicht viel los hatte. Er war in der Stadt einigermaßen bekannt, kam bei den Ladies gut an und lag seiner Frau auf der Tasche. Er gab ständig Lesungen in lokalen Buchhandlungen und war oft im Programm der nichtkommerziellen Rundfunkstation zu hören. Er las mit lauter, dramatischer Stimme, doch seine Tonlage änderte sich nie. Victor war dauernd auf dem Höhepunkt. Das war es wohl auch, was die Frauen so anzog. Für sich genommen wirkten manche seiner Zeilen recht stark, doch wenn man alle Zeilen zusammen betrachtete, wurde einem klar, daß Valoff nichts zu sagen hatte und es nur sehr laut sagte.

Aber Vicky, die wie die meisten Frauen leicht auf solche Windmacher hereinfiel, wollte unbedingt, daß wir uns Valoff mal anhörten. Die Lesung war an einem schwülen Freitagabend in einer Frauenbuchhandlung, die von revolutionären Lesben geführt wurde. Der Eintritt war frei. Valoff las unentgeltlich. Nach der Lesung sollte eine Ausstellung seiner Gemälde eröffnet werden. Seine Bilder waren sehr modern. Ein oder zwei Pinselstriche, meistens in Rot, mit einem ergänzenden Schlenker in einer kontrastierenden Farbe. Und dazu jedesmal ein tiefschürfender Spruch. Zum Beispiel:

> Grüner Himmel, komm zurück zu mir
> Ich weine graue, graue Thränen…

Valoff war ein intelligenter Mensch. Er wußte, daß man Tränen auch mit »h« schreiben kann.

Fotos von Timothy Leary hingen herum. Plakate mit der Forderung, Reagan aus dem Amt zu jagen. Den Gedanken fand ich nicht schlecht.

Valoff erhob sich und ging aufs Podium. In der Hand hatte er eine halbvolle Flasche Bier.

»Schau doch«, sagte Vicky, »schau dir nur dieses Gesicht an! Was muß der schon gelitten haben!«

»Ja«, sagte ich, »und ich muß jetzt auch gleich leiden.«

Valoff hatte tatsächlich ein halbwegs interessantes Gesicht – verglichen mit den Gesichtern, die Poeten sonst so haben. Aber bei einem solchen Vergleich schneidet fast jeder gut ab.

Victor Valoff begann:

»Östlich vom Suez meines Herzens
beginnt ein Summen Summen Summen
ahnungsvoll dunkel, dunkel ahnungsvoll
und plötzlich bricht der Sommer durch
unaufhaltsam wie ein Quarterback
der die Gasse öffnet zur
Ein-Yard-Linie meines Herzens!«

Die letzte Zeile schrie er heraus, und jemand in meiner Nähe sagte: »*Wunderschön!*« Es war eine lokale feministische Dichterin, die sogar Schwarze im Bett so ermüdend fand, daß sie sich in ihrem Schlafzimmer mittlerweile einen Dobermann hielt. Sie hatte stumpfe Augen und rotes Haar, das in Zöpfen um ihren Kopf geschlungen war, und bei ihren Lesungen begleitete sie sich immer auf der Mandoline. In den meisten Sachen von ihr ging es um den Fußabdruck eines toten Kindes im Sand. Sie war mit einem Arzt verheiratet, der sich allerdings nie mit ihr blicken ließ. Der hatte wenigstens so viel Verstand, daß er um Dichterlesungen einen Bogen machte. Er gab ihr jeden Monat eine ansehnliche Summe, damit sie ihre Dichtkunst pflegen und den Dobermann füttern konnte.

Valoff fuhr fort:

»Docks und Dachs und tägliches Derivat
gären hinter meiner Stirn
in höchst unversöhnlicher Weise
oh, in höchst unversöhnlicher Weise.
Ich stolpere durch Licht und Dunkel...«

»Also, da muß ich ihm recht geben«, sagte ich zu Vicky.
»Psst, sei doch still«, sagt sie.

»Mit tausend Pistolen und
tausend Hoffnungen trete ich
hinaus auf den Vorplatz meiner Gedanken
um tausend Päpste zu morden!«

Ich tastete nach meinem Flachmann, schraubte den Verschluß ab und genehmigte mir einen ordentlichen Schluck.
»Hör mal«, sagte Vicky, »du säufst dir bei solchen Lesungen immer einen an. Kannst du dich nicht beherrschen?«
»Ich besauf mich auch bei meinen Lesungen«, sagte ich. »Ich kann das Zeug nicht mal ertragen, wenns von mir selber ist.«
»*Klebriges Erbarmen*«, kam es jetzt von Valoff, »*das ist es, was wir sind, klebriges Erbarmen, klebriges klebriges klebriges Erbarmen...*«
»Gleich sagt er was von einem Raben«, sagte ich.
»*Klebriges Erbarmen*«, fuhr Valoff fort, »*und der Rabe für immerdar...*«
Ich lachte. Valoff erkannte das Lachen. Er sah zu mir herunter. »Meine Damen und Herren«, sagte er, »im Publikum haben wir heute abend den Dichter Henry Chinaski.«
Da und dort wurde leise gezischt. Sie kannten mich. »Sexistenschwein!« »Saufbold!« »Motherfucker!« Ich trank noch einen Schluck. »Aber bitte, mach doch weiter, Victor«, sagte ich. Das tat er auch.

»...gestaucht von der Last des Heldenmuts
ist das dräuend belanglose lumpige Rechteck
nicht mehr als ein Gen in Genua
ein quadrophonischer Quetzalcoatl
und der Chinese schluchzt bittersüß und barbarisch
in ihren Muff!«

»Es ist wunderschön«, sagte Vicky, »aber von was redet er da?«
»Er redet davon, daß er Pussy schleckt.«
»Das dachte ich mir. Er ist ein wundervoller Mann.«
»Hoffentlich schleckt er besser, als er schreibt.«

»Kummer, Gott, mein Kummer,
dieser dreckige Kummer,
Sternenbanner von Kummer,
Wasserfälle von Kummer,
Kummer zu Schleuderpreisen
überall...«

»Das mit dem dreckigen Kummer«, sagte ich, »finde ich gut.«
»Redet er jetzt nicht mehr vom Pussyschlecken?«
»Nein. Jetzt sagt er, er fühlt sich nicht gut.«

»...im Dutzend billiger, und um so williger
laß dem Streptomycin seinen Lauf
und ersticke gnädig
mein Banner.
Ich träume das lärmende Plasma
über hektisches Leder...«

»Was sagt er denn jetzt?« fragte Vicky.
»Jetzt sagt er, daß er gleich wieder Pussy schleckt.«
»Schon wieder?«
Victor las noch einiges, und ich trank noch einiges. Dann

sagte er »zehn Minuten Pause«, und die Leute standen auf und drängten aufs Podium. Vicky ging auch rauf. Mir war die Hitze da drin zuviel, und ich ging auf die Straße, um mich abzukühlen. Einen halben Block weiter unten gab es eine Bar. Ich ging rein und bestellte mir ein Bier. Es waren nicht allzu viele Gäste im Lokal. Sie hatten den Fernseher an, und es wurde gerade ein Basketballspiel übertragen. Ich sah es mir an. Wer gewann, war mir natürlich egal. Ich dachte nur: Mein Gott, wie die sich abstrampeln. Ich wette, ihre Sackhalter sind naß vor Schweiß. Ich wette, ihre Ärsche stinken wie nur was. Ich trank noch ein Bier, dann ging ich zurück zur Lyrik-Kaschemme. Valoff war bereits wieder in Aktion. Ich konnte ihn schon aus beträchtlicher Entfernung hören:

»Ersticke, Columbia, und die toten
Pferde meiner Seele
grüßen mich an den Toren,
grüßen mich schlafend, Historiker
seht diese verletzlichste Vergangenheit
als Trampolin mißbraucht von
Geisha-Träumen, niedergewalzt
von Zudringlichkeit!«

Ich arbeitete mich zu meinem Platz neben Vicky durch. »Was sagt er da?« fragte sie.
»Eigentlich nicht viel. Im Grunde sagt er, daß er nachts nicht schlafen kann. Er sollte sich einen Job suchen.«
»Er sagt, er sollte sich einen Job suchen?«
»Nein, *ich* sage das.«

»...der Lemming und die Sternschnuppe
sind Brüder, der Disput des Sees
ist das Dorado meines Herzens.
Komm, nimm meinen Kopf, komm
nimm meine Augen, peitsche mich
mit Pestwurz...«

»Und was sagt er jetzt?«
»Er sagt, er braucht ein dickes kräftiges Weib, das ihm den Arsch grün und blau kickt.«
»Mach keine Witze. Sagt er das wirklich?«
»Ja, und ich auch.«

»...ich könnte die Leere essen
ich könnte Kartuschen der Liebe
feuern in die Nacht, ich könnte
Indien auf Knien bitten um deinen
rezessiven Modder...«

Nun, Victor war unerschöpflich. Es nahm überhaupt kein Ende mehr. Nur eine einzige Person hatte so viel Vernunft, daß sie aufstand und ging. Wir anderen blieben sitzen.

»...ich sage, schleift die toten Götter
durchs Schilf! Ich sage
die Palme ist lukrativ
ich sage, schaut, schaut
schaut euch um:
alle Liebe ist unser
alles Leben ist unser
die Sonne ist unser wie ein Hund
an der Leine
nichts kann uns besiegen!
Scheißt auf den Lachs!
Wir müssen nur die Hand ausstrecken
uns aufraffen aus allzu naheliegenden
Gräbern, aus Erde und Schmutz,
die gescheckte Hoffnung des Kommenden
pfropft sich auf unsere Sinne. Wir haben
nichts zu nehmen und nichts
zu geben, wir müssen nur
beginnen, beginnen, beginnen...!«

»Vielen Dank«, sagte Victor Valoff, »daß sie gekommen sind.«

Der Applaus war sehr laut. Sie applaudierten immer. Victor war gewaltig in seiner Glorie. Er hob seine Flasche Bier. Es war immer noch dieselbe. Er brachte es sogar fertig zu erröten. Dann grinste er. Ein sehr menschlich bescheidenes Grinsen. Die Ladies waren begeistert. Ich trank meinen letzten Schluck Whisky.

Sie waren alle da oben und drängten sich um ihn. Er gab Autogramme und beantwortete Fragen. Als nächstes standen seine Gemälde auf dem Programm. Es gelang mir, Vicky nach draußen zu bugsieren. Wir gingen die Straße hinunter zu unserem Wagen.

»Er reißt einen richtig mit«, sagte sie.

»Ja, er hat eine gute Stimme.«

»Was sagst du zu seinen Gedichten?«

»Die reine Kunst.«

»Ich glaube, du bist neidisch auf ihn.«

»Komm, laß uns da drin noch was trinken«, sagte ich. »Es gibt ein Basketballspiel.«

»Na gut.«

Wir hatten Glück. Das Spiel lief noch. Wir setzten uns.

»Oh Mann«, sagte Vicky, »sieh dir bloß an, was die für lange Beine haben!«

»Jetzt bist du beim richtigen Thema«, sagte ich. »Was trinkst du?«

»Scotch und Soda.«

Ich bestellte zwei, und wir sahen uns das Spiel an. Die Burschen rannten das Spielfeld rauf und runter, rauf und runter. Wundervoll. Es sah aus, als wären sie restlos von den Socken. Im Lokal war reichlich Platz, und es saß sich gut hier. Das schien mir doch der angenehmere Teil des Abends zu sein.

Kein Ersatz für Bernadette

Ich wickelte ein Handtuch um meinen blutenden Schwanz und rief beim Arzt an. Ich mußte den Hörer neben das Telefon legen, um mit der einen Hand wählen zu können, während ich mit der anderen das Handtuch festhielt. Ich hatte die Nummer noch nicht zu Ende gewählt, als sich schon ein roter Fleck durch das Handtuch drückte.

Am anderen Ende meldete sich die Sprechstundenhilfe.

»Oh, Mr. Chinaski. Was ist es denn diesmal? Sind Ihnen die Ohrstöpsel wieder zu tief reingerutscht?«

»Nein, diesmal ist es ein bißchen ernster. Ich brauche dringend einen Termin.«

»Wie wärs mit morgen nachmittag um vier?«

»Miss Simms, es handelt sich um einen Notfall.«

»Und was ist es?«

»Bitte, ich brauche *sofort* einen Arzt.«

»Na gut, kommen Sie vorbei. Wir werden versuchen, Sie irgendwo reinzunehmen.«

»Danke, Miss Simms.«

Ich riß ein frisch gewaschenes Hemd in Streifen und machte mir damit einen Notverband. Zum Glück hatte ich noch ein wenig Leukoplast, aber es war alt und vergilbt und hielt nicht mehr gut. Ich hatte einige Schwierigkeiten, in meine Hose zu kommen. Es sah aus, als hätte ich einen enormen Ständer. Den Reißverschluß bekam ich nur noch teilweise hoch. Mühsam ging ich hinaus zu meinem Wagen, stieg ein und fuhr zur Praxis. Als ich auf dem Parkplatz ausstieg, schockte ich zwei ältere Damen, die gerade vom Augenoptiker im Erdgeschoß kamen. Ich konnte es so einrichten, daß ich den Lift für mich allein hatte. Als ich in der dritten Etage ausstieg, sah ich Leute den Korridor herunterkommen. Ich wandte ihnen den Rücken zu und tat so, als wollte ich am Trinkbrunnen einen Schluck Wasser trinken. Dann ging ich den Korridor lang und betrat die Praxis. Das Wartezimmer war voll von Leuten, die keine wirklichen Probleme hatten – Tripper, Herpes, Syphilis, Krebs usw. Ich ging zum Schreibtisch der Arzthelferin.

»Ah, Mr. Chinaski...«

»Bitte, Miss Simms, *keine Witze*! Es *ist* ein Notfall, glauben Sie mir. Es eilt!«

»Sie können rein, sobald der Doktor mit dem Patienten fertig ist, den er gerade behandelt.«

Ich lehnte mich an die Trennwand, die den Arbeitsplatz der Helferin gegen die Kundschaft abschirmte, und wartete. Als der Patient aus dem Sprechzimmer kam, rannte ich sofort rein.

»Chinaski, was ist?«

»Ein Notfall, Doktor.«

Ich zog mir Schuhe und Strümpfe, Hose und Unterhose aus und ließ mich rücklings auf die Liege fallen.

»Was haben Sie denn da? Ist ja ein enormer Verband.«

Ich machte die Augen zu und schwieg. Ich spürte, wie er an dem Verband zupfte.

»Wissen Sie«, sagte ich, »ich war mal in einer Kleinstadt, wo sich ein Mädchen von vierzehn oder so mit einer Cola-Flasche befriedigt hat. Die Flasche blieb stecken, und sie kriegte sie nicht mehr raus. Sie mußte damit zum Arzt. Sie wissen ja, wie es in solchen Kleinstädten ist. Es sprach sich herum. Ihr ganzes Leben war ruiniert. Sie wurde gemieden. Niemand wollte etwas mit ihr zu tun haben. Das schönste Mädchen in der Stadt. Schließlich hat sie einen Gnom geheiratet, der im Rollstuhl saß und irgendeine Lähmung hatte.«

»Das erleben wir öfter«, sagte mein Arzt und riß mir den letzten Streifen des Verbands ab. »Wie ist Ihnen *das* hier passiert?«

»Tja, also... sie heißt Bernadette, zweiundzwanzig, verheiratet. Sie hat langes blondes Haar, das ihr immer ins Gesicht fällt, und sie muß sich die Strähnen mit der Hand...«

»Zweiundzwanzig?«

»Ja. Sie hatte Jeans an...«

»Sie haben hier ziemliche Schnittwunden.«

»Sie klopfte bei mir an die Tür und fragte, ob sie reinkommen kann. ›Klar‹, sagte ich. ›Ich hab es satt‹, sagte sie und rannte in mein Badezimmer. Sie ließ die Tür halb offen. Zog sich die Hosen runter, setzte sich auf die Toilette und fing an zu pissen. OOH! MANN GOTTES!«

»Halten Sie still. Ich muß die Wunde desinfizieren.«

»Wissen Sie, Doktor, klug wird man immer erst, wenns zu spät ist – die Jugend dahin, der Sturm und Drang vorbei, und die Girls sind nach Hause gegangen.«

»Wie wahr.«

»AUA! OH! MENSCHENSKIND!«

»Kommen Sie. Das muß gründlich gereinigt werden.«

»Als sie rauskam, sagte sie, ich hätte sie letzte Nacht auf ihrer Party im Stich gelassen. Statt das Problem mit ihrer verunglückten Liebesaffäre zu lösen, hätte ich alle besoffen gemacht, und dann wäre ich in einen Rosenstrauch gestolpert. Ich hätte mir die Hose daran aufgerissen, wäre rückwärts umgekippt und mit dem Kopf auf einen großen Stein geschlagen. Jemand namens Willy hätte mich nach Hause geschleppt, die Hose wäre mir runtergerutscht und dann die Unterhose, aber das hätte ihr Problem nicht gelöst. Allerdings, sagte sie, mit ihrem Liebhaber wäre sie eh fertig, und wenigstens hätte ich ein paar starke Sachen gesagt.«

»Wo haben Sie dieses Mädchen getroffen?«

»Ich hatte in Venice eine Lesung. Traf sie anschließend in der Bar nebenan.«

»Können Sie mir ein Gedicht rezitieren?«

»Nein, Doktor. Jedenfalls, sie sagte: ›Mensch, ich hab es *satt!*‹ Sie setzte sich auf die Couch. Ich setzte mich ihr gegenüber in einen Sessel. Sie trank ihr Bier und erzählte mir von ihrem Kummer. ›Ich liebe ihn, weißt du, aber ich komm nicht an ihn *ran*. Er redet nichts. Ich sag zu ihm: *Rede* mit mir! Aber nein, er will einfach nicht. Er sagt: Es liegt nicht an dir, es ist was anderes. Und damit hat sichs.‹«

»So, Chinaski, jetzt werde ich Sie nähen. Das wird nicht angenehm.«

»Ja, Doktor. Jedenfalls, sie erzählte mir einiges aus ihrem Leben. Sagte, sie hätte schon drei Ehen hinter sich. Ich sagte, so mitgenommen würde sie gar nicht aussehen. Und sie sagte: ›Findest du? Na, ich war aber schon zweimal im Irrenhaus.‹ Ich sagte: ›Du auch?‹ Und sie sagte: ›Ach, du warst auch schon drin?‹ Und ich sagte: ›Nein, aber manche Frauen, die ich gekannt habe.‹«

»Also«, sagte der Arzt, »das ist nur ein kleiner Faden. Das ist alles. Faden. Ein bißchen Stickerei.«

»Oh Scheiße, geht das nicht auch anders?«

»Nein, die Schnitte sind zu tief.«

»Sie sagte, sie hätte schon mit fünfzehn geheiratet. Sie nannten sie eine Hure, weil sie mit diesem Kerl da ging. Ihre Eltern nannten sie eine Hure, und da hat sie den Burschen geheiratet, um ihre Eltern zu ärgern. Ihre Mutter trank und kam öfter ins Irrenhaus. Von ihrem Vater wurde sie dauernd geschlagen. AUA! MANN GOTTES! MACHEN SIE LANGSAM!«

»Chinaski, Sie haben mit Frauen mehr Trouble als alle Männer, die mir je begegnet sind.«

»Dann lernte sie eine Lesbe kennen. Die Lesbe ging mit ihr in eine Schwulenbar. Sie ließ die Lesbe stehen und ging mit einem Homo weg. Sie zogen zusammen. Sie stritten sich über das richtige Make-up. AU! HEILIGER STROHSACK! Sie klaute ihm seinen Lippenstift, und er klaute ihren. Dann hat sie ihn geheiratet...«

»Da ist allerhand zu nähen. Wie ist Ihnen das nur passiert?«

»Ich wills Ihnen doch gerade *erzählen*, Doktor. Sie bekamen ein Kind. Dann ließen sie sich scheiden, und er verschwand und ließ sie mit dem Kind sitzen. Sie fand einen Job und nahm sich einen Babysitter, aber sie verdiente nicht viel, und wenn sie den Babysitter bezahlt hatte, war nicht mehr viel übrig. Sie mußte jeden Abend anschaffen gehen. Zehn Dollar für eine Nummer. Das ging so einige Zeit. Sie kam auf keinen grünen Zweig. Eines Tages bei der Arbeit – es war ein Job bei Avon – fing sie an zu schreien und konnte überhaupt nicht mehr aufhören. Sie kam in ein Irrenhaus. AU! SEIEN SIE VORSICHTIG! ICH BITTE SIE!«

»Wie hieß sie noch?«

»Bernadette. Nach der Entlassung aus dem Irrenhaus kam sie nach L.A., lernte Karl kennen und heiratete ihn. Sie erzählte mir, daß ihr meine Gedichte gefallen und daß sie mich dafür bewundert, wie ich nach meinen Lesungen ins Auto springe und mit neunzig Sachen über den Bürgersteig rase. Dann sagte sie, sie hätte Hunger, und sie würde mich zu einem Hamburger und Fritten einladen. Also schön. Sie fuhr mit mir zu McDonald's. BITTE, DOKTOR! MACHEN SIE LANGSAMER, ODER NEHMEN SIE EINE SPITZERE NADEL ODER IRGENDWAS!«

»Ich bin gleich fertig.«

»Na, wir setzten uns also mit Hamburgers, Pommes frites und Kaffee an einen Tisch, und dann erzählte mir Bernadette von ihrer Mutter. Ihre Mutter machte ihr Sorgen. Und ihre beiden Schwestern machten ihr auch Sorgen. Die eine, sagte sie, wäre dauernd unglücklich, und die andere wäre schlicht langweilig und mit allem zufrieden. Und dann gab es noch ihren kleinen Sohn, und sie machte sich Sorgen über das Verhältnis zwischen Karl und dem Jungen...«

Der Arzt gähnte und machte wieder ein Stück Naht.

»Ich sagte ihr, sie würde sich zuviel aufladen, und sie sollte ein paar von diesen Menschen sich selbst überlassen. Dann merkte ich, daß sie zitterte, und ich sagte ihr, es täte mir leid, daß ich das gesagt hatte. Ich nahm ihre eine Hand und rieb sie ihr. Dann die andere Hand. Ich ließ ihre Hände in meine

Jackenärmel gleiten und sagte: ›Entschuldige. Wahrscheinlich bist du einfach ein mitfühlender Mensch. Das ist gar nicht verkehrt.‹«

»Aber wie ist es denn nun passiert, das Malheur hier?«

»Na schön, als ich mit ihr die Treppe runterging, legte ich ihr den Arm um die Taille. Sie wirkte immer noch wie ein Girl von der Oberschule – langes, seidig blondes Haar; und ihre Lippen so sinnlich und verführerisch. Wie es in Wirklichkeit in ihr aussah, merkte man nur, wenn man ihr in die Augen schaute. Die waren dauernd wie im Schock.«

»Bitte kommen Sie langsam zur Sache«, sagte der Arzt. »Ich bin beinahe fertig.«

»Naja, als wir zu mir nach Hause kamen, stand so ein Blödmann mit seinem Hund auf dem Gehsteig, und ich sagte ihr, sie soll ein Stück weiter oben halten. Sie parkte in zweiter Reihe, ich bog ihr den Kopf nach hinten und küßte sie. Ich gab ihr einen langen Kuß, holte Luft und gab ihr noch einen. Sie nannte mich einen schlimmen Kerl. Ich sagte, sie soll einem alten Mann eine Chance geben. Ich gab ihr noch einen langen Kuß. Sie sagte: ›Das ist kein Kuß, Mann, das ist Sex. Es ist fast ne Vergewaltigung!‹«

»Und dann passierte es?«

»Ich stieg aus, und sie sagte, sie würde mich in einer Woche anrufen. Ich ging in meine Wohnung, und *dann* passierte es.«

»Und wie?«

»Kann ich ganz offen sein, Doktor?«

»Natürlich.«

»Hm, also ihr Körper und das Gesicht, das Haar und die Augen und ihre Stimme... und dann diese Küsse... davon war ich ganz scharf geworden.«

»Und?«

»Und ich hab da so eine Blumenvase, die hat gerade den richtigen Durchmesser. Ich hab ihn in die Vase gesteckt und dabei an Bernadette gedacht. Ich war mitten drin, da ist das verdammte Ding gesplittert. Ich hatte es schon öfter damit gemacht, aber diesmal war ich wohl zu erregt und unbeherrscht. Sie sieht einfach so sexy aus, die Frau...«

»Stecken Sie das Ding niemals in etwas, das aus Glas ist.«

»Meinen Sie, es wird wieder, Doktor?«

»Ja, sie werden ihn wieder benutzen können. Sie hatten noch mal Glück.«

Ich zog mich an und ging. Ich fühlte mich immer noch sehr wund in meiner Unterhose. Unterwegs fiel mir ein, daß ich zu Hause nichts mehr zu essen hatte. Ich hielt oben an der Vermont, ging ins Lebensmittelgeschäft und packte mir Hackfleisch, Brot und Eier in den Einkaufswagen.

Eines Tages muß ich Bernadette mal erzählen, wie knapp das ausging. Oder vielleicht liest sie das hier und erfährt es so. Als ich das letzte Mal von ihr hörte, war sie mit Karl gerade nach Florida gezogen. Sie wurde schwanger. Karl wollte, daß sie eine Abtreibung macht. Sie wollte nicht. Sie trennten sich. Sie ist immer noch in Florida und lebt jetzt mit Karls Freund Willy zusammen. Willy verdient sein Geld mit Pornographie. Vor zwei Wochen kam ein Brief von ihm. Ich habe ihm noch nicht geantwortet.

Ein böses Erwachen

Kevins Frau nahm den Hörer ab. Dann reichte sie ihm den Hörer samt Telefon weiter. Es war Samstagmorgen, und sie lagen noch im Bett.
»Es ist Bonnie«, sagte sie.
»Hallo, Bonnie?«
»Bist du wach, Kevin?«
»Yeah, yeah.«
»Hör zu, Kevin, Jeanjean hat mir alles erzählt.«
»Was hat sie dir erzählt?«
»Daß du sie und Cathy in die Besenkammer gelockt und ihnen die Höschen ausgezogen und an ihrem Pipi gerochen hast.«
»An ihrem Pipi gerochen?«
»Das hat sie gesagt, ja.«
»Großer Gott, Bonnie, soll das ein schlechter Scherz sein?«
»Jeanjean lügt bei so etwas nicht. Sie sagt, du hast Cathy und sie in die Besenkammer gelockt und ihnen die Höschen ausgezogen und an ihrem Pipi gerochen.«
»Na, na, Moment mal, Bonnie!
»Von wegen Moment mal! Tom ist ganz außer sich. Er sagt, er bringt dich um. Und ich finde es gräßlich von dir! Unvorstellbar! Mutter meint, ich soll meinen Anwalt anrufen.«
Bonnie legte auf. Kevin stellte das Telefon auf den Boden.
»Was ist?« fragte seine Frau.
»Ach nichts, Gwen, gar nichts.«
»Können wir frühstücken?«
»Ich glaube nicht, daß ich was runterkriege.«
»Kevin, was ist denn los?«

»Bonnie behauptet, ich hätte Jeanjean und Cathy in die Besenkammer gelockt und ihnen die Höschen ausgezogen und an ihrem Pipi gerochen.«

»Oh also komm!«

»Doch, das hat sie gesagt.«

»Hast du's denn getan?«

»Gott, Gwen, ich hab getrunken. Von der Party weiß ich nur noch, daß ich zuletzt auf dem Rasen vor dem Haus stand und mir den Mond ansah. Er war groß. Kam mir vor, als hätte ich noch nie so einen großen Mond gesehen.«

»Und an das andere erinnerst du dich nicht?«

»Nein.«

»Du kriegst Mattscheibe, wenn du trinkst, Kevin. Du weißt, daß du Mattscheibe kriegst, wenn du trinkst.«

»Ich glaube nicht, daß ich so was tun würde. Ich vergreife mich doch nicht an Kindern.«

»Kleine Mädchen von acht und zehn Jahren können ganz neckisch sein.«

Gwen ging ins Badezimmer. Als sie wieder herauskam, sagte sie: »Ich bete zu Gott, daß es passiert ist. Ich wäre heilfroh, wenn es wirklich passiert ist.«

»Was? Verdammt, was redest du da?«

»Es ist mein Ernst. Vielleicht wirst du dich dann ein bißchen bremsen. Vielleicht machst du dir dann mal Gedanken über deine Trinkerei. Vielleicht bringt es dich doch sogar dazu, daß du ganz damit aufhörst. Jedesmal, wenn du auf eine Party gehst, mußt du unbedingt mehr trinken als alle anderen. Du mußt es richtig in dich *reinschütten.* Und dann leistest du dir immer irgendwas Idiotisches und Widerwärtiges. Immerhin, bis gestern abend hast du's meistens nur mit Frauen getan, die wenigstens volljährig waren.«

»Gwen, die ganze Geschichte kann doch nur ein dummer Scherz sein.«

»Es ist kein Scherz. Warte mal, bis dirs die Mädchen in Gegenwart von Tom und Bonnie ins Gesicht sagen!«

»Gwen, ich hab die zwei kleinen Mädchen doch viel zu gern.«

»*Was?*«

»Ach Scheiße. Vergiß es.«

Gwen begab sich in die Küche, und Kevin ging ins Badezimmer. Er plätscherte sich kaltes Wasser ins Gesicht und sah in den Spiegel. Wie sah ein Perverser aus? Antwort: Wie jeder andere Mensch – bis man ihm sagt, daß er einer ist.

Kevin setzte sich zu einem Schiß. Auf dem Klo war man wenigstens noch sicher. Bestimmt war diese Geschichte gar nicht passiert. Er war in seinem eigenen Badezimmer: Da hing sein Handtuch, sein Waschlappen, das Klopapier; da war die Badewanne; und unter seinen Füßen, flauschig und warm, war der Badezimmerteppich – rot, sauber und behaglich. Kevin wischte sich den Hintern ab, zog die Spülung, wusch sich die Hände wie ein zivilisierter Mensch und ging zu Gwen in die Küche. Sie briet gerade den Schinken an. Sie goß ihm eine Tasse Kaffee ein.

»Danke.«

»Rührei?«

»Rührei.«

»Seit zehn Jahren sind wir verheiratet, und immer sagst du ›Rührei‹.«

»Und noch erstaunlicher ist, daß du mich immer noch fragst.«

»Kevin, wenn das rauskommt, bist du deinen Job los. Einen Filialleiter, der sich an Kindern vergreift, kann die Bank nicht gebrauchen.«

»Nein, wahrscheinlich nicht.«

»Kevin, wir müssen uns mit den Familien der beiden Mädchen zu einer Aussprache treffen. Wir müssen uns alle zusammensetzen und die Sache bereden.«

»Das hört sich an wie eine Szene aus *Der Pate*.«

»Kevin, du hast ein ernstes Problem. Daran kommst du nicht vorbei. Du bist in Schwierigkeiten. Tu deinen Toast rein. Drück langsam runter, sonst springt er gleich wieder hoch. Mit der Feder stimmt was nicht.«

Kevin drückte den Hebel des Toasters herunter. Gwen servierte das Rührei mit Schinken.

»Jeanjean hat so ne kokette Art an sich. Sie ist genau wie ihre Mutter. Eigentlich ein Wunder, daß das nicht schon eher passiert ist. Das soll natürlich nichts entschuldigen.«

Sie setzte sich. Der Toast kam hoch, und Kevin reichte ihr eine Scheibe über den Tisch.

»Gwen, wenn man sich an etwas nicht erinnert, ist das ein ganz merkwürdiges Gefühl. Man kann sich nicht vorstellen, daß da was gewesen ist.«

»Es kommt auch vor, daß Mörder vergessen, was sie getan haben.«

»Du willst es doch nicht mit einem Mord vergleichen, oder?«

»Es kann für die Entwicklung der beiden Mädchen ernste Folgen haben.«

»Das können viele Dinge.«

»Ich muß annehmen, daß dein Verhalten destruktiv war.«

»Vielleicht war es konstruktiv. Vielleicht hatten sie Spaß dabei.«

»Es ist verdammt lange her«, sagte Gwen, »seit du *mein* Pipi zum letzten Mal beschnuppert hast.«

»Jaja, bring du dich auch noch rein.«

»Ich bin schon drin. Wir leben in einem Ort mit zwanzigtausend Einwohnern, da bleibt so etwas kein Geheimnis.«

»Wie wollen sie es beweisen? Zwei kleine Mädchen sagen was, und ich sage, es ist nicht wahr.«

»Noch Kaffee?«

»Ja.«

»Ich hab wieder nicht an die Tabasco-Soße gedacht. Ich weiß, du machst dir gern ein bißchen aufs Rührei.«

»Das vergißt du immer.«

»Ich weiß. Hör zu, Kevin, du mußt mich jetzt entschuldigen, ich hab was zu erledigen. Iß nur in Ruhe dein Frühstück zu Ende. Laß dir Zeit.«

»Ist gut.«

Er war sich nicht sicher, ob er Gwen liebte, aber das Leben mit ihr war angenehm. Sie kümmerte sich um alle Kleinigkeiten, und wenn ein Mann wahnsinnig wurde, dann wegen Kleinigkeiten. Er strich sich reichlich Butter auf sein Toastbrot. Butter war so ziemlich der letzte Luxus, der einem noch blieb. Autos würden eines Tages so teuer sein, daß man sie sich nicht mehr leisten konnte, und dann würden alle nur noch rumsitzen und Butter essen und warten. Die Jesus-Freaks, die vom Ende der Welt redeten, wirkten mit jedem Tag vernünftiger. Kevin kaute seinen gebutterten Toast. Als er fertig war, kam Gwen herein.

»So, alles geregelt. Ich hab mit allen telefoniert.«

»Wovon redest du?«

»In einer Stunde treffen wir uns alle bei Tom.«

»Bei Tom?«

»Ja. Tom und Bonnie und Bonnies Eltern und Toms Bruder und Schwägerin – alle werden da sein.«

»Die Kinder auch?«

»Nein.«

»Und Bonnies Anwalt?«

»Hast du Angst?«

»Hättest du keine?«

»Ich weiß nicht. Ich habe einem kleinen Mädchen noch nie am Pipi geschnuppert.«

»Wieso eigentlich nicht?«

»Weil es unanständig und unzivilisiert ist.«

»Und was hat uns unsere anständige Zivilisation eingebracht?«

»Ich würde sagen Männer wie dich, die kleine Mädchen in eine Besenkammer locken.«

»Dir macht das anscheinend Spaß.«

»Ich weiß nicht, ob dir die beiden Mädchen das je verzeihen werden.«

»Ich soll sie um Verzeihung bitten? Verlangst du das von mir? Für etwas, an das ich mich nicht mal erinnern kann?«

»Warum nicht?«

»Laß sie's doch vergessen. Warum auch noch drauf rumreiten?«

Als Kevin und Gwen vor Toms Haus vorfuhren, stand Tom im Wohnzimmer und sagte: »Da kommen sie. Also wir müssen jetzt ganz ruhig bleiben. Die Angelegenheit läßt sich fair und anständig erledigen. Wir sind erwachsene Menschen und können so etwas unter uns ausmachen. Wir brauchen dazu keine Polizei. Gestern abend hätte ich Kevin am liebsten umgebracht. Jetzt will ich ihm nur noch helfen.«

Die sechs Angehörigen von Jeanjean und Cathy saßen da und warteten. Es läutete an der Tür. Tom machte auf und sagte: »Hallo, ihr beiden.«

»Hallo«, sagte Gwen. Kevin sagte nichts.

»Setzt euch.«

Sie gingen zur Couch und setzten sich.

»Was zu trinken?«

»Nein«, sagte Gwen.

»Scotch und Soda«, sagte Kevin.

Tom mixte den Drink und brachte ihm das Glas. Kevin kippte den Scotch herunter. Er griff in die Jackentasche und holte seine Zigaretten heraus.

»Kevin«, sagte Tom, »wir haben beschlossen, daß du einen Psychologen konsultieren sollst.«

»Keinen Psychiater?«

»Nein, einen Psychologen.«

»Na gut.«

»Und wir finden, du solltest die Kosten übernehmen für die gesamte therapeutische Behandlung, die Jeanjean und Cathy brauchen werden.«

»Ist gut.«

»Wir behalten die Sache für uns. Aus Rücksicht auf die Kinder und auch dir zuliebe.«

»Danke.«

»Nur eins möchten wir gerne mal wissen, Kevin. Wir sind deine Freunde. Wir kennen uns schon eine ganze Reihe von Jahren. Sag uns nur eins: *Warum trinkst du so viel?*«

»Ach Gott, ich weiß auch nicht. Ich glaube, die meiste Zeit tu ichs, weil mich einfach alles langweilt.«

Mensch Mayer

Joe Mayer war freier Schriftsteller. Er lag verkatert im Bett, als ihn das Telefon um neun Uhr morgens weckte. Er stand auf und ging ran. »Hallo?«

»Tag, Joe, wie gehts?«

»Oh, bestens.«

»Bestens, hm?«

»Ja. Und?«

»Vicki und ich sind grade in unser neues Haus eingezogen. Wir haben noch kein Telefon. Aber ich kann dir die Adresse geben. Hast du was zum Schreiben?«

»Moment.«

Joe schrieb sich die Adresse auf.

»Ich hab deine letzte Story in *Hot Angel* gelesen. Hat mir nicht gefallen.«

»Mhm«, sagte Joe.

»Ich meine, nichts gegen die Story, aber im Vergleich zu deinen meisten anderen Sachen gibt sie mir nicht so viel. Übrigens, hast du ne Ahnung, wo Buddy Edwards ist? Griff Martin, der mal *Hot Tales* rausgegeben hat, sucht ihn. Ich dachte, du weißt es vielleicht.«

»Ich weiß nicht, wo er ist.«

»Ich könnte mir vorstellen, daß er in Mexiko ist.«

»Kann sein.«

»Naja, paß auf, wir kommen bald mal bei dir vorbei.«

»Ja, sicher.« Joe legte auf. Er setzte Kaffeewasser und zwei Eier zum Kochen auf, warf ein Alka Seltzer in ein halbvolles Glas Wasser und trank es. Dann legte er sich wieder ins Bett.

Das Telefon klingelte. Er stand auf und ging ran.

»Joe?«

»Ja?«
»Hier ist Eddie Greer.«
»Ah ja.«
»Wir möchten gern, daß Sie bei einer Benefizveranstaltung mitmachen...«
»Für was?«
»Für die I.R.A.«
»Hören Sie, Eddie, ich halte nichts von Politik und Religion und so weiter. Ich weiß nicht mal so recht, was da drüben läuft. Ich habe keinen Fernseher, ich lese keine Zeitung und gar nichts. Ich weiß nicht, wer da im Recht oder im Unrecht ist. Falls man davon überhaupt reden kann.«
»England ist im Unrecht, Mann.«
»Eddie, ich kann nicht für die I.R.A. lesen.«
»Tja, dann...«
Die Eier waren fertig. Er setzte sich an den Tisch, pellte die Schalen ab, steckte eine Scheibe Brot in den Toaster und rührte gemahlenen Kaffee ins kochende Wasser. Er brachte die Eier und den Toast mit zwei Tassen Kaffee herunter. Dann legte er sich wieder ins Bett.
Er war fast eingeschlafen, als das Telefon erneut klingelte. Er stand auf. Nahm den Hörer ab.
»Mr. Mayer?«
»Ja?«
»Ich bin Mike Haven, ein Freund von Stuart Irving. Wir hatten beide mal was in *Stone Mule*, als das Magazin noch in Salt Lake City rauskam.«
»Ja?«
»Ich bin grade aus Montana angekommen und eine Woche hier in der Stadt. Im Sheraton. Ich würde gern mal vorbeikommen und mich mit Ihnen unterhalten.«
»Heute gehts aber schlecht, Mike.«
»Na, vielleicht könnte ich Ende der Woche kommen?«
»Ja, rufen Sie mich doch in ein paar Tagen noch mal an.«
»Wissen Sie, Joe, in meinen Gedichten und in Prosa

schreibe ich genau wie Sie. Ich möchte ein paar Sachen von mir mitbringen und Ihnen vorlesen. Sie werden überrascht sein. Meine Sachen sind wirklich stark.«

»Ach ja?«

»Sie werden sehn!«

Als nächstes kam die Post. Ein Brief. Joe machte ihn auf:

Lieber Mr. Mayer,
ich habe Ihre Adresse von Sylvia, mit der Sie einmal korrespondiert haben, als sie noch in Paris war. Sylvia ist inzwischen in San Francisco und schreibt immer noch ihre wilden und prophetischen und engelhaften und verrückten Gedichte. Ich lebe jetzt in Los Angeles, und ich würde mich wirklich freuen, wenn ich Sie einmal besuchen dürfte! Bitte lassen Sie mich wissen, wann es Ihnen am besten passen würde.
Herzlichst, Diane.

Joe streifte seinen Bademantel ab und zog sich an. Wieder klingelte das Telefon. Er ging hin, sah es an, nahm aber nicht ab. Er verließ die Wohnung und stieg in sein Auto, um wie jeden Tag nach Santa Anita zum Pferderennen zu fahren. Er fuhr langsam, machte das Radio an und stellte einen Sender ein, der klassische Musik brachte. Der Smog in der Luft hielt sich in Grenzen. Er fuhr den Sunset Boulevard entlang, bog an der gewohnten Stelle ab, fuhr über den Hügel nach Chinatown, am Hauptpostamt und an Little Joe's vorbei, und hinter Chinatown ging es in gemächlicher Fahrt am Rangierbahnhof entlang, und er sah hinunter auf die alten braunen Güterwaggons. Er überlegte, daß er gerne mal diese Szene hier malen würde, wenn er mit Pinsel und Farbe nur nicht so verdammt untalentiert wäre. Nun, vielleicht würde er es trotzdem malen. Er fuhr den Broadway hinauf und über den Huntington Drive zur Rennbahn. Dort erstand er einen Cornedbeef-Sandwich und einen Kaffee, setzte sich und studierte das Rennprogramm. Die Rennen des Tages schienen einigermaßen gut besetzt zu sein.

Er erwischte Rosalena im ersten Rennen mit $ 10,80 , Wife's Objection im zweiten mit $ 9,20, und im Daily Double gewann er mit den beiden noch $ 48,40 dazu. Er hatte zwei Dollar auf den Sieg von Rosalena und fünf auf den von Wife's Objection gesetzt, so daß er nun insgesamt auf $ 73,20 kam. Er hatte Pech mit Sweetott, wurde zweiter mit Harbor Point, zweiter mit Pitch Out, zweiter mit Brannan – alles Siegwetten – und lag noch mit $ 48,20 vorn, als er mit einer $ 20-Siegwette auf Southern Cream durchkam, und damit war er wieder bei $ 73,20 angelangt.

Es war kein schlechter Tag. Er traf nur drei Leute, die er kannte. Fabrikarbeiter. Schwarze. Ehemalige Kollegen.

Das achte Rennen war das Problem. Cougar mit 128 Pfund im Sattel lief gegen Unconscious mit 123. Die übrigen Pferde kamen für ihn nicht in Betracht. Er konnte sich nicht entscheiden. Die Wetten auf Cougar standen 3:5, die auf Unconscious 7:2. Da er $ 73,20 vorne lag, hatte er das Gefühl, daß er sich den Luxus erlauben konnte, auf ein 3:5 gewettetes Pferd zu setzen. Er riskierte es mit 30 Dollar auf Sieg. Cougar kam sehr spät weg und lief wie in einem matschigen Straßengraben. Am Scheitelpunkt der ersten Kurve lag er siebzehn Längen hinter dem führenden Pferd. Joe wußte, daß er einen Verlierer erwischt hatte. Im Ziel hatte der Gaul bis auf fünf Längen aufgeholt, aber das Rennen war gelaufen.

Im neunten setzte er je zehn Dollar auf den Sieg von Barbizon, Jr. und Lost at Sea, hatte mit beiden Pech und verließ die Tribüne mit $ 23,20. Tomatenpflücken war doch entschieden einfacher. Er stieg in sein altes Auto und fuhr langsam nach Hause.

Er saß gerade in der Badewanne, als es an der Tür läutete. Er frottierte sich ab und zog sich Hemd und Hose an. Es war Max Billinghouse. Max war Anfang zwanzig, hatte rotes

Haar und keine Zähne mehr. Er hatte eine Stelle als Hauswart und trug immer Bluejeans und ein schmutziges weißes T-Shirt. Er ließ sich in einen Sessel fallen und schlug die Beine übereinander.

»Na, Mayer, wie läufts denn so?«
»Was willst du wissen?«
»Ich meine, kommst du mit deiner Schreiberei über die Runden?«
»Im Moment ja.«
»Hast du was Neues?«
»Nicht seit voriger Woche, als du das letzte Mal hier warst.«
»Wie war deine Lesung?«
»Ging so.«
»Die Leute, die zu Dichterlesungen gehn, sind alle verlogen.«
»Das sind die meisten.«
»Hast du Schokolade da?«
»Schokolade?«
»Ja. Ich hab ne Schwäche für das Zeug. Bin ganz versessen drauf.«
»Ich hab nichts da.«

Max stand auf und ging in die Küche. Er kam mit einer Tomate und zwei Scheiben Brot zurück und setzte sich wieder.

»Mensch, du hast hier überhaupt nichts zu essen.«
»Ich werde mal wieder einkaufen müssen.«
»Weißt du«, sagte Max, »wenn ich vor Publikum zu lesen hätte, würde ich sie so beleidigen, daß sie stocksauer werden.«
»Könnte dir gelingen, ja.«
»Bloß daß ich nicht weiß, wie man schreibt. Ich denk mir, ich lauf mal mit nem Kassettenrecorder rum. Bei der Arbeit führe ich manchmal Selbstgespräche. Dann kann ich das einfach abschreiben, und ich hab ne Story.«

Max war ein Anderthalb-Stunden-Mann. So lange blieb er immer da. Er hörte nie zu. Er redete nur. Nach anderthalb Stunden stand Max auf.

»Na, ich muß mal wieder los.«

»Okay, Max.«

Max ging. Er redete immer von den gleichen Dingen. Daß er ein paar Leute im Bus beleidigt hatte. Daß er mal Charles Manson begegnet war. Daß man mit einer Nutte besser dran war als mit einer Anständigen. Sex war nur so eine Zwangsvorstellung. Er brauchte keine neuen Kleider, kein neues Auto. Er war ein Einzelgänger. Er mußte keine Menschen um sich haben.

Joe ging in die Küche, fand noch eine Dose Thunfisch und machte sich drei Sandwiches. Er holte die Halbliterflasche Scotch hervor, die er sich aufgehoben hatte, und mixte sich einen anständigen Scotch mit Wasser. Er stellte am Radio den Sender ein, der klassische Musik brachte. Es kam gerade »An der schönen blauen Donau«. Er machte das Radio wieder aus. Als er die Sandwiches gegessen hatte, läutete es an der Tür. Joe ging hin und machte auf. Es war Hymie. Hymie hatte einen bequemen Job als städtischer Angestellter irgendwo in der Nähe von L.A. Nebenbei war er Dichter.

»Hör zu«, sagte er, »meine Idee mit dieser *Anthology of L.A. Poets,* die können wir vergessen.«

»Nichts dagegen.«

Hymie setzte sich. »Wir brauchen einen besseren Titel. Ich glaube, ich hab einen: *Erbarmen mit den Kriegstreibern.* Überleg dir das mal.«

»Gefällt mir irgendwie«, sagte Joe.

»Und wir können sagen: ›Dieses Buch ist für Franco und Lee Harvey Oswald und Adolf Hitler.‹ Ich bin Jude, also zeig ich damit allerhand Mumm. Was hältst du davon?«

»Klingt gut.«

Hymie stand auf und mimte einen typischen jüdischen Dickwanst aus der guten alten Zeit. Er bespuckte sich und setzte sich wieder. Hymie war sehr lustig. Er war der lustigste Mensch, den Joe kannte. Hymie war gut für eine Stunde. Als die Stunde um war, stand er auf und ging. Er redete jedesmal dasselbe. Daß die meisten Dichter elend schlecht waren. Daß es eine Tragödie war. So tragisch, daß es schon wieder zum Lachen war. Aber was sollte man machen?

Joe mixte sich noch einen ordentlichen Scotch mit Wasser und setzte sich damit an die Schreibmaschine. Er hatte gerade zwei Zeilen getippt, als das Telefon klingelte. Es war Dunning, der aus dem Krankenhaus anrief. Dunning war ein begeisterter Biertrinker. Er hatte es sich beim Militär angewöhnt. Sein Vater war Herausgeber einer berühmten Literaturzeitschrift gewesen und im Juni gestorben. Dunnings Frau war ehrgeizig. Sie hatte ihn unaufhörlich bekniet, Arzt zu werden. Er hatte es zum Chiropraktiker gebracht. Im Moment arbeitete er als Krankenpfleger und versuchte, acht- oder zehntausend Dollar zu sparen, um sich einen Röntgenapparat anschaffen zu können.

»Wie wärs, wenn ich vorbeikomme und wir trinken ein paar Flaschen Bier?« fragte Dunning.

»Sag mal, können wir das nicht verschieben?« fragte Joe.
»Was ist denn? Bist du am Schreiben?«
»Grade angefangen.«
»Na schön, dann lassen wirs.«
»Danke, Dunning.«

Joe setzte sich wieder an die Maschine. Es ging nicht schlecht. Er kam bis zur Mitte der Seite, da hörte er, wie sich draußen Schritte näherten. Es klopfte an die Tür. Joe machte auf.

Es waren zwei junge Burschen. Der eine war glattrasiert, der andere hatte einen schwarzen Bart.

Der mit dem Bart sagte: »Ich war neulich bei Ihrer Lesung.«
»Kommt rein«, sagte Joe.

Sie kamen herein. Sie hatten ein Sixpack dabei, importiertes Bier, in grünen Flaschen.

»Ich hole einen Öffner«, sagte Joe.

Dann saßen sie da und nuckelten Bier.

»Das war eine gute Lesung«, sagte der mit dem Bart.

»Wer hat Sie am stärksten beeinflußt?« fragte der Glattrasierte.

»Jeffers. Die längeren Gedichte. *Tamar. Roan Stallion.* Und so weiter.«

»Irgendwelche neueren Autoren, die Sie interessieren?«

»Nein.«

»Es heißt, Sie kommen aus dem Underground, und jetzt sind Sie etabliert. Was sagen Sie dazu?«

»Gar nichts.«

Es kamen noch mehr Fragen dieses Kalibers. Die Boys waren nur gut für je eine Flasche. Die anderen vier trank Joe. Nach einer dreiviertel Stunde gingen sie. Der ohne Bart sagte allerdings beim Rausgehen: »Wir kommen mal wieder.«

Joe setzte sich mit einem neuen Drink wieder an die Maschine. Die Finger rutschten ihm von den Tasten. Er stand auf, ging ans Telefon, wählte ihre Nummer und wartete. Sie war da. Sie meldete sich.

»Hör zu«, sagte Joe, »ich muß hier raus. Kann ich zu dir rüberkommen und ne Weile bleiben?«

»Du meinst, du willst über Nacht bleiben.«

»Ja.«

»Wieder?«

»Ja, wieder.«

»Na gut.«

Joe bog hinten um die Veranda und ging den Fahrweg hinunter. Sie wohnte drei oder vier Bungalows weiter. Er klopfte an. Lu ließ ihn rein. Die Lichter waren aus. Sie hatte nur einen Slip an und führte ihn gleich zum Bett.

»O Gott«, stöhnte er.

»Was ist?«

»Na, es ist alles irgendwie nicht mehr zu begreifen. Oder fast nicht mehr.«

»Zieh dich einfach aus und komm ins Bett.«

Joe zog sich aus und kroch zu ihr unter die Decke. Er wußte zuerst nicht, ob es noch einmal gehen würde – nach so vielen Nächten hintereinander. Aber da war ihr Körper, und es war ein junger Körper. Und auch ihre leicht geöffneten Lippen waren Wirklichkeit. Joe ließ sich treiben. Es war gut, im Dunkeln zu sein. Er knutschte sie heiß. Rutschte sogar wieder an ihr herunter und züngelte ihr die Möse. Er stieg bei ihr auf, doch nach vier oder fünf Stößen hörte er draußen eine Stimme...

»Mayer... ich suche einen Joe Mayer...«

Dann die Stimme seines Vermieters. Der Vermieter war betrunken.

»Tja, wenn er nicht in dem Apartment da vorne ist, versuchen Sie's mal hier. In einem von den beiden wird er sein.«

Joe brachte noch vier oder fünf Stöße an, ehe das Klopfen an der Tür begann. Er glitt aus ihr heraus und ging nackt wie er war nach vorn. Er öffnete ein Seitenfenster.

»Yeah?«

»Hey, Joe! Tag, Joe, was machst'n so, Joe?«

»Nichts.«

»Na, wollen wir nicht 'n paar Biere zischen, Joe?«

»Nein.« Er knallte das Fenster zu, ging zurück und legte sich wieder zu ihr ins Bett.

»Wer war das?« fragte sie.

»Weiß nicht. Hab das Gesicht nicht gekannt.«

»Küß mich, Joe. Lieg nicht bloß so da.«

Er küßte sie, während der südkalifornische Mond durch die südkalifornischen Vorhänge schien. Er war Joe Mayer. Freier Schriftsteller.

Er hatte alles, was er brauchte.

Der Fahrstuhl-Freak

Harry stand in der Eingangshalle des Hochhauses und wartete auf den Lift. Der Lift kam herunter, die Tür ging auf, und als er einstieg, hörte er hinter sich die Stimme einer Frau: »Moment! Warten Sie bitte!« Die Frau kam herein, und die Tür schloß sich. Sie trug ein gelbes Kleid, hatte eine Turmfrisur, und an ihren Ohrläppchen baumelten zwei lächerliche Perlenklunker an langen silbernen Kettchen. Sie hatte einen großen Hintern und war kräftig gebaut. Alles an ihr wogte und spannte und schien aus diesem gelben Kleid platzen zu wollen. Ihre Augen waren blaßgrün und starrten glatt durch ihn hindurch. In der Hand hielt sie eine Plastik-Tragetasche, die mit dem Wort *Vons* bedruckt war. Sie hatte verschmierte, stark geschminkte Lippen, die obszön und fast herausfordernd häßlich wirkten. Das knallige Rot glitzerte Harry an. Er langte hoch und drückte auf ›Nothalt‹.

Es funktionierte. Der Lift hielt an. Harry drängte sie in die Ecke, streifte ihr das Kleid hoch und starrte ihre Beine an. Sie hatte unglaubliche Beine – nichts als Muskeln und Fleisch. Sie stand da wie gelähmt. Als er sie packte, ließ sie die Tragetasche fallen. Gemüsekonserven rollten über den Boden des Lifts, eine Avocado, Klopapier, Fleisch in Klarsichthülle und drei ›Mars‹-Riegel. Dann war sein Mund auf diesen Lippen. Sie öffneten sich. Er griff nach unten, zerrte ihr das Kleid hoch und werkelte ihr den Slip herunter, ohne den Mund von ihren Lippen zu nehmen. Dann nahm er sie im Stehen und rammte sie wieder und wieder gegen die Wand des Lifts. Als er fertig war, zog er den Reißverschluß hoch, kehrte ihr den Rücken zu, drückte auf den Knopf für die dritte Etage und wartete. Die Tür ging auf, er stieg aus, die Tür schloß sich hinter ihm, und der Lift fuhr weiter.

Er ging den Flur hinunter zu seinem Apartment und schloß die Tür auf. Rochelle, seine Frau, war in der Küche und machte das Abendessen.

»Wie war's heute?« rief sie zu ihm heraus.

»Die gleiche Scheiße wie immer«, sagte er.

»Essen ist in zehn Minuten fertig.«

Harry ging ins Badezimmer, zog seine Sachen aus und stellte sich unter die Dusche. Der Job setzte ihm allmählich zu. Sechs Jahre schon, und er hatte immer noch keinen Pfennig auf der Bank. So kriegten sie einen dran – sie gaben einem gerade so viel, daß es zum Leben reichte, aber nie genug, daß man allem entrinnen konnte.

Er seifte sich gründlich ein, wusch sich ab und ließ das heiße Wasser über seinen Rücken rinnen und die Müdigkeit vertreiben. Dann frottierte er sich ab, zog seinen Bademantel an, ging in die Küche und setzte sich an den Tisch. Rochelle trug das Essen auf. Fleischklößchen in Soße. Sie machte gute Fleischklößchen.

»Komm«, sagte er, »sag mir was Erfreuliches.«

»Was Erfreuliches?«

»Du weißt schon.«

»Meine Tage?«

»Ja.«

»Ich hab sie noch nicht.«

»O Gott.«

»Ich hab den Kaffee vergessen.«

»Den vergißt du immer.«

»Ich weiß. Ich weiß auch nicht, warum ich nie dran denke.«

Rochelle setzte sich, und sie machten sich ohne Kaffee an das Abendessen. Die Fleischklößchen schmeckten.

»Harry«, sagte sie, »ich kann ja immer noch abtreiben.«

»Na gut«, sagte er. »Wenn es dazu kommt, dann tun wir's halt.«

Am nächsten Abend war er allein, als er in den Lift stieg. Er fuhr zur dritten Etage, doch nach einigen Schritten im Flur kehrte er um und stieg wieder ein. Er fuhr nach unten, ging hinaus und setzte sich in seinen Wagen. Nach einer Weile sah er sie die Einfahrt heraufkommen; diesmal ohne Einkäufe. Er öffnete die Wagentür.

Sie hatte ein rotes Kleid an, kürzer und noch enger als das gelbe. Ihr Haar trug sie diesmal lang. Es reichte ihr fast bis zum Hintern. Sie trug wieder dieselben blöden Ohrringe, und ihre Lippen waren noch stärker geschminkt und verschmiert als am Tag zuvor. Der Lift kam, und als sie einstieg, drückte er sich hinter ihr rein. Es ging aufwärts, und nach einigen Sekunden drückte er auf ›Nothalt‹. Er fiel über sie her und preßte seine Lippen auf diesen roten obszönen Mund. Sie trug wieder keine Strumpfhose, nur rote Kniestrümpfe. Er zerrte ihr den Slip herunter und drückte ihr sein Ding rein. Dieses Mal dauerte es länger. Sie schlingerten durch die Kabine und prallten gegen alle vier Wände. Dann zog Harry den Reißverschluß hoch, kehrte ihr den Rücken zu und drückte auf ›3‹.

Als er die Wohnungstür aufschloß, hörte er Rochelle singen. Sie hatte eine fürchterliche Stimme, also ging er auf schnellstem Weg ins Badezimmer und drehte die Dusche auf. Er kam im Bademantel heraus und setzte sich an den Küchentisch.

»Mensch«, sagte er, »heute haben sie vier Mann entlassen. Sogar Jim Bronson.«

»Das ist schlimm«, sagte Rochelle.

Es gab Steaks und Pommes frites, Salat und heißes Knoblauchbrot. Nicht schlecht.

»Weißt du, wie lange Jim schon dabei ist?«

»Nein.«

»Fünf Jahre.«

Rochelle sagte nichts. »Fünf Jahre«, wiederholte Harry. »Denen ist das ganz egal. Die Drecksäcke kennen kein Erbarmen.«

»Heute hab ich an den Kaffee gedacht, Harry.«

Sie beugte sich zu ihm herunter, gab ihm einen Kuß und schenkte ihm eine Tasse ein. »Ich bessere mich, wie du siehst.«

»Yeah.«

Sie setzte sich ihm gegenüber. »Heute hab ich meine Tage bekommen.«

»Was? Ist das wahr?«

»Ja.«

»Na großartig. Ist ja toll...«

»Ich will erst ein Kind, wenn du auch willst, Harry.«

»Rochelle, das müssen wir feiern! Mit einer guten Flasche Wein! Ich geh gleich nach dem Essen eine holen.«

»Ich hab schon eine besorgt, Harry.«

Harry stand auf und ging um den Tisch herum. Als er schräg hinter ihr stand, faßte er sie unters Kinn, bog ihr den Kopf nach hinten und küßte sie. »Ich liebe dich, Baby.«

Sie aßen. Es war ein gutes Essen. Und ein guter Wein.

Harry stieg gerade aus dem Wagen, als sie die Einfahrt heraufkam. Sie wartete auf ihn, und sie stiegen gemeinsam in den Lift. Sie trug ein blauweiß geblümtes Kleid, weiße Schuhe und weiße Söckchen. Ihr Haar war wieder aufgetürmt. Sie rauchte eine Benson & Hedges.

Harry drückte auf ›Nothalt‹.

»Na mal langsam, Mister...«

Es war das zweite Mal, daß er ihre Stimme hörte. Sie klang ein wenig heiser, aber sonst gar nicht übel.

»Ja?« sagte er. »Was ist?«

»Gehn wir lieber in mein Apartment.«

»Na gut.«

Sie drückte auf ›4‹. Sie fuhren rauf und gingen den Flur hinunter zu Apartment 404. Sie schloß die Tür auf.

»Nette Wohnung.«

»Ja, mir gefällt sie. Was zu trinken?«

»Gern.«

Sie ging in die Küche. »Ich heiße Nana«, sagte sie.

»Ich bin Harry.«

»Ich weiß, daß du's bist, aber wie heißt du?«

»Sehr witzig«, sagte Harry.

Sie brachte zwei Gläser, und sie setzten sich auf die Couch und nippten an ihren Drinks. »Ich arbeite bei Zody's«, sagte sie. »Als Kassiererin.«

»Das ist nett.«

»Was soll daran nett sein?«

»Ich meine, es ist nett, daß wir hier zusammen sind.«

»Wirklich?«

»Klar.«

»Gehn wir ins Schlafzimmer.«

Harry folgte ihr. Sie trank ihr Glas aus und stellte es auf die Kommode. Dann öffnete sie die Türen eines sehr geräumigen Wandschranks und verschwand darin. Sie zog sich aus und sang dabei vor sich hin. Sie sang besser als Rochelle. Harry setzte sich auf die Bettkante und kippte den Rest seines Drinks. Nana kam nackt durchs Zimmer und legte sich aufs Bett. Ihr Schamhaar war wesentlich dunkler als das Haar auf ihrem Kopf.

»Na?« sagte sie.

»Oh«, sagte Harry. Er zog Schuhe und Socken aus, dann Hemd, Hose und Unterwäsche. Er streckte sich neben ihr aus. Sie wandte ihm das Gesicht zu, und er küßte sie. »Sag mal«, fragte er, »müssen wir so viel Licht haben?«

»Nein, natürlich nicht.« Sie stand auf, knipste die Deckenlampe aus und dann auch die Bettlampe. Harry spürte ihren Mund auf seinem. Dann drang ihre Zunge ein und schnellte gierig vor und zurück. Er stieg bei ihr auf. Sie war sehr wabbelig. Er kam sich vor wie auf einem Wasserbett. Er küßte und saugte ihre Brustwarzen, küßte sie auf den Mund und am Hals. Nach einer Weile küßte er sie immer noch.

»Was ist denn?« fragte sie.

»Ich weiß nicht«, sagte er.
»Es geht nicht, wie?«
»Nein.«
Harry stand auf und zog sich wieder an. Nana knipste die Bettlampe an.
»Was ist, bist du etwa ein Fahrstuhl-Freak?«
»Nein, nein...«
»Du kannst es nur in Fahrstühlen machen, hab ich recht?«
»Nein, nein, du warst die erste. Wirklich. Ich weiß gar nicht, was über mich gekommen ist.«
»Aber jetzt bin ich hier«, sagte Nana.
»Ich weiß.« Er zog sich die Hose hoch. Dann setzte er sich auf die Bettkante und fing an, Socken und Schuhe anzuziehen.
»Also jetzt paß mal auf, du Linkmichel –«
»Ja?«
»Wenn du soweit bist und mich haben willst, dann kommst du in meine Wohnung, ist das klar?«
»Ja, ist klar.«
Harry hatte sich mittlerweile die Schuhe angezogen und stand auf.
»Nie mehr im Fahrstuhl, verstanden?«
»Verstanden.«
»Wenn du mich noch einmal im Fahrstuhl vergewaltigst, ruf ich die Polizei, darauf kannst du dich verlassen.«
»Jaja, schon gut.«
Harry ging raus, durchquerte das Wohnzimmer und verließ das Apartment. Am Ende des Flurs drückte er auf den Rufknopf für den Lift. Die Tür ging auf, und er stieg ein. Der Lift fuhr abwärts. Neben ihm stand eine zierliche schwarzhaarige Asiatin. Schwarzer Rock, weiße Bluse, Strumpfhose. Winzige Füße, die in hochhackigen Schuhen steckten. Sie hatte einen dunklen Teint und trug nur einen Hauch Lippenstift. Für eine so zierliche kleine Person hatte sie einen erstaunlich prallen und aufreizenden Hintern. Ihre Augen wa-

ren braun und sehr tief und hatten einen müden Ausdruck. Harry langte hoch und drückte auf ›Nothalt‹. Als er auf sie losging, schrie sie. Er schlug sie hart ins Gesicht, zog sein Taschentuch heraus und stopfte es ihr in den Mund. Er packte sie mit dem linken Arm um die Hüfte und preßte sie an sich. Sie hatte noch eine Hand frei. Während sie ihm mit den Fingernägeln das Gesicht zerkratzte, griff er nach unten und zog ihr den Rock hoch. Was er sah, gefiel ihm.

Die Büste von Marx

Wenn die Sonne unterging, setzte sich Margie gewöhnlich ans Klavier und fing an, Chopin-Nocturnes zu spielen. Sie bewohnte ein großes Haus, ein Stück von der Straße zurückgesetzt, und die Zeit bis Sonnenuntergang verbrachte sie damit, sich mit Brandy oder Scotch in die richtige Stimmung zu bringen. Sie war 43, hatte zarte Gesichtszüge und immer noch eine schlanke Figur. Ihr Mann war schon mit Ende dreißig gestorben – fünf Jahre war es jetzt her –, und sie lebte offenbar ganz allein. Ihr Mann war Arzt gewesen und hatte bei Börsenspekulationen eine glückliche Hand gehabt. Das Geld war gut angelegt und brachte ihr ein festes monatliches Einkommen von 2000 Dollar. Ein guter Teil der 2000 Dollar ging für Brandy und Scotch drauf.

Seit dem Tod ihres Mannes hatte sie zwei Affären gehabt, doch beide Male war es eine lustlose Angelegenheit gewesen und bald wieder zu Ende gegangen. Männern schien das gewisse Etwas zu fehlen, und die meisten waren, was Sex und geistige Anregung betraf, schlechte Liebhaber. Harry, ihr verstorbener Ehemann, war wenigstens ab und zu mit ihr ins Sinfoniekonzert gegangen. Sicher, Zubin Mehta war weiß Gott ein kümmerlicher Dirigent, aber es war immer noch besser, als sich Laverne und Shirley im Fernsehen anzuschauen. Margie hatte sich ganz einfach damit abgefunden, daß sie ohne Männer auskommen mußte. Sie lebte still und zurückgezogen, mit ihrem Klavier und mit ihrem Brandy oder Scotch. Und wenn die Sonne unterging, hatte sie ihr Klavier und ihren Chopin sehr nötig, und ihren Scotch oder Brandy erst recht. Wenn es draußen anfing, dunkel zu werden, griff sie auch immer stärker zu ihren Zigaretten und rauchte eine nach der anderen.

Die einzige Abwechslung wurde ihr von dem neuen Paar geboten, das im Haus nebenan eingezogen war. Nur daß man kaum von einem Paar sprechen konnte. Der Mann war zwanzig Jahre älter als die Frau, ein gewalttätiger, bärtiger, bärenstarker Kerl, der einen halb irren Eindruck machte. Er war ein häßlicher Mensch, der ständig entweder betrunken oder verkatert zu sein schien. Die Frau, mit der er zusammenlebte, war ebenfalls seltsam – immer so mürrisch und gleichgültig, fast geistesabwesend. Die beiden schienen etwas aneinander zu finden, und doch war es so, als hätte man zwei Feinde zusammengesperrt. Sie hatten ständig Krach. Gewöhnlich hörte Margie zuerst die Stimme der Frau, dann plötzlich und sehr laut die des Mannes, und der Mann schrie jedesmal etwas Unflätiges und Gehässiges. Manchmal folgte dem Wortwechsel auch noch das Klirren und Splittern von Glas. Doch meistens konnte man den Mann in seinem alten Wagen wegfahren sehen, und dann blieb es in der Nachbarschaft zwei oder drei Tage ruhig. Bis er wiederkam. Zweimal hatte die Polizei den Mann schon weggeschafft, doch er kam immer wieder.

Eines Tages sah Margie sein Foto in der Zeitung – er war der Dichter Marx Renoffski. Sie hatte schon von seinen Büchern gehört. Am folgenden Tag ging sie in eine Buchhandlung und kaufte alles, was sie von ihm hatten. Am Nachmittag mixte sie ihren Brandy mit seinen Gedichten, und als es Abend wurde, vergaß sie, ihre Chopin-Nocturnes zu spielen. Aus einigen seiner Liebesgedichte erfuhr sie, daß er mit der Bildhauerin Karen Reeves zusammenlebte. Irgendwie fühlte sich Margie jetzt nicht mehr so allein.

Karen Reeves hatte das Haus nebenan gekauft und gab mehrmals in der Woche eine Party. Wenn Musik und Gelächter am lautesten waren, sah Margie jedesmal die große bärtige Gestalt von Marx Renoffski hinten aus dem Haus kommen. Im Garten saß er dann allein mit seiner Bierflasche im Mondschein. In solchen Augenblicken dachte Margie an seine Liebesgedichte und wünschte, sie könnte ihn kennenlernen.

An einem Freitagabend, einige Wochen nachdem sie seine Bücher gekauft hatte, hörte sie die beiden heftig streiten. Marx trank sich offenbar einen an, und Karens Stimme wurde zunehmend schriller. »Hör mal«, raunzte Marx, »so oft ich einen gottverdammten Drink zur Brust nehmen will, werd' ich's verdammt nochmal auch tun!« »Du bist das Widerlichste, was mir in meinem ganzen Leben begegnet ist!« schrie Karen. Dann gab es anscheinend ein Handgemenge. Margie knipste das Licht im Wohnzimmer aus und lauschte am Fenster. »Verdammte Zicke«, hörte sie Marx sagen, »wenn du noch mal auf mich losgehst, kriegst du eine gescheuert!«

Dann sah sie ihn. Er kam auf die vordere Veranda und trug seine Schreibmaschine. Es war eine schwere Büromaschine, und als er damit die Stufen hinunterwankte, verlor er einige Male fast das Gleichgewicht. »Ich schmeiß deinen Kopf weg!« schrie Karen. »Ich schmeiß ihn raus!« »Na los«, sagte Marx, »tu's doch.« Er lud die Schreibmaschine in seinen Wagen, und dann sah Margie, wie von der Veranda ein großer schwerer Gegenstand – offensichtlich der modellierte Kopf – herüber in ihren Vorgarten flog, über den Rasen rollte und unter einem großen Rosenstrauch liegenblieb. Marx fuhr in seinem Wagen weg. Im Haus von Karen Reeves ging das Licht aus, und alles war wieder ruhig.

Als Margie am nächsten Morgen wach wurde, war es viertel vor neun. Sie erledigte ihre Morgentoilette, setzte zwei Eier zum Kochen auf und trank eine Tasse Kaffee mit einem Schuß Brandy. Sie ging nach vorn ins Wohnzimmer und schaute aus dem Fenster. Der große Gegenstand aus Ton lag noch unter dem Rosenstrauch. Sie ging zurück in die Küche, nahm die gekochten Eier mit einem Löffel heraus, hielt sie unter kaltes Wasser und pellte die Schale ab. Während sie die Eier aß, nahm sie sich Marx Renoffskis neuesten Gedichtband vor: *One, Two, Three, I Love Me*. Sie schlug das Buch irgendwo in der Mitte auf:

    oh, ich habe Schwadronen
      von Schmerz
    Bataillone, Armeen von
      Schmerz
    Kontinente von Schmerz
      ha, ha, ha
    und
      ich habe dich.

Margie aß die beiden Eier, trank ihre zweite Tasse Kaffee mit einer doppelten Portion Brandy, zog ihre grüne gestreifte Hose und den gelben Pulli an und wirkte jetzt ein wenig so, wie Katharine Hepburn mit 43 ausgesehen hatte. Sie schlüpfte in ihre roten Sandalen und ging hinaus in den Vorgarten. Renoffskis Wagen stand nicht am Straßenrand, und in Karens Haus schien sich nichts zu tun. Sie ging zum Rosenstrauch, unter dem der modellierte Kopf mit dem Gesicht nach unten auf der Erde lag. Sie spürte, wie ihr Herz klopfte. Mit dem Fuß drehte sie die Büste um, und das leicht angeschmutzte Gesicht schaute zu ihr hoch. Es war eindeutig das Gesicht von Marx Renoffski. Sie hob Marx auf, drückte ihn fürsorglich an ihren hellgelben Pulli und trug ihn ins Haus. Sie stellte ihn auf ihr Klavier, mixte sich einen Brandy mit Wasser, setzte sich und betrachtete ihn, während sie trank. Das Gesicht war zerfurcht und häßlich, aber sehr lebensecht. Karen Reeves war eine begabte Bildhauerin, und Margie war ihr dankbar dafür. Je länger sie das Gesicht betrachtete, um so mehr konnte sie darin sehen: Herzensgüte, Haß, Angst, Irrsinn, Liebe, Humor. Doch hauptsächlich sah sie Liebe und Humor. Als die Station KSUK ihr Mittagskonzert mit klassischer Musik brachte, stellte sie das Radio lauter und begann, mit Hingabe zu trinken.

    Gegen vier Uhr nachmittags war sie angenehm benebelt und fing an, mit ihm zu reden. »Marx, ich verstehe dich. Ich könnte dich wirklich glücklich machen.«

Marx saß nur da oben auf dem Klavier und schwieg. »Marx, ich habe deine Bücher gelesen. Du bist sensibel und begabt, Marx, und so humorvoll. Ich verstehe dich, Darling. Ich bin nicht so wie dieses... diese andere Frau.«

Marx grinste nur dazu und sah sie durch seine schmalen Augenschlitze an.

»Marx, ich könnte Chopin für dich spielen... die Nocturnes, die Études...«

Sie setzte sich ans Klavier und begann zu spielen. Sie spürte förmlich seine Nähe. Bei ihm *wußte* man einfach, daß er sich nie Football-Übertragungen ansah. Wahrscheinlich sah er sich Shakespeare und Ibsen und Tschechow auf Kanal 28 an. Und war, wie in seinen Gedichten, ein begnadeter Liebhaber. Sie trank noch mehr Brandy und spielte weiter. Marx Renoffski hörte zu.

Als sie ihr Konzert beendet hatte, schaute sie zu ihm hoch. Es hatte ihm gefallen. Daran gab es für sie keinen Zweifel. Sie stand auf. Sein Gesicht war jetzt auf gleicher Höhe mit ihrem. Sie beugte sich nach vorn und gab ihm einen zarten Kuß. Sie richtete sich auf. Er grinste. Dieses Grinsen, das ihn so liebenswert machte. Sie beugte sich noch einmal vor und gab ihm einen langen, leidenschaftlichen Kuß.

Am nächsten Morgen war Marx immer noch da. Auf dem Klavier. Marx Renoffski, der Dichter und Zeitgenosse, lebendig, ein bißchen zum Fürchten, liebenswert und sensibel. Sie ging ans Fenster und sah auf die Straße. Sein Wagen stand noch nicht da. Er blieb weg. Er hielt sich fern von diesem... Luder.

Margie drehte sich um. »Marx«, sagte sie zu ihm, »du brauchst eine anständige Frau.« Sie ging in die Küche, setzte zwei Eier auf, trank eine Tasse Kaffee mit einem Schuß Brandy. Sie summte vor sich hin. Der Tag war genau wie der gestrige, nur besser. Sie spürte es. Sie las wieder einige Gedichte von Marx. Und schrieb sogar selbst eines:

Welch ein Geschenk des Himmels
dieser Zufall, der uns zusammenführte
Auch wenn du aus Ton bist
und ich aus Fleisch –
wir haben uns berührt
uns irgendwie gespürt

Um vier Uhr nachmittags läutete es an der Tür. Als sie aufmachte, stand Marx Renoffski da. Er hatte einen Rausch.

»Baby«, sagte er, »wir wissen, daß du meinen Kopf hast. Was willst du mit meinem Kopf?«

Margie brachte keinen Ton heraus. Marx schob sich an ihr vorbei und kam herein.

»Also, wo ist das gottverdammte Ding? Karen will es wiederhaben.«

Die Büste stand im Musikzimmer. Marx lief im Wohnzimmer herum und sah sich alles an. »Nette Wohnung haben Sie hier. Sie leben allein, wie?«

»Ja.«

»Wieso? Angst vor Männern?«

»Nein.«

»Wissen Sie, was? Wenn mich Karen das nächste Mal rauswirft, komm ich hierher, okay?«

Margie sagte nichts.

»Sie sagen nicht nein, also sagen Sie ja. Gut. Bestens. Trotzdem, diesen Kopf muß ich wieder mitnehmen. Sagen Sie mal, ich hör Sie abends immer Chopin spielen. Sie haben Klasse. Ich mag Klasseweiber. Ich wette, Sie trinken auch Brandy, hab ich recht?«

»Ja.«

»Schenken Sie mir einen ein. Drei Fingerbreit, und das Glas halbvoll mit Wasser.«

Margie ging in die Küche. Als sie mit dem Drink herauskam, war er im Musikzimmer. Er hatte seine Büste gefunden. Er lehnte am Klavier und stützte den Ellbogen auf den Kopf. Sie reichte ihm das Glas.

»Danke. Yeah, Klasse. Klasse haben Sie. Machen Sie sonst noch was, außer Chopin spielen? Malen? Schreiben? Komponieren?«

»Nein.«

»Ah.« Er setzte das Glas an und kippte die Hälfte seines Drinks. »Jede Wette, daß Sie doch noch was machen.«

»Was denn?«

»Ficken. Ich wette, Sie sind hervorragend.«

»Ich weiß nicht.«

»Aber ich weiß es. Und ich finde es nicht gut, daß Sie's brachliegen lassen. Dagegen hab ich was.«

Renoffski trank sein Glas aus und stellte es neben die Büste aufs Klavier. Er ging zu ihr hin und packte sie. Er roch nach Kotter, billigem Wein und Schinken. Sein stachliger Bart piekste ihr Gesicht, als er sie küßte. Dann sah er sie mit seinen zusammengekniffenen Augen an. »Wär doch schlecht, wenn Sie sich das Beste im Leben entgehen lassen, Baby!« Sie spürte, wie sein Penis hart wurde und gegen ihren Unterleib drückte. »Ich lutsche auch Pussy. Hab es nie gemacht, bis ich fünfzig war. Karen hat mir's beigebracht. Jetzt bin ich der Beste auf der Welt.«

»Ich möchte nicht gedrängt werden«, sagte Margie schwach.

»Ah, sehr gut! Das hab ich gern: *Charakter*! Chaplin verknallte sich in die Goddard, als er sie in einen Apfel beißen sah. Ich wette, Sie können auch ganz tüchtig in einen Apfel beißen! Ich wette, Sie können mit Ihrem Mund auch noch was anderes machen, o ja!«

Er küßte sie wieder. Als er sich von ihr löste, fragte er: »Wo ist das Schlafzimmer?«

»Warum?«

»Warum? Weil wir's dort jetzt machen!«

»Was machen?«

»Na ficken natürlich!«

»Verlassen Sie mein Haus!«

»Ist doch nicht Ihr Ernst, oder?«
»Es ist mein Ernst.«
»Sie *wollen* nicht?«
»Genau.«
»Hören Sie mal, es gibt zehntausend Frauen, die mit mir ins Bett wollen!«
»Ich gehöre nicht zu ihnen.«
»Na schön, machen Sie mir noch 'n Drink, dann geh ich.«
»Ich nehme Sie beim Wort.« Margie ging in die Küche, goß drei Fingerbreit Brandy in ein Glas und füllte es halb mit Wasser. Sie kam damit zurück und reichte es ihm.
»Sagen Sie, wissen Sie eigentlich, wer ich bin?«
»Ja.«
»Ich bin Marx Renoffski. Der Dichter.«
»Ich sagte doch, daß ich weiß, wer Sie sind.«
»Oh.« Marx trank das Glas auf einen Zug aus. »Tja, ich muß los. Karen traut mir nicht übern Weg.«
»Sagen Sie Karen, daß ich sie für eine sehr gute Bildhauerin halte.«
»Oh, ja, sicher...« Er hob die Büste vom Klavier und ging zur Tür. Margie folgte ihm. An der Tür drehte er sich noch einmal um. »Sagen Sie mal, kriegen Sie denn nie Lust?«
»Doch, natürlich.«
»Und was machen Sie dann?«
»Ich mach es mir selber.«
Marx richtete sich zu voller Höhe auf. »Madam, damit versündigen Sie sich an der Natur. Und noch schlimmer – an *mir*.« Er ging hinaus und machte die Tür hinter sich zu. Durchs Fenster sah sie ihm nach, wie er mit seiner Büste vorsichtig durch den Garten ging und in den Weg zum Haus von Karen Reeves einbog.
Margie setzte sich im Musikzimmer ans Klavier. Die Sonne ging gerade unter. Es war genau ihre Zeit. Sie begann, Chopin zu spielen. Sie spielte so gut wie noch nie.

Ein Job in einem drittklassigen Bordell

Um sechs Uhr früh wurde Barney wach und begann sofort, ihren Hintern mit seinem Schwanz zu stupsen. Shirley stellte sich schlafend. Barney drängelte und stupste heftiger. Sie stand auf, ging ins Badezimmer und setzte sich auf die Toilette. Als sie herauskam, hatte er die Bettdecke herunter und war nur noch mit dem Laken zugedeckt. Er baute mit seinem Ständer ein Zelt.

»Schau her, Baby!« sagte er. »Der Mount Everest!«
»Soll ich das Frühstück machen?«
»Frühstück? Scheiße! Komm wieder rein!«

Shirley legte sich wieder zu ihm. Er packte ihren Kopf und küßte sie. Sein schlechter Atem war schlimm genug, doch seine Bartstoppeln waren noch schlimmer. Er nahm ihre Hand und legte sie um seinen Schwanz.

»Denk mal an all die Frauen, die das Ding gerne haben würden!«
»Barney, ich bin einfach nicht in Stimmung.«
»Was heißt ›nicht in Stimmung‹?«
»Ich fühl mich jetzt nicht danach.«
»Das kommt gleich von selber, Baby! Sollst mal sehn!«

Sie waren beide nackt, da sie im Sommer immer ohne Pyjama schliefen. Er kletterte auf sie. »Mach schon auf, verdammt! Bist du krank?«
»Barney, bitte...«
»Was ›bitte‹? Ich will 'n scharfen Ritt, und ich krieg auch einen!«

Er drückte und stieß, bis er bei ihr reinkam. »Du gottverdammte Nutte, dich reiß ich mitten durch!«

Barney fickte wie eine Maschine. Sie empfand überhaupt nichts für ihn. Sie fragte sich, wie man als Frau so einen Mann heiraten konnte. Wie konnte eine Frau mit so einem drei Jahre zusammenleben? Als sie sich kennengelernt hatten, war er ihr nicht so gefühllos vorgekommen...

»Na? Hast du ihn gern, den runzligen Kerl?«

Sein schwerer Körper drückte sie nieder. Er schwitzte. Er gönnte ihr keine Atempause.

»Mir kommts, Baby, mir KOMMTS!«

Barney wälzte sich von ihr herunter und wischte sich den Schwanz am Laken ab. Shirley stand auf, ging ins Bad und machte sich eine Spülung. Dann ging sie in die Küche, um das Frühstück zu richten. Sie legte Schinkenstreifen in die Pfanne und raspelte Kartoffeln dazu. Setzte einen Kaffee auf. Schlug Eier in eine Schüssel und quirlte sie durch. Sie trug ihren Bademantel und hatte Slipper an den Füßen. Auf den Rücken des Bademantels war das Wort »Sie« gestickt. Barney kam mit Rasiercreme im Gesicht aus dem Badezimmer.

»Hey, Baby, wo ist meine grüne Unterhose mit den roten Streifen?«

Sie antwortete nicht.

»Hör mal, ich hab dich gefragt, wo die Unterhose ist!«

»Ich weiß nicht.«

»Du weißt es nicht? Ich schinde mich da draußen acht bis zwölf Stunden am Tag, und du weißt nicht, wo meine Unterhosen sind?«

»Ich weiß es nicht.«

»Der Kaffee kocht über! *Da, schau*!«

Shirley drehte die Gasflamme ab.

»Entweder du machst überhaupt keinen Kaffee, entweder du vergißt den Kaffee, oder du läßt ihn überkochen! Oder vergißt Schinken zu kaufen oder läßt den verdammten Toast verkohlen oder verlegst meine Unterhosen oder machst *sonst* einen gottverdammten Murks. Irgendwas verbockst du *immer*!«

»Barney, ich fühl mich nicht gut...«

»Und ständig *fühlst* du dich nicht gut! Wann zum Deibel

willst du endlich mal anfangen, dich *gut* zu fühlen? Ich geh da raus und schinde mich krumm und lahm, und du liegst den ganzen Tag auf der faulen Haut und liest Illustrierte und bemitleidest dich. Denkst du, das ist *leicht* da draußen? Ist dir klar, daß wir eine Arbeitslosenrate von zehn Prozent haben? Ist dir klar, daß ich jeden Tag um meinen Job kämpfen muß? Tag für Tag! Während du in einem Sessel hockst und vor Selbstmitleid vergehst! Und Wein trinkst und Zigaretten rauchst und mit deinen Freundinnen palaverst. Freundinnen oder Freunde oder Verehrer oder was weiß ich. Denkst du, ich hab es *leicht* da draußen?«

»Ich weiß, daß es nicht leicht ist, Barney.«

»Und dann willst du mich nicht mal mehr ranlassen.«

Shirley goß die verrührten Eier in die Pfanne. »Willst du dich nicht zu Ende rasieren? Das Frühstück ist gleich fertig.«

»Ich meine, warum stellst du dich so an, wenn ich dich ficken will? Hast du vielleicht einen Goldrahmen um das Ding?«

Shirley nahm eine Gabel und rührte die Eier um. Sie nahm die Pfannkuchenschippe vom Haken. »Ich halt's einfach nicht mehr mit dir aus, Barney. Ich hasse dich.«

»Du haßt mich? Was soll das heißen?«

»Es soll heißen, daß ichs nicht mehr sehn kann, wie du gehst. Ich kann die Haare nicht mehr sehn, die dir aus der Nase wachsen. Ich kann deine Stimme nicht leiden und deine Augen und was du denkst und was du sagst. Ich kann nichts mehr an dir finden.«

»Und was ist mit *dir*? Was hast *du* zu bieten? Schau dich doch *an*! Du könntest nicht mal 'n Job in einem drittklassigen Bordell kriegen!«

»Den hab ich doch hier.«

Er schlug sie mit der flachen Hand ins Gesicht. Sie ließ die Schippe fallen, taumelte gegen die Spüle und hielt sich daran fest. Sie hob die Schippe vom Boden auf, spülte sie unter dem Wasserhahn ab, ging zurück an den Herd und wendete die Eier um.

»Ich will kein Frühstück«, sagte Barney.

Shirley drehte die Gasflammen ab, ging ins Schlafzimmer und legte sich ins Bett. Sie hörte, wie er sich im Bad rasierte. Sie haßte sogar, wie er jedesmal den Rasierer ins Wasser tunkte und damit hin und her plätscherte. Und als sie die elektrische Zahnbürste hörte, dachte sie an die Borsten in seinem Mund, die seine Zähne und den Gaumen schrubbten, und davon wurde ihr ganz schlecht. Als nächstes hörte sie das Zischen von Haarspray. Eine Weile war es ruhig. Dann rauschte die Klosettspülung.

Er kam heraus. Sie hörte ihn am Wandschrank, wie er ein Hemd vom Bügel nahm. Sie hörte sein Kleingeld und seine Schlüssel klimpern, als er sich die Hose anzog. Dann spürte sie, wie das Bett nachgab, als er sich auf die Kante setzte und seine Socken und Schuhe anzog. Die Bettkante ging hoch, und er stand wieder auf. Sie lag auf dem Bauch, das Gesicht ins Kissen gedrückt. Sie spürte, daß er sie ansah.

»Hör zu«, sagte er, »ich sag dir bloß eins: Wenn du was mit einem anderen Mann hast, bring ich dich um. Hast du verstanden?«

Shirley gab keine Antwort. Plötzlich spürte sie, wie er sie im Nacken packte. Er stieß ihr heftig den Kopf ins Kissen, so daß das ganze Bett wippte. »*Antworte mir*! Hast du verstanden? *Hast du verstanden?*«

»Ja«, sagte sie, »ich hab verstanden.«

Er ließ sie los. Er verließ das Schlafzimmer und ging durchs Wohnzimmer nach vorn. Sie hörte, wie die Haustür ins Schloß fiel und er die Stufen hinunterging. Der Wagen stand in der Einfahrt. Sie hörte, wie er den Motor anließ. Dann hörte sie ihn wegfahren. Das Geräusch wurde schwächer. Dann war es still.

Probleme der Lyrik

Das Problem mit einer Ankunft um elf Uhr morgens und einer Lesung um acht Uhr abends ist, daß es einen manchmal auf etwas reduziert, das sie nur noch zum Anstarren, Anpöbeln und Niederschreien auf die Bühne führen. Aber genau das wollen sie ja. Nicht Unterweisung, sondern Unterhaltung.

Professor Kragmatz holte mich am Flughafen ab und machte mich im Wagen mit seinen beiden Hunden bekannt, und zu Hause bei Howard (das war der Dozent, der mich zu der Lesung eingeladen hatte) lernte ich Pulholtz kennen, der mein Zeug schon seit Jahren las, sowie zwei Studenten, von denen der eine Karatemeister war und der andere ein gebrochenes Bein hatte.

Ich saß abgeklärt und verdrossen herum und trank Bier, und auf einmal mußten so gut wie alle außer Howard in irgendein Seminar. Türen knallten, die Hunde bellten und verschwanden, am Himmel zogen dunkle Wolken auf, und ich saß weiter herum, in Gesellschaft von Howard und seiner Frau Jacqueline und einem jungen Studenten. Howies Frau und der Student spielten eine Partie Schach.

»Ich hab mir Nachschub besorgt«, sagte Howard und zeigte mir eine Handvoll Pillen und Kapseln. »Nein danke«, sagte ich. »Hab was mit dem Magen. Schlecht in Form in letzter Zeit.«

Um acht Uhr stieg ich aufs Podium. Ich hörte Stimmen aus dem Publikum: »Er hat Schlagseite... er ist besoffen...« Ich hatte meinen Wodka und Orangensaft auf dem Tisch und gab ihnen einen Eröffnungsschluck, damit sie mich noch ein bißchen mehr verabscheuen konnten. Dann las ich eine Stunde.

Der Applaus war recht ordentlich. Ein junger Bursche kam zitternd vor Aufregung zu mir hoch und sagte: »Mr. Chinaski, ich muß es Ihnen einfach sagen: Ich finde Sie toll!« Ich schüttelte ihm die Hand. »Schon gut, Kid, kauf nur weiter meine Bücher.« Ein paar hatten Bücher von mir dabei, und ich malte ihnen etwas rein. Dann war es vollbracht. Ich hatte mich prostituiert.

Auf der anschließenden Party war es dasselbe wie immer. Professoren und Studenten, höflich distanziert und fad. Kragmatz klemmte mich in der Frühstücksnische ein und fragte mich aus, während die Groupies aufreizend vorbeistrichen. Nein, sagte ich zu ihm, nein, naja, ja, manche Sachen von T. S. Eliot *waren* gut, wir sind zu hart mit ihm umgegangen. Pound, ja nun, bei dem kamen wir jetzt dahinter, daß er doch nicht ganz das war, was wir gedacht hatten. Nein, sorry, es fielen mir keine zeitgenössischen amerikanischen Dichter ein, die irgendwie herausragend waren. Konkrete Poesie? Tja nun, konkrete Poesie war halt so konkret wie alles Konkrete. Was, Céline? Ein alter Sonderling mit verhutzelten Eiern. Nur ein gutes Buch, das erste. Was? Ja, sicher ist das schon genug. Ich meine, Sie haben bis jetzt nicht mal *eins* geschrieben, nicht? Warum ich auf Creeley herumhacke? Tu ich ja gar nicht mehr. Creeley hat ein Werk zustande gebracht, und das ist mehr, als man von den meisten seiner Kritiker sagen kann. Jawohl, ich trinke, tut das nicht jeder? Wie zum Kuckuck soll man es sonst schaffen? Frauen? Ach ja, Frauen, jaja, natürlich. Man kann doch nicht über Hydranten und leere Tintenfässer schreiben. Ja, das mit der roten Schubkarre im Regen kenne ich. Hören Sie, Kragmatz, ich möchte Ihnen nicht den ganzen Abend opfern. Ich mach hier besser mal die Runde...

Ich blieb über Nacht und schlief in der unteren Koje eines Etagenbetts. Oben lag der Boy, der sich auf Karate verstand. Gegen sechs Uhr früh weckte ich ihn auf, als ich mir den Arsch kratzen mußte, weil meine Hämorrhoiden juckten. Eine Wolke von Gestank waberte hoch, und Howies Hund, der die ganze Nacht bei mir auf dem Bett gelegen hatte, stupste mich mit der Schnauze am Hintern. Ich drehte mich auf den Rücken und schlief weiter.

Als ich aufwachte, waren bis auf Howie alle weg. Ich stand auf, nahm ein Bad, zog mich an und ging zu ihm raus. Er fühlte sich sehr elend.

»Mein Gott, du verträgst wirklich allerhand«, sagte er. »Du hast ne Kondition wie ein Zwanzigjähriger.«

»Kein Speed, keine Bennies, kaum was Hochprozentiges den ganzen Abend«, sagte ich. »Nur Bier und ein paar Joints. Das war mein Glück.«

Ich schlug vor, ein paar wachsweiche Eier zu löffeln. Howard setzte welche auf. Draußen wurde es immer dunkler. Sah aus, als sei es Mitternacht. Jacqueline rief an, um uns zu sagen, daß sich von Norden ein Tornado näherte. Es begann zu hageln. Wir aßen unsere Eier.

Dann erschien Kragmatz mit dem Dichter, der am Abend lesen sollte, und dessen Freundin. Howard rannte raus in den Hof und würgte seine Eier wieder aus. Der neue Dichter, Blanding Edwards, machte Konversation. Er meinte es gut. Er redete von Ginsberg, Corso, Kerouac. Dann gingen er und seine Freundin Betty (die ebenfalls Gedichte schrieb) dazu über, sich in rapidem Französisch zu unterhalten.

Es wurde dunkler, Blitze zuckten, der Hagel wurde noch stärker, und der Wind war fürchterlich. Das Bier kam auf den Tisch. Kragmatz riet Edwards zur Mäßigung und erinnerte ihn daran, daß er am Abend lesen mußte. Howard schwang sich auf sein Fahrrad und radelte durch den Sturm zur Universität, wo er ein Proseminar in Englisch zu geben hatte. Jacqueline kam nach Hause. »Wo ist Howie?«

»Ist raus in den Tornado geradelt«, sagte ich.

»Ist er in brauchbarer Verfassung?«

»Er hat zwei Aspirin geschluckt und ist losgefahren wie ein Siebzehnjähriger.«

Der Rest des Nachmittags verging mit Warten und dem Versuch, literarische Gespräche abzubiegen. Dann fuhren sie mich zum Flughafen. Ich hatte meinen 500-Dollar-Scheck in der Tasche und meine Mappe mit Gedichten unterm Arm. Ich sagte ihnen, sie sollten ruhig im Auto bleiben, und ich würde ihnen eines Tages mal eine Ansichtskarte schreiben.

Als ich in den Warteraum kam, hörte ich einen Kerl zu seinem Nebenmann sagen: »Sieh dir mal *den* da an!« Alle hatten die gleiche Haartracht, die gleichen Schnallen an ihren Schuhen mit Blockabsätzen, leichte Sommermäntel, Einreiher mit Messingknöpfen, gestreifte Hemden, Krawatten in Farbtönen von Gold bis Grün. Selbst ihre Gesichter waren gleich: Nasen, Ohren, Münder, Mienen. Seichte Pfützen mit einer dünnen Schicht Eis drauf. Unser Flug hatte Verspätung. Ich stellte mich hinter einen Kaffee-Automaten, trank zwei Becher schwarzen Kaffee und aß ein paar Cracker dazu. Dann ging ich raus und wartete im Regen weiter.

Nach anderthalb Stunden flogen wir endlich ab. Die Maschine ruckelte und sackte durch. Es gab keine Zeitungen, und sie ersparten einem sogar die Zeitschrift *New Yorker*. Ich bestellte bei der Stewardess einen Drink. Sie sagte, sie hätten kein Eis. Der Pilot gab durch, unsere Ankunft in Chicago würde sich verzögern. Sie hätten noch keine Landeerlaubnis. Der Mann sagte die Wahrheit: Wir erreichten Chicago, und da unten war der Flughafen, und wir flogen eine Warteschleife nach der anderen. »Tja, da bleibt wohl nichts anderes übrig«, sagte ich und bestellte meinen dritten Drink. Die anderen kamen auch auf den Geschmack. Vor allem, als beide Triebwerke gleichzeitig aussetzten. Dann setzten sie wieder ein. Jemand lachte. Wir tranken und tranken und tranken. Als wir sturzbetrunken waren, sagten sie uns, wir würden landen.

Also wieder mal O'Hare Airport. Dünnes Eis, das bei jedem Schritt knirschte und brach. Leute, die durch die Gegend hasteten, die üblichen Fragen stellten und die üblichen

Antworten bekamen. Ich sah, daß für meinen Flug nach L.A. noch keine Zeit angegeben war. Es war inzwischen 20.30 Uhr. Ich rief Ann an. Sie sagte, sie würde den L.A. International so lange anrufen, bis sie dort die Ankunftszeit wußten. Sie fragte mich, wie es mir bei der Lesung ergangen sei. Ich sagte ihr, es sei sehr schwer, einen Saal voll College-Studenten zum Narren zu halten. Ich hätte nur ungefähr die Hälfte von ihnen drangekriegt. »Na fein«, sagte sie. Ich gab ihr den Rat, nie einem Mann im Trainingsanzug über den Weg zu trauen.

Ich stand fünfzehn Minuten herum und starrte die Beine einer Japanerin an. Dann entdeckte ich eine Bar. Drinnen gab es einen Schwarzen in einem roten Lederanzug mit Pelzkragen. Sie steckten es ihm gehörig und wieherten vor Lachen, als sei er ein Käfer, der auf der Theke herumkrabbelt. Sie machten es wirklich gut. Das Ergebnis jahrhundertelanger Übung. Der Schwarze versuchte, ruhig zu bleiben, doch sein Rücken war ganz steif und starr.

Als ich wieder in die Halle rausging, um auf die Anzeigetafel zu sehen, war der halbe Airport betrunken. Frisuren gingen aus dem Leim. Ein Mann war so betrunken, daß er rückwärts lief, als wollte er unbedingt mit dem Hinterkopf auf den Boden knallen und sich einen Schädelbruch holen. Wir zündeten uns Zigaretten an und sahen ihm zu, warteten ab und hofften, daß er beim Aufprall k.o. gehen würde. Ich fragte mich, wer von uns seine Brieftasche ergattern würde. Ich sah ihn rückwärts umfallen, und die Meute stürzte sich auf ihn, um ihn auszumisten. Von mir war er zu weit weg, um mir etwas zu nützen. Ich drehte mich um und ging zurück in die Bar. Der Schwarze war nicht mehr da. Zwei Burschen links von mir stritten sich über etwas. Der eine drehte sich zu mir um: »Was halten Sie von Krieg?«

»Ich finde an Krieg nichts auszusetzen«, sagte ich.

»Ach nee! Wirklich?«

»Ja. Wenn man in ein Taxi steigt, ist es Krieg. Wenn man

sich ein Brot kauft, ist es Krieg. Wenn man sich eine Nutte leistet, ist es Krieg. Aber manchmal brauch ich eben Brot und Taxis und Nutten.«

»Hey«, rief er in die Runde, »hier ist einer, der findet Krieg *gut*!«

Hinten an der Bar stand einer auf und kam zu mir her. Er war genauso angezogen wie die anderen. »Sie finden Krieg gut?«

»Ich seh nicht, was man dagegen haben soll. Es ist ein natürliches Produkt unserer Gesellschaft.«

»Wie lange waren Sie im Krieg?«

»Keinen Tag.«

»Wo sind Sie her?«

»L.A.«

»Na, ich hab meinen besten Freund im Krieg verloren. Tellermine. BÄNG, und weg war er.«

»Wenn's der liebe Gott mit Ihnen nicht so gut gemeint hätte, wären Sie vielleicht draufgetreten.«

»Werden Sie nicht komisch, ja?«

»Ich hab einiges intus. Ham Sie mal Feuer?«

Er hielt mir mit sichtlichem Widerwillen sein Feuerzeug an die Zigarette. Dann ging er ans andere Ende der Bar zurück.

Viertel nach elf hob unsere 19.15-Uhr-Maschine ab. Wir schwangen uns in die Lüfte. Das schmutzige Geschäft mit der Lyrik lag hinter mir. Ich beschloß, am Freitag beim Pferderennen in Santa Anita hundert Dollar zu gewinnen und mich dann wieder an den Roman zu setzen. Am Sonntag gab das New York Philharmonic Orchestra ein Konzert mit Werken von Ives. Das sah nach einer Möglichkeit aus. Ich bestellte mir wieder einen Drink.

Die Lichter gingen aus. Niemand konnte schlafen, doch alle hatten die Augen zu und taten so. Ich machte mir nicht die Mühe. Ich hatte einen Fensterplatz und schaute hinaus auf die Tragfläche, auf die Lichter unten am Boden. Alles so wohlgeordnet da unten, in schönen geraden Linien. Eine Ameisenkolonie neben der anderen.

Wir schwebten über den L.A. International herein. Ann, ich liebe dich. Ich hoffe, mein Auto springt an. Ich hoffe, der Ausguß in der Küche ist nicht verstopft. Ich bin froh, daß ich kein Groupie gefickt habe. Ich bin froh, daß ich mich nicht so gut darauf verstehe, fremde Frauen ins Bett zu kriegen. Ich bin froh, daß ich ein Idiot bin und von nichts eine Ahnung habe. Ich bin froh, daß sie mich nicht gekillt haben. Wenn ich meine Hände ansehe und sie sind noch dran, sage ich mir jedesmal, daß ich unverschämtes Glück habe.

Ich kletterte aus dem Flugzeug, meinen Packen Gedichte unterm Arm, und schleifte den Mantel meines verstorbenen Vaters hinter mir her. Ann kam auf mich zu. Ich sah ihr Gesicht und dachte: Verflucht, ich liebe sie. Was mach ich bloß? Am besten, ich mach kein Trara und geh stracks mit ihr raus auf den Parkplatz. Man darf sie nicht merken lassen, daß sie einem was bedeuten, sonst bringen sie einen um. Ich gab ihr einen flüchtigen Kuß auf die Wange. »Verdammt nett von dir, daß du mich abholst.« »Schon gut«, sagte sie.

Wir fuhren vom Gelände des L.A. International herunter. Ich hatte meine mistige Tour absolviert. Die Lyrik-Anschaffe. Ich bot mich nie an. Sie wollten ihren Exhibitionisten, und sie bekamen ihn. »Dein Hintern hat mir richtig gefehlt, Kleines«, sagte ich. »Ich hab Hunger«, sagte Ann.

An der Ecke Alvarado und Sunset gingen wir in die Chicano-Bude und aßen Chili Burritos. Es war überstanden. Ich hatte immer noch eine Frau. Eine Frau, die mir etwas bedeutete. So ein Wunder nimmt man nicht auf die leichte Schulter. Ich sah ihr Haar und ihr Gesicht an, während wir heimwärts fuhren. Ich warf ihr heimliche Blicke zu, sooft ich das Gefühl hatte, daß sie nicht hersah.

»Wie ist die Lesung gelaufen?« fragte sie.

»Ganz gut«, sagte ich.

Wir fuhren die Alvarado hoch, dann hinüber zum Glendale Boulevard. Alles war gut. Was ich haßte, war nur die Vorstellung, daß eines Tages alles wieder verpuffen würde. Die Liebesaffären, die Gedichte, die Gladiolen. Am Ende lagen wir unter der Erde, mit einer Füllung aus Dreck, wie billige Tacos.

Ann fuhr die Einfahrt hoch. Wir stiegen aus, gingen die Stufen hinauf, schlossen die Tür auf, und der Hund sprang an uns hoch. Der Mond stand am Himmel, und das Haus roch nach Fusseln und Rosen. Der Hund sprang mir auf die Arme. Ich zog ihn an den Ohren, boxte ihn in den Bauch, und er riß die Augen auf und grinste.

Albert, ich liebe Dich

Louie saß verkatert im *Red Peacock*. Der Barkeeper brachte ihm seinen Drink und sagte: »Ich kenne in der ganzen Stadt nur eine einzige Person, die so verrückt ist wie du.« »So?« sagte Louie. »Wie nett. Ist ja entzückend.« »Und die ist im Augenblick hier«, fuhr der Barkeeper fort. »So?« sagte Louie. »Ja. Die mit der tollen Figur da vorne, in dem blauen Kleid. Aber keiner will was mit ihr zu tun haben, weil sie spinnt.« »So?«

Louie nahm sein Glas in die Hand, ging zu ihr hin und setzte sich auf den Barhocker neben ihr. »Hallo«, sagte er. »Hallo«, sagte sie. Dann saßen sie da und sagten kein Wort mehr.

Myra (so hieß die Dame) griff plötzlich hinter die Bar, holte eine volle Flasche Ginger Ale hervor, hob sie hoch über den Kopf und schickte sich an, sie auf den Barspiegel zu schleudern. Louie packte sie am Arm und sagte: »Nein, nein, nein! Nicht doch!« Der Barkeeper legte Myra nahe, das Lokal zu verlassen. Das tat sie auch, und Louie ging mit ihr.

Sie besorgten sich drei Halbliterflaschen billigen Whisky und stiegen in den Bus zu den Delsey Arms Apartments, wo Louie wohnte. Unterwegs zog Myra einen ihrer hochhackigen Schuhe aus und ging damit auf den Busfahrer los. Louie hielt sie mit einem Arm zurück und drückte mit dem anderen die drei Whiskyflaschen an sich. Sie stiegen aus und gingen den Rest des Weges zu Fuß.

Im Lift des Apartmenthauses fing Myra an, wahllos Knöpfe zu drücken. Der Lift fuhr aufwärts, abwärts, stoppte und fuhr weiter, und Myra fragte andauernd: »Wo wohnst du?« Und Louie sagte immer wieder: »Vierte Etage, Apartment vier.«

Myra drückte einen Knopf nach dem anderen, und der Lift fuhr rauf und runter. »Hör mal«, sagte sie schließlich, »wir sind schon eine Ewigkeit hier drin. Tut mir leid, aber ich muß mal.« »Okay«, sagte Louie, »ich mach dir einen Vorschlag: Du läßt mich auf die Knöpfe drücken, und ich laß dich pissen.«

»Einverstanden.« Sie zog ihren Slip herunter, ging in die Hocke und machte. Louie sah das Rinnsal auf dem Boden und drückte auf »4«. Als der Lift hielt, stand Myra wieder aufrecht, hatte den Slip wieder hoch und war ausgehfertig.

Sie gingen in Louies Wohnung und machten sich daran, die Flaschen zu öffnen. Darauf verstand sich Myra am besten. Dann setzten sie sich – einander gegenüber, doch gut drei Meter voneinander entfernt: Louie in dem Sessel am Fenster und Myra auf der Couch. Jeder setzte seine Whiskyflasche an und ging ans Werk.

Fünfzehn oder zwanzig Minuten vergingen. Dann fielen Myra die leeren Flaschen auf, die neben der Couch auf dem Boden lagen. Sie hob sie nacheinander auf, kniff die Augen zusammen und zielte damit auf Louies Kopf. Alle Würfe gingen daneben. Einige Flaschen flogen durch das offene Fenster, einige knallten an die Wand und zerschellten, und einige prallten daran ab und blieben wie durch ein Wunder heil. Die holte sich Myra zurück und warf sie erneut auf Louie. Bald waren ihr die Flaschen ausgegangen.

Louie stemmte sich aus seinem Sessel hoch, stieg durchs Fenster hinaus aufs Dach und sammelte die Flaschen ein. Als er einen Armvoll hatte, kletterte er wieder herein, ging zu Myra hin und stellte sie ihr vor die Füße. Er ließ sich in seinen Sessel fallen, setzte die Flasche an und trank weiter. Die Flaschen flogen ihm wieder um den Kopf. Er trank noch einen Schluck, dann noch einen, und dann nahm er nichts mehr wahr...

Am Morgen wurde Myra als erste wach. Sie ging in die Küche, machte Kaffee und brachte ihm eine Tasse ans Bett.

»Komm, steh auf«, sagte sie. »Du mußt unbedingt meinen Freund Albert kennenlernen. Albert ist was ganz Besonderes.«

Louie trank seinen Kaffee, dann zog er sie zu sich herunter und sie liebten sich. Ah, war das gut. Louie hatte einen dicken Knoten über dem linken Auge, und deshalb gab es kaum Frauen in seinem Leben.

»Okay«, sagte Louie, als er sich angezogen hatte. »Gehn wir.« Sie fuhren mit dem Lift nach unten, gingen zur Alvarado Street und stiegen in den Bus in Richtung Sunset. Nach fünf Minuten schweigender Fahrt langte Myra hoch und zog an der Schnur. Sie stiegen aus, gingen einen halben Block und betraten ein altes braunes Mietshaus. Im ersten Obergeschoß ging es einen langen Korridor hinunter, der eine Biegung machte, und dann blieb Myra vor der Tür mit der Nummer 203 stehen. Sie klopfte an. Man hörte Schritte, und die Tür wurde geöffnet. »Hallo, Albert.« »Hallo, Myra.« »Albert, ich möchte dich mit Louie bekannt machen. Louie, das ist Albert.« Die beiden Männer gaben sich die Hand.

Albert hatte vier Hände. Er hatte auch vier Arme dazu. Die beiden oberen steckten in Ärmeln, und die beiden unteren kamen aus Löchern im Hemd.

»Kommt rein«, sagte Albert. In einer Hand hielt er einen Drink, einen Scotch mit Wasser. In einer weiteren Hand hielt er eine Zigarette. Die dritte Hand hielt eine Zeitung. Die vierte – es war die, mit der er Louie begrüßt hatte – war im Moment mit nichts beschäftigt. Myra holte ein Glas aus der Küche, nahm die Whiskyflasche aus ihrer Handtasche und goß Louie etwas ein. Dann setzte sie sich hin und fing an, aus der Flasche zu trinken.

»Was stierst du so vor dich hin?« fragte sie.

»Ach, manchmal bringt einen alles so auf Null, daß man einfach nicht mehr will, aber man kann nicht einmal sterben«, sagte Louie.

»Albert hat das dicke Weib vergewaltigt«, erzählte Myra.

»Hättest ihn mal sehn sollen, wie er all diese Arme um sie hatte. Du warst sehenswert, Albert.«

Albert stöhnte und machte ein deprimiertes Gesicht.

»Mit seiner Trinkerei und dieser Vergewaltigung hat er's glatt geschafft, daß ihn der gottverdammte Zirkus rausgeworfen hat. Jetzt lebt er von der Fürsorge.«

»Irgendwie hab ich in dieser Gesellschaft nie einen Platz für mich gesehen. Ich kann an den Menschen nichts finden. Ich will mich nicht anpassen, ich will mich nicht in die Pflicht nehmen lassen, und ich hab kein Ziel im Leben.«

Albert ging zum Telefon. Er hielt den Hörer in der einen Hand, die Rennzeitung in der zweiten, eine Zigarette in der dritten und einen Drink in der vierten.

»Jack? Ja, hier ist Albert. Paß auf, ich will Crunchy Main, zwei auf Sieg im ersten. Gib mir Blazing Lord, zwei querbeet im vierten. Hammerhead Justice, fünf Sieg im siebten. Und gib mir Noble Flake, fünf Sieg und fünf Platz im neunten.«

Albert legte auf. »Mein Körper nagt mich von der einen Seite an und mein Geist von der anderen.«

»Wie läufts mit den Pferden, Albert?« fragte Myra.

»Im Moment lieg ich mit vierzig Dollar vorne. Ich hab ein neues System. Kam mir mal mitten in der Nacht, als ich nicht schlafen konnte. Ich hab es komplett vor mir gesehen, wie in einem Buch. Wenn ich noch besser werde, nehmen mich die Buchmacher nicht mehr rein. Natürlich könnte ich immer noch raus auf die Rennbahn und am Schalter wetten, aber…«

»Aber was, Albert?«

»Ach, hergott noch mal…«

»Nein, sag doch, Albert.«

»Die Leute starren mich an! Menschenskind, begreifst du das nicht?«

»Tut mir leid, Albert.«

»Hör bloß auf. Ich will nicht dein Mitleid!«

»Also gut. Kein Mitleid.«

»Ich sollte dich grün und blau schlagen für deine dämlichen Sprüche.«

»Jede Wette, daß du mich grün und blau schlagen könntest. Mit all diesen Händen.«

»Provozier mich nicht«, sagte Albert.

Er trank sein Glas aus, mixte sich einen weiteren Drink und setzte sich damit hin. Louie hatte die ganze Zeit geschwiegen. Er hatte das Gefühl, daß er jetzt etwas sagen sollte.

»Du solltest Boxer werden, Albert. Mit diesen zwei extra Händen könntest du alle das Fürchten lehren.«

»Werd ja nicht komisch, du Arschloch.«

Myra goß Louie noch einen Drink ein. Eine Weile saßen sie herum, ohne etwas zu sagen. Dann hob Albert den Kopf und sah Myra an. »Fickst du mit dem Kerl da?«

»Nein, tu ich nicht, Albert. Ich liebe dich, das weißt du doch.«

»Ich weiß gar nichts.«

»Du weißt, daß ich dich liebe, Albert.« Myra ging zu ihm hin und setzte sich auf seinen Schoß. »Du bist immer gleich so empfindlich. Ich bemitleide dich nicht, Albert, ich liebe dich.«

Sie küßte ihn.

»Ich liebe dich auch, Baby«, sagte Albert.

»Mehr als jede andere Frau?«

»Mehr als *alle* anderen Frauen.«

Sie küßten sich wieder. Es wurde ein unheimlich langer Kuß, d.h. unheimlich lange für Louie, der dasaß und sich an seinem Glas festhielt. Er griff nach oben und befühlte den dicken Knoten über seinem linken Auge. Dann spürte er ein Rumoren in seinen Gedärmen, ging ins Badezimmer und setzte sich zu einem ausgedehnten Schiß.

Als er herauskam, standen Myra und Albert mitten im Zimmer und küßten sich. Louie setzte sich, griff nach der

Flasche, die Myra auf dem Fußboden abgestellt hatte, und sah zu. Die beiden oberen Arme hielten Myra umschlungen, und die beiden anderen Hände zogen ihr das Kleid bis zu den Hüften hoch und werkelten sich in ihren Slip. Als der Slip nach unten rutschte, trank Louie einen letzten Schluck aus der Flasche, stellte sie weg, stand auf und ging.

Im *Red Peacock* steuerte Louie seinen gewohnten Barhocker an und setzte sich. Der Barkeeper kam zu ihm her.

»Na, Louie, wie ist es gelaufen?«
»Gelaufen?«
»Mit der Lady.«
»Mit der Lady?«
»Ihr seid doch zusammen los, Mann. Hast du sie rumgekriegt?«
»Nein, nicht so ganz...«
»Was war denn?«
»Was war?«
»Ja, was ging schief?«
»Gib mir einen Whisky-Sour, Billy.«

Billy ging zu seiner Anrichte, machte den Drink und kam damit zurück. Keiner sagte ein Wort. Billy verzog sich ans andere Ende der Bar. Louie hob sein Glas und trank die Hälfte. Der Drink schmeckte. Er zündete sich eine Zigarette an, hielt sie in der einen Hand und den Drink in der anderen. Die Sonne schien durch die offene Eingangstür herein. Man sah keinen Smog draußen. Es sah danach aus, als würde es ein schöner Tag werden. Jedenfalls schöner als der letzte.

Der geile Hund

Henry stopfte sich das Kissen in den Rücken, lehnte sich zurück und wartete. Louise kam ins Schlafzimmer und brachte Toast, Marmelade und Kaffee. Der Toast war schon gebuttert.

»Bist du sicher, daß du nicht zwei gekochte Eier dazu willst?« fragte sie.

»Nein, laß nur. Das ist genug.«

»Ich sollte dir doch zwei Eier machen.«

»Na gut, meinetwegen.«

Louise ging wieder in die Küche. Er war früh am Morgen schon einmal aufgestanden und ins Badezimmer gegangen, und dabei war ihm aufgefallen, daß sie seine Kleider ordentlich aufgehängt hatte. So etwas wäre Lita nie in den Sinn gekommen. Und Louise war auch hervorragend im Bett. Nie Kinder gehabt. Er mochte ihre stille Art, und daß sie in allem so gewissenhaft war. Lita war immer gleich aus der Haut gefahren. Nichts als Ecken und Kanten. Als Louise mit den gekochten Eiern hereinkam, fragte er sie: »Was war es?«

»Was war was?«

»Ich meine, du bringst mir die Eier sogar schon geschält – wieso hat sich dein Mann eigentlich von dir scheiden lassen?«

»Oh, warte mal«, sagte sie, »der Kaffee kocht über!« Sie rannte raus.

Er konnte sich mit ihr klassische Musik anhören. Sie spielte Klavier. Sie hatte Bücher. *The Savage God* von Alvarez. *The Life of Picasso*. E. B. White, E. E. Cummings, T. S. Eliot, Pound, Ibsen und alles mögliche. Sie hatte sogar neun von *seinen* Büchern. Das war vielleicht das Beste daran.

Louise kam mit ihrem Frühstücksteller herein und setzte sich zu ihm aufs Bett. »Was ging denn mit *deiner* Ehe schief?«

»Mit welcher? Ich hab schon fünf Stück hinter mir.«

»Mit der letzten. Lita.«

»Oh. Naja, wenn Lita nicht in Bewegung war, dachte sie immer, es ist nichts los. Sie ging gern tanzen und auf Parties. Ihr ganzes Leben drehte sich nur um Tanzen und Parties. Sie kam gern ›in Stimmung‹, wie sie es nannte. Damit waren Männer gemeint. Sie hat behauptet, ich würde sie daran hindern, sich auszuleben. Aus Eifersucht.«

»Hast du sie daran gehindert?«

»Vermutlich, ja. Aber ohne es zu wollen. Bei der letzten Party ging ich mit meinem Bier hinten raus in den Garten und ließ sie einfach machen. Das ganze Haus war voll von Männern, und ich hörte sie drinnen jodeln: ›Jiiii-haa! Juhuu! Juhuu!‹ Ich schätze, sie war eben ein typisches Mädchen vom Land.«

»Du hättest ja auch tanzen können.«

»Ja, schon. Hab ich auch manchmal. Aber sie stellen die Musik immer so laut, daß man nicht mehr denken kann. Ich ging also raus in den Garten. Als ich nach einer Weile reinging, um mir noch ein Bier zu holen, stand sie mit einem Kerl unter der Treppe und knutschte. Ich machte kehrt und wartete draußen, bis sie fertig waren, dann ging ich wieder rein und holte mir das Bier. Es war dunkel unter der Treppe, aber ich dachte, ich hätte den Typ erkannt – ein Freund –, und später fragte ich ihn, was er da eigentlich gemacht hat unter der Treppe.«

»Hat sie dich geliebt?«

»Sie sagte es jedenfalls.«

»Weißt du, küssen und tanzen ist ja nicht so schlimm.«

»Wahrscheinlich nicht. Aber du hättest sie mal sehen sollen. Sie tanzte wie eine, die sich opfern will und nur drauf wartet, vergewaltigt zu werden. Es war ein großer Erfolg. Die Männer waren begeistert. Sie war dreiunddreißig und hatte zwei Kinder.«

»Sie hat nur nicht begriffen, daß du jemand bist, der gern

für sich bleibt. Menschen haben nun mal unterschiedliche Neigungen.«

»Um meine hat sie sich nie Gedanken gemacht. Wie gesagt, wenn sie nicht in Bewegung war oder antörnte, hat sie sich immer gelangweilt, weil sie das Gefühl hatte, es tut sich nichts. ›Ach, das und das find ich langweilig. Mit dir frühstücken langweilt mich. Deine Tipperei auf der Schreibmaschine langweilt mich. Ich brauche Anregung.‹«

»Das klingt gar nicht so verkehrt.«

»Ja gut, aber weißt du, langweilen tun sich nur Menschen, die selber langweilig sind. Sie müssen sich dauernd auf etwas stürzen, um sich lebendig zu fühlen.«

»Wie in deinem Fall das Trinken, nicht?«

»Ja, ganz recht. Ich werde auch nicht einfach so mit dem Leben fertig.«

»War das schon das ganze Problem?«

»Nein. Sie war nymphoman, aber ohne es zu wissen. Sie sagte, ich würde sie sexuell befriedigen, aber ich zweifle, ob ich auch ihre geistige Nymphomanie befriedigt habe. Sie war bereits die zweite Nymphomanin in meinem Leben. Abgesehen davon hatte sie allerhand Qualitäten, aber ihre Nymphomanie war peinlich. Nicht nur mir, sondern auch meinen Freunden. Sie nahmen mich beiseite und sagten: ›Zum Kuckuck, was ist eigentlich mit ihr los?‹ Und ich sagte jedesmal: ›Nichts. Sie ist halt ein Mädchen vom Land.‹«

»War sie das?«

»Ja. Aber das andere war peinlich.«

»Noch Toast?«

»Nein danke. Das reicht.«

»Was war peinlich?«

»Ihr Benehmen. Wenn ein Mann im Zimmer war, setzte sie sich immer ganz dicht neben ihn. Wenn er sich runterbeugte und seine Zigarette im Aschenbecher auf dem Fußboden ausdrückte, machte sie es ihm nach. Wenn er den Kopf zur Seite drehte und etwas ansah, tat sie dasselbe.«

»War das nicht reiner Zufall?«

»Zuerst dachte ich das auch. Aber es wiederholte sich zu oft. Der Mann stand zum Beispiel auf und ging durchs Zimmer, da stand sie auch auf und ging neben ihm her. Und wenn er zurückkam, war sie immer noch neben ihm. Das passierte ständig, und wie gesagt, es war meinen Freunden genauso peinlich wie mir. Trotzdem bin ich mir sicher, daß sie es nicht bewußt getan hat. Sie war einfach so veranlagt.«

»Als ich noch klein war«, sagte Louise, »wohnte in unserer Nachbarschaft eine Frau mit einer fünfzehnjährigen Tochter. Die Tochter war nicht zu bremsen. Ihre Mutter schickte sie zum Beispiel los, um ein Brot zu kaufen, und acht Stunden später kam sie auch mit dem Brot zurück, aber in der Zwischenzeit hatte sie es mit sechs Männern getrieben.«

»Die Mutter hätte ihr Brot vielleicht selber backen sollen.«

»Ja, vielleicht. Das Mädchen konnte nichts dafür. Sobald sie einen Mann sah, wackelte sie mit allem, was sie hatte. Ihre Mutter mußte sie schließlich sterilisieren lassen.«

»Kann man das?«

»Ja, aber man muß eine Menge juristischen Kram hinter sich bringen. Bei diesem Mädchen ging es einfach nicht anders. Sie wäre sonst ihr ganzes Leben dauernd schwanger geworden. Sag mal, hast du eigentlich was gegen Tanzen?«

»Die meisten tanzen, weil sie gute Laune haben und weil es Spaß macht. Lita dagegen verlegte sich auf schmutzige Sachen. Einer ihrer Lieblingstänze war ›Der geile Hund‹. Da klemmte ihr ein Typ mit seinen Quanten das Bein ein und hamperte drauflos wie ein läufiger Rüde. Ein anderer Lieblingstanz von ihr war ›Der Säufertanz‹. Der endete damit, daß sie sich mit ihrem Partner über den ganzen Fußboden wälzte.«

»Und sie sagte, du wärst eifersüchtig, weil sie so tanzt?«

»Ja, ›eifersüchtig‹ war das Wort, das sie am häufigsten benutzte.«

»Als ich noch zur Schule ging, war ich eine begeisterte Tänzerin.«

»Ja? Übrigens – danke für das Frühstück.«

»Nicht der Rede wert. Ich hatte einen guten Partner in der Highschool. Wir waren das beste Tanzpaar in der ganzen Schule. Er hatte drei Eier. Ich hielt das für ein Zeichen von Männlichkeit.«

»Drei Eier?«

»Ja, drei. Jedenfalls, er war ein hervorragender Tänzer. Ich gab ihm durch einen Druck aufs Handgelenk ein Zeichen, und dann sprangen wir gleichzeitig hoch und drehten uns in der Luft und landeten wieder auf den Füßen. Aber einmal, als wir es machten, landete ich nicht auf den Füßen, sondern fiel auf den Hintern. Er schlug die Hand vor den Mund, schaute auf mich runter und sagte: ›Ach du meine Güte!‹ Dann ging er weg, ohne mir beim Aufstehen zu helfen. Er war homosexuell. Wir haben nie mehr miteinander getanzt.«

»Hast du was gegen Homos mit drei Eiern?«

»Nein, aber wir haben nie mehr getanzt.«

»Lita war richtig versessen aufs Tanzen. Sie ging in x-beliebige Bars und forderte Männer zum Tanzen auf. Die ließen sich natürlich nicht lange bitten. Sie dachten bestimmt, das wird ne leichte Nummer. Ich weiß nicht, ob sie's mit ihnen getrieben hat oder nicht. Ab und zu wird sie's wohl getan haben. Das Problem mit Männern, die in Kneipen rumhängen und tanzen, ist nur, daß sie nicht mehr Verstand haben als ein Bandwurm.«

»Woher willst du das wissen?«

»Sie sind Opfer des Rituals.«

»Was für ein Ritual?«

»Das Ritual der fehlgeleiteten Energie.«

Henry stand auf und holte seine Kleider aus dem Badezimmer. »Ich muß los, Kleines.«

»Warum?«

»Ich hab einiges zu arbeiten. Schließlich soll ich angeblich Schriftsteller sein.«

»Heute abend bringen sie im Fernsehen ein Stück von Ibsen. Halb neun. Kommst du?«

»Klar. Die Flasche Scotch steht noch im Wohnzimmer. Trink mir nicht alles weg.«

Henry zog sich an, ging die Treppe hinunter, stieg in seinen Wagen und fuhr zu seiner Wohnung und seiner Schreibmaschine. Erster Stock hinten. Wenn er tippte, pochte die Frau im Erdgeschoß immer mit dem Besenstiel an ihre Zimmerdecke. Er schrieb auf die harte Tour. Es war nie anders gewesen. Er tippte die Überschrift: *Der geile Hund...*

Um halb sechs kam ein Anruf von Louise. Sie hatte sich über den Scotch hergemacht. Sie war angetrunken. Sie redete ungereimtes Zeug und lallte ein wenig. Die Frau, die Thomas Chatterton und D. H. Lawrence gelesen hatte. Und neun von seinen Büchern.

»Henry?«

»Ja?«

»Oh, ich hab etwas ganz Wunderbares erlebt!«

»Ja?«

»Ein junger Schwarzer kam vorbei, um mich zu besuchen. Er ist *wunderschön*! Er ist schöner als du...«

»Natürlich.«

»... schöner als wir beide zusammen.«

»Ja.«

»Er hat mich so erregt! Ich glaube, ich verliere gleich den Verstand!«

»Ja.«

»Du bist mir nicht böse?«

»Nein.«

»Weißt du, was wir den ganzen Nachmittag gemacht haben?«

»Nein.«

»Wir haben *deine Gedichte* gelesen!«

»Oh?«

»Und weißt du, was er gesagt hat?«
»Nein.«
»Er sagte, er findet deine Gedichte *großartig*!«
»Na schön.«
»Hör zu, er hat mich so *erregt*. Ich weiß gar nicht, was ich machen soll. Warum kommst du nicht vorbei? Jetzt gleich, hm? Ich will dich sehen...«
»Louise, ich hab zu tun...«
»Sag mal, du hast doch nichts gegen Schwarze, oder?«
»Nein.«
»Ich kenne den Jungen schon seit zehn Jahren. Er hat mal für mich gearbeitet, als ich noch reich war.«
»Du willst sagen, als du noch mit deinem reichen Mann zusammen warst.«
»Also kommst du dann? Der Ibsen ist um halb neun.«
»Ich geb dir Bescheid.«
»Verdammt, warum mußte der Kerl nur vorbeikommen. Alles war okay, und da taucht *der* hier auf. Herrgott, ich bin so erregt. Ich muß dich unbedingt sehen. Ich dreh gleich durch. Er war so *schön*.«
»Ich arbeite, Louise. Das entscheidende Wort hier heißt ›Miete‹. Versuch das zu verstehen.«

Louise legte auf. Zwanzig nach acht rief sie noch mal wegen Ibsen an. Henry sagte, er sei immer noch am Arbeiten. Was auch stimmte. Doch dann begann er zu trinken. Er setzte sich in einen Sessel und starrte nur noch vor sich hin. Kurz vor zehn klopfte jemand an die Tür. Es war Booboo Meltzer, der Rockstar Nr. 1 des Jahres 1970. Im Moment arbeitslos. Aber die Tantiemen reichten noch zum Leben. »Hallo, Kid«, sagte Henry.

Meltzer kam rein und setzte sich.

»Mann«, sagte er, »du bist ein toller alter Hecht. Ich kanns echt nicht fassen.«

»Hör auf, Kid. Hechte sind aus der Mode. Inzwischen sind Hunde angesagt.«

»Alter, ich hab das Gefühl, du brauchst etwas, was dir übern Berg hilft.«

»Kid, das war noch nie anders.«

Henry ging in die Küche, knackte zwei Dosen Bier und kam damit heraus.

»Ich hab nichts zum Ficken, Kid, und das ist für mich genauso, als wenn ich ohne Liebe auskommen muß. Ich kann die beiden Sachen nicht trennen. Ich bin nicht so clever.«

»Wir sind alle nicht clever, Pops. Wir brauchen alle eine Krücke.«

Meltzer hatte ein kleines Röhrchen aus Zelluloid dabei. Vorsichtig tippte er ein wenig weißes Pulver auf den Couchtisch und teilte es in zwei dünne Striemen.

»Das ist Kokain, Pops. *Kokain*...«

»Aha.«

Meltzer griff in die Tasche, zog einen 50-Dollar-Schein heraus und drehte ihn zu einem dünnen Röllchen, das er sich in das eine Nasenloch steckte. Er hielt sich das andere Nasenloch mit dem Zeigefinger zu, beugte sich über den Tisch und inhalierte eine der beiden Linien. Dann transferierte er das Röllchen ins andere Nasenloch und schniefte die zweite Linie.

»Schnee«, sagte Meltzer.

»Sehr passend«, sagte Henry, »wo wir doch grade Weihnachtszeit haben.«

Meltzer tippte noch eine Prise auf den Tisch und machte zwei Linien daraus. Er hielt Henry das 50-Dollar-Röllchen hin. »Laß mal«, sagte Henry, »ich nehme mein eigenes.« Er fand eine 1-Dollar-Note und schniefte es damit hoch. Eine Linie pro Nasenloch.

»Was hältst du vom ›geilen Hund‹?« fragte er.

»*Das* da ist der geile Hund«, sagte Meltzer und legte wieder zwei Linien vor.

»Gott«, sagte Henry, »ich glaube, von heute an kenn ich

keine Langweile mehr. Du langweilst dich doch nicht mit mir, oder?«

»Nie im Leben«, sagte Meltzer und zog es sich mit aller Macht durch seinen Fünfziger rein. »Da mach dir mal keine Sorgen, Pops...«

Opfer der Telefonitis

Es war drei Uhr morgens, als sie vom Telefon aus dem Schlaf gerissen wurden. Francine stand auf und ging ran. Dann brachte sie Tony das Telefon ans Bett. Ihr Telefon...

Tony meldete sich. Am anderen Ende war Joanna. Ferngespräch. Aus San Francisco. »Hör mal«, sagte er, »ich hab dir doch ausdrücklich gesagt, du sollst mich hier nicht anrufen.«

»Du hältst den Mund und hörst mir zu. Du bist es mir *schuldig*, Tony.« Joanna war betrunken.

Tony seufzte resigniert. »Okay. Schieß los.«

»Wie gehts Francine?«

»Nett, daß du fragst. Es geht ihr gut. Es geht uns beiden gut. Wir haben geschlafen.«

»Na jedenfalls, ich kriegte Hunger und ging eine Pizza essen. In einer Pizzeria.«

»So?«

»Hast du was gegen Pizza?«

»Pizza ist Müll.«

»Ach, du weißt nur nicht, was gut ist. Jedenfalls, ich setzte mich in der Pizzeria an einen Tisch und bestellte mir eine Pizza mit allem. ›Bringen Sie mir die beste, die Sie haben‹, sagte ich. Ich saß da und sie brachten sie und sagten achtzehn Dollar. Ich sagte, ich kann keine achtzehn Dollar bezahlen. Sie lachten und gingen weg, und ich fing an, die Pizza zu essen.«

»Wie gehts deinen Schwestern?«

»Ich wohne nicht mehr bei ihnen. Sie haben mich beide rausgesetzt. Wegen meinen Ferngesprächen mit dir. Manchmal standen über zweihundert Dollar auf der Telefonrechnung.«

»Ich habe dir ja gesagt, du sollst diese Anrufe sein lassen.«
»Sei still. Es ist eben meine Art, drüber wegzukommen. Du *schuldest* mir was.«
»Schon gut. Was noch?«
»Also jedenfalls, ich sitze vor meiner Pizza und kaue und frage mich, wie ich sie bezahlen soll. Dann bekam ich Durst. Ich brauchte dringend ein Bier, also ging ich mit der Pizza an die Bar und bestellte mir eins. Ich trank es und aß weiter meine Pizza, und dann fiel mir auf, daß ein großer Texaner neben mir stand. Er muß über zwei Meter gewesen sein. Er spendierte mir ein Bier. Er drückte Platten auf der Musikbox, und es war alles Country-Western. Das Lokal machte ganz auf Country-Western. Du magst keine Country-Western-Musik, stimmts?«
»Nein, ich hab nur was gegen Pizza.«
»Na, ich gab also dem großen Texaner ein Stück Pizza ab, und er spendierte mir noch ein Bier. Wir tranken Bier und aßen Pizza, bis die Pizza alle war. Er bezahlte die Pizza, und wir gingen in ein anderes Lokal. Wieder Country-Western. Wir tanzten. Er war ein guter Tänzer. Wir tranken was und machten noch mehr Country-Western-Kneipen durch. Jede Kneipe, in die wir gingen, war Country-Western. Wir tranken Bier und tanzten. Er war ein fabelhafter Tänzer.«
»Ja?«
»Schließlich kriegten wir wieder Hunger und fuhren zu einem Drive-in. Wir aßen Hamburger, und auf einmal beugte er sich rüber und küßte mich. Und wie! Richtig scharf.«
»Oh?«
»Ich sagte zu ihm: ›Ach, gehn wir doch in ein Motel.‹ Und er sagte: ›Nein, gehn wir lieber zu mir.‹ Und ich sagte: ›Nein, ich will in ein Motel.‹ Aber er wollte unbedingt, daß wir zu ihm nach Hause gehen.«
»War er verheiratet?«
»Ja, aber seine Frau war im Zuchthaus. Sie hatte eine ihrer beiden Töchter erschossen. Eine Siebzehnjährige.«

»Ach so.«

»Na, also eine Tochter hatte er noch. Sie war sechzehn, und er stellte sie mir vor, und dann gingen wir in sein Schlafzimmer.«

»Muß ich mir die ganzen Einzelheiten anhören?«

»Laß mich *reden*! *Ich* bezahle dieses Gespräch! Ich hab auch alle *anderen* Gespräche bezahlt! Du bist mir was schuldig, also hör mir zu!«

»Gut. Weiter.«

»Also wir gingen ins Schlafzimmer und zogen uns aus. Er hatte schwer was dranhängen, aber sein Bammelmann sah furchtbar blau aus.«

»Schwierig wird es nur, wenn einer blau angelaufene Eier hat.«

»Jedenfalls, wir stiegen ins Bett und spielten rum. Aber es gab ein Problem...«

»Zuviel getrunken?«

»Ja, das auch. Aber das eigentliche Problem war, daß er nur scharf wurde, wenn seine Tochter ins Zimmer kam oder ein Geräusch machte. Zum Beispiel husten oder im Klo die Spülung ziehen. Irgendein Zeichen von seiner Tochter, und er kam in Stimmung und wurde richtig scharf.«

»Kann ich verstehn.«

»Ach ja?«

»Ja.«

»Jedenfalls, am Morgen sagte er mir, ich könnte bei ihm einziehen, wenn ich wollte. Und er würde mir dreihundert Dollar in der Woche geben. Er hat ein sehr schönes Haus – zweieinhalb Badezimmer, drei oder vier Fernseher und einen vollen Bücherschrank: Pearl Buck, Agatha Christie, Shakespeare, Proust, Hemingway, die Harvard-Klassiker, ein paar hundert Kochbücher und die Bibel. Er hat zwei Hunde, eine Katze, drei Autos...«

»Ja?«

»Das ist alles, was ich dir sagen wollte. Wiedersehn.«

Joanna legte auf. Tony ließ den Hörer auf die Gabel fallen und stellte das Telefon auf den Fußboden. Er legte sich wieder lang. Er hoffte, daß Francine inzwischen eingeschlafen war. War sie aber nicht. »Was hat sie gewollt?« fragte sie.

»Sie hat mir was von einem Mann erzählt, der seine Töchter fickt.«

»Warum? Warum sollte sie dir so etwas erzählen?«

»Wahrscheinlich, weil sie dachte, es interessiert mich. Und weil sie es selber mit ihm treibt.«

»Und? Interessiert dich das?«

»Nein, eigentlich nicht.«

Francine drehte sich zu ihm herum, und er schob den Arm unter ihr durch und drückte sie an sich. Überall in Amerika starrten Betrunkene um diese Zeit an die Wand und wehrten sich nicht mehr. Man mußte kein Trinker sein, um von einer Frau abserviert zu werden; aber man konnte jederzeit einen Tiefschlag verpaßt bekommen, der einen zum Trinker werden ließ. Eine Weile, vor allem wenn man noch jung war, dachte man vielleicht, man hätte das Glück auf seiner Seite, und manchmal war es auch so. Doch während man sich noch ganz sicher und zufrieden fühlte, gab es bereits allerhand fatale Mechanismen, die gegen einen arbeiteten, ohne daß man etwas davon ahnte. Und irgendwann, in einer schwülen Donnerstagnacht im Sommer, war man selbst der Betrunkene, der allein in einem billigen gemieteten Zimmer lag; und ganz gleich, wie oft man es schon durchgemacht hatte – es half einem kein bißchen, nein, es traf einen sogar noch härter, denn man hatte sich an den Gedanken gewöhnt, daß es einem nie mehr zustoßen würde. Man konnte sich nur noch die nächste Zigarette anzünden, den nächsten Drink eingießen, die schrundigen Wände anblinzeln und hoffen, daß sie keine Münder und Augen hatten. Was Männer und Frauen einander antaten, war wirklich nicht mehr zu begreifen.

Tony drückte Francine fester an sich, preßte seinen Körper an ihren und hörte ihr zu, wie sie atmete. Es war gräßlich, diese verdammte Tour ein weiteres Mal von vorne bis hinten durchmachen zu müssen.

Los Angeles war doch ein seltsamer Ort. Er lauschte hinaus. Die Vögel waren schon wach und zirpten, obwohl es noch stockfinster war. Bald würden die Leute wieder den Freeways zustreben, überall auf den Straßen würde man die Autos anspringen hören und dann das Dröhnen und Rauschen der Freeways. Doch mittlerweile, um drei Uhr morgens, lagen die Betrunkenen der Welt in ihren Betten, quälten sich durch ihren unruhigen Schlaf und hatten ihr bißchen Ruhe verdient, falls sie es finden konnten.

Die Geschichte mit Mulloch

Als Autor, der ein ganzes Leben im Underground zugange war, hatte ich mit so manchem ausgefallenen Verleger zu tun, doch am ausgefallensten waren H.R. Mulloch und seine Frau Honeysuckle. Mulloch, Ex-Sträfling und ehemaliger Juwelendieb, war Herausgeber der Zeitschrift *Demise*. Ich schickte ihm Gedichte, und es kam zu einem Briefwechsel. Er behauptete, meine Gedichte hätten ihm die Erzeugnisse meiner sämtlichen Kollegen ungenießbar gemacht, und ich schrieb ihm zurück, mir gehe es genauso. Dann begann er davon zu sprechen, daß er eventuell einen Gedichtband von mir herausbringen würde, und ich sagte okay, schön, nur zu. Ich kann aber kein Honorar zahlen, schrieb er, wir sind arm wie Kirchenmäuse. Okay, schrieb ich zurück, macht nichts, vergiß das Honorar, ich bins gewöhnt, noch ärmer dran zu sein als eine Kirchenmaus mit verschrumpelten Titten. Moment mal, schrieb er, die meisten Autoren erweisen sich aber bei der ersten Begegnung gleich als komplette Arschlöcher und unausstehliche Menschen. Stimmt genau, schrieb ich ihm zurück, auch ich bin ein komplettes Arschloch und ein unausstehlicher Mensch. Okay, lautete seine Antwort, ich komme mit Honeysuckle nach L.A., und dann nehmen wir dich mal unter die Lupe.

Der Anruf kam anderthalb Wochen später. Sie waren gerade aus New Orleans eingetroffen und wohnten in der Third Street in einem Hotel, das voll war von Prostituierten, Wermutbrüdern, Taschendieben, Einbrechern, Tellerwäschern, Straßenräubern, Würgern und Sextätern. Mulloch gefiel es in den Niederungen des Lebens, und ich glaube, sogar die Armut gefiel ihm. Nach seinen Briefen zu urteilen, glaubte er anscheinend, in der Armut gedeihe ein besonders echtes und lauteres Leben. Das wollten uns die Reichen natürlich schon immer einreden, aber das ist wieder eine andere Geschichte.

Ich stieg mit Marie ins Auto, und wir besorgten unterwegs drei Sechserpackungen Bier und eine Flasche billigen Whisky. Vor dem Hotel stand ein kleiner grauhaariger Mann von etwa einsfünfzig. Er trug eine blaue Arbeitshose und ein ebensolches Hemd, allerdings mit einem weißen Halstuch. Auf dem Kopf hatte er einen enormen Sombrero. Er paffte an einer Zigarette, und als Marie und ich auf ihn zugingen, setzte er ein Lächeln auf und sagte: «Bist du Chinaski?» »Ja«, sagte ich, »und das ist Marie, meine Alte.« »Ein Mann«, sagte er, »kann nie sagen, daß ihm eine Frau gehört. Sie gehören uns nie, wir borgen sie uns nur für eine Weile.« »Ja«, sagte ich, »das wird wohl am besten sein.« Wir folgten H.R. die Treppe hinauf und einen Korridor entlang, der blau und rot gestrichen war und nach Mord stank.

»Das einzige Hotel in der ganzen Stadt, wo sie uns beide mitsamt Hunden und einem Papagei genommen haben.«

»Scheint ein angenehmer Laden zu sein«, sagte ich.

Er hielt uns die Tür auf, und wir gingen hinein. Zwei Hunde sprangen herum, und mitten im Zimmer stand Honeysuckle mit einem Papagei auf der Schulter.

»Thomas Wolfe«, sagte der Papagei, »ist der größte lebende Autor der Welt.«

»Wolfe ist tot«, sagte ich. »Euer Papagei irrt sich.«

»Es ist ein alter Papagei«, sagte H.R. »Wir haben ihn schon sehr lange.«

»Wie lange bist du schon mit Honeysuckle zusammen?«

»Dreißig Jahre.«

»Hast sie dir nur mal für ne Weile geborgt, wie?«

»Sieht so aus.«

Honeysuckle hatte einen dunklen Teint und schien italienische oder griechische Vorfahren zu haben. Sie war sehr mager, hatte Tränensäcke unter den Augen, wirkte tragisch und gutherzig und zugleich unberechenbar, aber vorwiegend tragisch. Ich stellte den Whisky und die Sechserpackungen auf den Tisch, und alle drängten heran. H.R. fing an, die Bierflaschen zu öffnen, und ich pellte das Zellophan von der Whiskyflasche. Verstaubte Trinkgläser erschienen, und mehrere Aschenbecher wurden ausgeteilt. Durch die linke Wand hörte man aus dem Zimmer nebenan plötzlich die dröhnende Stimme eines Mannes: »Verfluchte Hure! Meine Scheiße sollst du fressen!«

Wir setzten uns, und ich goß Whisky ein. H.R. gab mir eine Zigarre. Ich pellte sie aus der Hülle, biß das Ende ab und rauchte sie an.

»Was hältst du von der zeitgenössischen Literatur?« fragte mich H.R.

»Hab eigentlich nichts dafür übrig.«

H.R. kniff die Augen zusammen und grinste mich an. »Ha! Dacht' ich mirs doch!«

»Hör mal«, sagte ich, »warum nimmst du nicht diesen Sombrero ab, damit ich sehe, mit wem ichs zu tun habe. Vielleicht bist du ein Pferdedieb.«

»Nein«, sagte er und nahm seinen Sombrero mit dramatischer Geste vom Kopf, »aber ich war einer der besten Juwelendiebe in ganz Ohio.«

»Tatsache?«

»Tatsache.«

Die beiden Frauen tranken munter drauflos. »Ach, ich *liebe* meine Hunde«, sagte Honeysuckle. »Magst du Hunde?« fragte sie mich.

»Ich weiß nicht, ob ich Hunde mag oder nicht.«

»Er mag nur sich selber«, sagte Marie.

»Marie hat einen ausgesprochen scharfen Verstand«, sagte ich.

»Mir gefällt deine Schreibe«, sagte H.R. »Du kannst eine Menge ausdrücken, ohne große Verrenkungen zu machen.«

»Genie ist vielleicht die Fähigkeit, etwas Tiefschürfendes in einfachen Worten zu sagen.«

»Wie war das?«

Ich wiederholte den Spruch und schüttete wieder einigen Whisky in die Runde.

»Das muß ich mir notieren«, sagte H.R. Er zog einen Füller aus der Hemdtasche und schrieb es auf eine der braunen Tüten, die auf dem Tisch lagen.

Der Papagei kam von Honeysuckles Schulter herunter, watschelte über den Tisch und kletterte mir auf die linke Schulter. »Ach wie schön«, sagte Honeysuckle. »James Thurber«, sagte der Papagei, »ist der größte lebende Autor der Welt.« »Blöder Hund«, sagte ich zu dem Vogel. Ich spürte einen stechenden Schmerz im linken Ohr. Der Papagei hatte es mir fast abgerissen. Nun, wir sind eben alle viel zu empfindlich. H.R. riß wieder ein paar Kronenkorken ab, und wir tranken weiter.

Aus dem Nachmittag wurde Abend, und aus dem Abend wurde Nacht. Als ich wieder zu mir kam, war es finster. Ich hatte mitten im Zimmer auf dem Teppich geschlafen. H.R. und Honeysuckle lagen schlafend im Bett. Marie schlief auf der Couch. Alle drei schnarchten. Marie am lautesten. Ich rappelte mich hoch und setzte mich an den Tisch. Es war noch etwas Whisky übrig. Ich goß mir den Rest ein, trank ein warmes Bier dazu und noch eins hinterher. Der Papagei hockte mir gegenüber auf einer Stuhllehne. Plötzlich kletterte er herunter, kam über den Tisch, zwischen den Aschenbechern und leeren Flaschen hindurch, und stieg mir auf die Schulter. »Sag es nicht nochmal«, warnte ich ihn. »Es irritiert mich, wenn du das sagst.« »Verfluchte Hure«, sagte der Papagei. Ich hob ihn an den Füßen herunter und setzte ihn wieder auf seine Stuhllehne. Dann legte ich mich auf den Teppich und schlief weiter.

Am Morgen gab H.R. Mulloch eine Erklärung ab. »Ich habe beschlossen, einen Gedichtband von dir zu drucken. Am besten fahren wir gleich nach Hause und gehn an die Arbeit.«

»Soll das heißen, du bist zu der Erkenntnis gekommen, daß ich kein unausstehlicher Mensch bin?«

»Nein«, sagte er, »zu der Erkenntnis bin ich überhaupt nicht gekommen. Ich hab einfach beschlossen, dich wider besseres Wissen zu drucken.«

»Warst du wirklich der beste Juwelendieb in ganz Ohio?«

»Ja sicher.«

»Ich weiß, daß du gesessen hast. Wie haben sie dich erwischt?«

»Das war so blöd, daß ich nicht drüber reden will.«

Ich ging zwei Sixpacks holen, und als ich zurückkam, halfen Marie und ich den beiden beim Packen. Sie hatten besondere Tragekörbe für die Hunde und den Papagei. Als wir alles runtergeschafft und in meinem Wagen verstaut hatten, setzten wir uns rein und tranken das Bier. Wir waren alle Gewohnheitstrinker: Keiner war so dumm, ein Frühstück vorzuschlagen.

»Komm uns mal besuchen«, sagte H.R. »Dann kannst du sehen, wie's mit deinem Buch vorangeht. Du bist zwar ein Hundsknochen, aber man kann sich mit dir unterhalten. Die andern Poeten plustern sich dauernd auf und produzieren sich wie die letzten Arschlöcher.«

»Du bist in Ordnung«, sagte Honeysuckle. »Die Hunde mögen dich.«

»Und der Papagei auch«, sagte H.R.

Die beiden Frauen blieben im Wagen, und ich ging mit H.R. rein, weil er noch den Zimmerschlüssel abgeben mußte. Eine alte Dame in einem grünen Kimono und mit knallrot gefärbten Haaren kam an die Tür.

»Das ist Mama Stafford«, erklärte mir H.R. »Mama Stafford, das hier ist der größte Dichter der Welt.«

»Wirklich?« fragte Mama.

»Der größte lebende Dichter der Welt«, sagte ich.

»Warum kommt ihr Jungs nicht auf einen Schluck rein? Ihr seht mir aus, als könntet ihr einen gebrauchen.«

Wir gingen zu ihr rein, und jeder von uns zwang sich ein Glas warmen Weißwein runter. Dann verabschiedeten wir uns und gingen zurück zum Wagen...

Im Bahnhof erstand H.R. die Fahrkarten und gab die Hunde und den Papagei am Gepäckschalter auf. Dann kam er durch die Halle und setzte sich zu uns. »Kann Flugzeuge nicht leiden«, sagte er. »Hab eine Scheißangst vor dem Fliegen.« Ich besorgte einen halben Liter Whisky, und als wir die Flasche leer hatten, war auch die Warterei zu Ende: Die Passagiere wurden aufgerufen. Wir standen auf dem Bahnsteig herum, und plötzlich schlang mir Honeysuckle die Arme um den Hals und gab mir einen langen Kuß, der damit endete, daß mir ihre Zunge mehrmals in den Mund schnellte. Ich stand herum und zündete mir umständlich eine Zigarre an, während Marie meinen Verleger abküßte. Dann stiegen H.R. und Honeysuckle in ihren Zug.

»Er ist ein netter Mensch«, sagte Marie.

»Sweetie«, sagte ich, »ich glaube, du hast ihn ganz schön heiß gemacht.«

»Bist du eifersüchtig?«

»Bin ich immer.«

»Schau doch, sie haben einen Fensterplatz und lächeln zu uns raus.«

»Peinliche Situation. Ich wollte, der verdammte Zug würde endlich abfahren.«

Schließlich setzte sich der Zug in Bewegung. Wir winkten natürlich, und sie winkten zurück. H.R. hatte ein glückliches und zufriedenes Grinsen im Gesicht. Honeysuckle schien zu weinen. Sie sah ziemlich tragisch aus. Dann konnten wir die beiden nicht mehr sehen. Es war vorüber. Ich sollte ein Buch bekommen. Ausgewählte Gedichte. Wir machten kehrt und gingen durch die Bahnhofshalle zurück.

Spinne am Abend

Als ich bei ihm läutete, war er schon beim sechsten oder siebten Bier, und ich ging an den Kühlschrank und holte mir auch eines. Dann ging ich zu ihm raus ins Wohnzimmer und setzte mich. Er sah sehr niedergeschlagen aus.

»Was ist denn, Max?«

»Mich hat grade eine sitzenlassen. Vor zwei Stunden ist sie gegangen.«

»Hm. Ich weiß nicht, was ich sagen soll, Max.«

Er schaute von seinem Bier hoch. »Hör mal, ich weiß, du wirst es mir nicht glauben, aber ich hab seit vier Jahren keine mehr ins Bett gekriegt.«

Ich trank einen Schluck. »Ich glaub dirs, Max. Tatsache ist, es gibt in unserer Gesellschaft ziemlich viele Menschen, die von der Wiege bis zum Grab nichts zu ficken kriegen. Sie sitzen in winzigen Zimmern und basteln kleine Glöckchen aus Stanniolpapier und hängen sie vors Fenster und sehen zu, wie sie in der Sonne glitzern, während der Wind sie hin und her dreht.«

»Tja, ich hatte sie direkt hier. Und dann ließ sie mich sitzen.«

»Erzähl mal.«

»Na, es läutete an der Tür, und da stand sie. Jung, blond, in einem weißen Kleid und blauen Schuhen. ›Sind Sie Max Miklovik?‹ fragte sie. Ich sagte, ich wäre es, und sie sagte, sie hätte mein Zeug gelesen und ob sie reinkommen dürfte. ›Aber gern‹, sagte ich und ließ sie rein, und sie ging zu dem Sessel dort in der Ecke und setzte sich. Ich ging in die Küche, machte zwei Whisky mit Wasser, brachte ihr den einen und setzte mich da auf die Couch.«

»Sah sie gut aus?«

»Sogar sehr. Und eine tolle Figur. Dieses Kleid hat nichts der Phantasie überlassen. ›Haben Sie mal etwas von Kosinski gelesen?‹ fragte sie mich. ›Seinen *Painted Bird* habe ich gelesen‹, sagte ich, ›ein schauderhafter Schriftsteller.‹ ›Ich finde ihn sehr gut‹, sagte sie.«

Max saß da und schwieg. Vermutlich dachte er über Kosinski nach. »Und was war dann?« fragte ich.

»Über ihrem Kopf war eine Spinne, die gerade ein Netz baute. Da machte sie ›Huch!‹ und sagte: ›Die Spinne hat auf mich gekackt!‹«

»Und? Hat sie?«

»Ich sagte ihr, daß Spinnen nicht kacken. ›Doch!‹ sagte sie. Und ich sagte: ›Jerzy Kosinski ist eine Spinne.‹ Und sie sagte: ›Ich heiße Lyn‹, und ich sagte: ›Hallo, Lyn.‹«

»Tolle Konversation.«

»Ja. Dann sagte sie: ›Ich möchte Ihnen etwas erzählen.‹ ›Nur zu‹, sagte ich, und sie sagte: ›Mit dreizehn hatte ich Klavierunterricht bei einem richtigen Grafen, ich habe seinen Paß gesehen, und er war tatsächlich ein echter Graf. Graf Rudolph Stauffer.‹ ›Trinken Sie‹, sagte ich, ›trinken Sie doch aus.‹«

»Kann ich noch ein Bier haben, Max?«

»Klar. Bring mir auch eins.«

Als ich wieder hereinkam, redete er weiter. »Sie trank ihr Glas aus, und ich ging zu ihr rüber, und während ich ihr das Glas abnahm, beugte ich mich runter und wollte sie küssen. Sie wich mir aus. ›Ach Scheiße, was ist schon ein Kuß!‹ sagte ich. ›Sogar Spinnen küssen sich.‹«

»›Spinnen küssen sich *nicht*‹, sagte sie. Da blieb nichts anderes übrig, als in die Küche zu gehn und nochmal zwei Drinks zu mixen – ein bißchen stärker diesmal. Ich kam damit raus, gab Lyn ihr Glas und setzte mich wieder auf die Couch.«

»Vielleicht hättet ihr beide auf der Couch sitzen sollen«, sagte ich.

»Haben wir aber nicht. Sie erzählte weiter. ›Der Graf‹, sagte sie, ›hatte eine hohe Stirn, haselnußbraune Augen, rötliches Haar und lange schlanke Finger, und er roch immer nach Samen.‹«

»Ah.«

»Sie sagte: ›Er war fünfundsechzig, aber schwer geil. Er hat auch meiner Mutter Klavierunterricht gegeben. Meine Mutter war fünfunddreißig und ich war dreizehn, und er hat uns beiden Klavierunterricht gegeben.‹«

»Was hättest du denn *dazu* sagen sollen?« fragte ich.

»Weiß ich auch nicht. Ich sagte also: ›Kosinski ist eine Niete.‹ Und sie sagte: ›Er hat es meiner Mutter besorgt.‹ Und ich sagte: ›Wer? Kosinski?‹ Und sie sagte: ›Nein, der Graf.‹ ›Hat es der Graf auch mit Ihnen gemacht?‹ fragte ich sie. Und sie sagte: ›Nein, gemacht hat er es nicht mit mir, aber er hat mich an verschiedenen Stellen angefaßt. Er hat mich sehr erregt. Und er spielte *wunderschön* Klavier.‹«

»Und wie hast du da reagiert?«

»Naja, ich hab ihr davon erzählt, wie ich im letzten Krieg fürs Rote Kreuz gearbeitet habe. Wir fuhren herum und sammelten Blutspenden ein. Es gab da eine Rotkreuzschwester, eine Schwarzhaarige, ziemlich dick, die legte sich nach dem Lunch immer auf den Rasen und spreizte die Beine in meine Richtung. Und starrte mich ganz merkwürdig an. Nach jeder Tour brachte ich die Flaschen in den Lagerraum. Es war kalt da drin, und die Flaschen steckten in kleinen weißen Säcken, und wenn ich sie der Kleinen vom Lagerraum gab, rutschte manchmal eine raus und zerschellte am Boden. Spow! Blut und Glasscherben überall. Aber die Kleine sagte jedesmal: ›Keine Sorge, das ist nicht schlimm.‹ Ich fand sie sehr nett und küßte sie immer, wenn ich eine Lieferung brachte. War ganz schön, mit ihr zu knutschen in diesem Kühlraum, aber mit der Schwarzhaarigen, die sich nach dem Lunch ins Gras legte und die Beine spreizte, bin ich nie zu was gekommen.«

»Das hast du ihr erzählt?«

»Hab ich ihr erzählt, ja.«

»Und was hat sie gesagt?«

»Sie sagte: ›Die Spinne kommt runter! Sie kommt direkt auf mich runter!‹ ›O Gott!‹ sagte ich und schnappte mir die Rennzeitung und klappte sie auf und erwischte die Spinne zwischen dem dritten Rennen für Dreijährige ohne Siegprämie über zwölfhundert Meter und dem vierten Rennen für Vierjährige und drüber mit mindestens fünftausend Dollar Siegprämie und über eine Meile und eine sechzehntel. Ich warf die Zeitung auf den Boden und brachte es fertig, Lyn einen schnellen Kuß zu geben. Sie reagierte nicht.«

»Was hat sie zu dem Kuß gemeint?«

»Sie sagte, daß ihr Vater irgendwas Geniales in einer Computerfirma gemacht hat und selten zu Hause war, aber irgendwie kriegte er das mit ihrer Mutter und dem Grafen heraus. Als sie eines Tages von der Schule nach Hause kam, packte er sie und schlug ihr den Kopf gegen die Wand und wollte wissen, warum sie die ganze Zeit zu ihrer Mutter gehalten hat. Ihr Vater war jedenfalls sehr wütend, als er dahinterkam. Er hörte schließlich auf, ihr den Kopf gegen die Wand zu schlagen und ging rein und schlug ihrer Mutter den Kopf gegen die Wand. Sie sagte, es wäre entsetzlich gewesen, und der Graf hätte sich nie mehr blicken lassen.«

»Und was hast du dazu gesagt?«

»Ich hab ihr gesagt, daß ich mal in einer Bar eine Frau kennenlernte und mit nach Hause nahm. Als sie ihren Schlüpfer auszog, war er so mit Blut und Scheiße verkleistert, daß ich nicht konnte. Sie stank wie eine Ölquelle. Sie massierte mir den Rücken mit Olivenöl, und ich gab ihr fünf Dollar, eine halbe Flasche abgestandenen Portwein und die Adresse von meinem besten Freund und schickte sie weg.«

»Ist das wirklich passiert?«

»Ja. Dann fragte mich Lyn, ob ich T.S. Eliot mag. Ich sagte ihr, daß ich ihn nicht mag. Dann sagte sie: ›Mir gefallen die Sachen, die Sie schreiben, Max. Es ist so häßlich und irre, daß es mich fasziniert. Ich war in Sie verliebt. Ich habe Ihnen einen Brief nach dem anderen geschrieben, aber Sie haben nie geantwortet.‹ ›Tut mir leid, Baby‹, sagte ich. Sie sagte: ›Ich drehte vollkommen durch. Ich ging nach Mexiko und wurde religiös. Ich trug einen schwarzen Schal und lief morgens um drei Uhr singend durch die Straßen. Niemand hatte etwas dagegen. Ich hatte alle Ihre Bücher in meinem Koffer, und ich trank Tequila und zündete geweihte Kerzen an. Dann lernte ich einen Stierkämpfer kennen, und bei ihm habe ich Sie vergessen. Es dauerte mehrere Wochen.‹«

»Diese Kerle kriegen eine Menge Pussy.«

»Ich weiß«, sagte Max. »Jedenfalls, sie sagte, schließlich hätten sie dann genug voneinander gehabt, und ich sagte: ›Laß mich dein Matador sein.‹ Und sie sagte: ›Du bist wie alle Männer. Du willst nur ficken.‹ ›Lutschen und ficken‹, sagte ich. Ich ging zu ihr hin. ›Küß mich‹, sagte ich. ›Max‹, sagte sie, ›du willst nur rumspielen. Dir geht es doch gar nicht um mich.‹ ›Mir geht es um mich‹, war meine Antwort darauf. ›Wenn du nicht so ein berühmter Autor wärst‹, sagte sie, ›würde keine Frau auch nur mit dir reden.‹ ›Komm, wir ficken‹, sagte ich. ›Ich möchte, daß du mich heiratest‹, sagte sie. ›Ich will dich nicht heiraten‹, sagte ich. Da nahm sie ihre Handtasche und ging.«

»Und was war das Ende vom Lied?« fragte ich.

»Das wars«, sagte Max. »Seit vier Jahren keine mehr gehabt, und da laß ich mir die hier entgehen. Aus Stolz, Dummheit oder was weiß ich.«

»Du kannst gut schreiben, Max, aber ein Frauenheld bist du nicht.«

»Meinst du, ein Frauenheld hätte es geschafft?«

»Klar. Verstehst du, jeden Schachzug von ihnen muß man mit dem richtigen Gegenzug parieren. Jeder korrekte Zug lenkt die Unterhaltung in eine neue Richtung, bis man die Frau in der Ecke hat. Oder besser gesagt – flach auf der Matratze.«

»Wie kann ich das lernen?«

»Kann man nicht lernen. Es ist ein Instinkt. Man muß wissen, was eine Frau wirklich meint, auch wenn sie scheinbar was ganz anderes sagt. Das läßt sich nicht lernen.«

»Was hat sie denn in Wirklichkeit gemeint?«

»Sie wollte dich, aber du hast nicht gewußt, wie du auf sie eingehen mußt. Du hast keine Brücke schlagen können. Du hast versagt, Max.«

»Aber sie hatte alle meine Bücher gelesen. Sie dachte, daß ich einiges weiß.«

»Na, jetzt weiß *sie* etwas.«

»Was?«

»Daß du ein Blödmann bist, Max.«

»Meinst du?«

»Alle Schriftsteller sind Blödmänner. Deshalb schreiben sie ja so viel.«

»Wie meinst du das?«

»Ich meine, sie schreiben, weil es so viele Dinge gibt, die sie nicht verstehen.«

»Ich schreibe eine Menge Sachen«, sagte Max traurig.

»Ich erinnere mich, wie ich mal als Junge diesen Roman von Hemingway gelesen habe. Da steigt ein Kerl immer wieder mit einer Frau ins Bett, aber es geht nicht. Dabei liebt er sie, und sie liebt ihn auch. Mein Gott, dachte ich, was für ein großartiges Buch. All die Jahrhunderte, und noch nie hat einer über diesen Aspekt der Sache geschrieben. Ich dachte, der Kerl wäre einfach zu dumm zum Ficken gewesen. Weiter hinten im Buch stellte sich dann heraus, daß er im Krieg seine Genitalien eingebüßt hatte. War das eine Enttäuschung.«

»Meinst du, sie kommt wieder?« fragte mich Max. »Du hättest mal diesen Körper sehen sollen. Das Gesicht, diese Augen...«

»Die kommt nicht mehr«, sagte ich und stand auf.

»Aber was mach ich jetzt?« fragte Max.

»Schreibst eben weiter deine jammervollen Gedichte und Erzählungen und Romane...«

Ich ließ ihn da sitzen und ging die Treppe runter. Es gab nichts mehr, was ich ihm sagen konnte. Es war viertel vor acht, und ich hatte noch nicht zu Abend gegessen. Ich setzte mich in meinen Wagen und fuhr zu McDonald's rüber. Ich sagte mir, daß ich mich wahrscheinlich für die gebackenen Shrimps entscheiden würde.

Der Tod des Vaters (I)

Die Trauerfeier für meinen Vater lag mir im Magen wie eine kalte Bulette. Das Beerdigungsinstitut war in Alhambra, und ich saß auf der anderen Straßenseite in einem Lokal und trank einen Kaffee. Immerhin, wenn alles vorbei war, hatte ich zur Pferderennbahn nur noch eine kurze Strecke zu fahren. Ein Mann mit einem grauenhaft schrundigen Gesicht und dicken runden Brillengläsern kam herein. »Henry«, sagte er und nickte mir zu. Er setzte sich zu mir an den Tisch und bestellte sich einen Kaffee.

»Hallo, Bert.«

»Dein Vater und ich sind in den letzten Jahren sehr gute Freunde geworden. Wir haben oft von dir gesprochen.«

»Ich hab meinen Alten nicht leiden können«, sagte ich.

»Dein Vater hat dich sehr gemocht. Er hat gehofft, du würdest vielleicht Rita heiraten.« Rita war Berts Tochter. »Sie geht jetzt mit einem furchtbar netten Jungen, aber sie findet ihn nicht aufregend. Scheint nur auf Angeber zu fliegen. Ich versteh das nicht. Aber ein bißchen hat sie ihn anscheinend doch gern«, sagte er, und seine Miene hellte sich auf, »denn jedesmal, wenn er kommt, versteckt sie ihr Baby im Besenschrank.«

»Kommen Sie, Bert. Gehn wir.«

Wir gingen rüber zur Trauerfeier. Jemand sprach gerade davon, was für ein guter Mensch mein Vater gewesen war. Am liebsten hätte ich ihnen mal seine andere Seite geschildert. Dann sang jemand. Wir standen auf und defilierten am Sarg vorbei. Ich war der letzte in der Reihe. ›Vielleicht spucke ich auf ihn‹, dachte ich.

Meine Mutter war im Jahr zuvor gestorben. Ich hatte sie beerdigt, war zum Pferderennen gefahren und anschließend mit einer im Bett gelandet. Die Reihe rückte vor. »Neiiin!« schrie plötzlich eine Frau. »Er *kann* nicht tot sein!« Sie griff in den Sarg, hob seinen Kopf und küßte ihn. Niemand hinderte sie daran. Ihre Lippen waren auf seinen. Ich packte meinen Vater im Genick und die Frau im Genick und zerrte die beiden auseinander. Mein Vater sank in den Sarg zurück, und jemand führte die zitternde Frau hinaus.

»Das war die Freundin deines Vaters«, sagte Bert.

»Sieht nicht übel aus«, sagte ich.

Als ich nach der Andacht draußen die Stufen runterging, sah ich, daß die Frau auf mich gewartet hatte. Sie rannte auf mich zu.

»Du siehst genauso aus wie er! Du *bist* es!«

»Nein«, sagte ich. »Er ist tot. Und ich bin nicht nur jünger, sondern auch sympathischer.«

Sie nahm mich in die Arme und küßte mich. Ich drückte meine Zunge zwischen ihren Lippen durch. Dann machte ich mich aus ihrer Umarmung frei. »Na, na«, sagte ich mit betont lauter Stimme, »beruhigen Sie sich.« Sie küßte mich wieder, und diesmal schob ich ihr meine Zunge tief in den Mund. Mein Penis wurde hart. Einige Männer und eine Frau kamen her, um sie mitzunehmen.

»Nein«, sagte sie, »ich will mit ihm gehen. Ich muß mit seinem Sohn reden!«

»Also Maria! Bitte! Kommen Sie!«

»Nein, nein, ich muß mit seinem Sohn reden!«

»Macht es Ihnen was aus?« fragte mich einer der Männer.

»Nein, schon gut.«

Maria stieg zu mir ins Auto, und wir fuhren zum Haus meines Vaters. Ich schloß die Tür auf, und wir gingen hinein. »Schau dich um«, sagte ich. »Kannst von seinen Sachen alles haben, was du willst. Ich nehme jetzt ein Bad. Nach Trauerfeiern bin ich immer ganz verschwitzt.«

Als ich aus dem Badezimmer kam, saß sie auf seinem Bett.

»Oh, du hast ja seinen Bademantel an!« rief sie.

»Das ist jetzt meiner.«

»Er war ganz verliebt in diesen Bademantel. Es war ein Weihnachtsgeschenk von mir. Er war so stolz darauf. Er sagte, er zieht ihn an und geht damit einmal um den Block, damit ihn alle Nachbarn sehn.«

»Hat ers getan?«

»Nein.«

»Der Bademantel ist wirklich schön. Jetzt gehört er mir.«

Ich nahm eine Packung Zigaretten vom Nachttisch.

»Oh, das sind *seine* Zigaretten!«

»Willst du auch eine?«

»Nein.«

Ich steckte mir eine an. »Wie lange hast du ihn gekannt?«

»Ungefähr ein Jahr.«

»Und du bist nicht dahinter gekommen?«

»Hinter was?«

»Daß er ein Ignorant war. Ein verbiesterter Patriot. Gemein. Geldgierig. Verlogen. Ein Feigling. Ein falscher Fuffziger.«

»Nein.«

»Das überrascht mich. Du siehst aus, als wärst du ne intelligente Frau.«

»Ich hab deinen Vater geliebt, Henry.«

»Wie alt bist du?«

»Dreiundvierzig.«

»Du hast dich gut gehalten. Du hast reizende Beine.«

»Danke schön.«

»Aufreizende Beine.«

Ich ging in die Küche, nahm eine Flasche Wein aus dem Hängeschrank, entkorkte sie, griff mir zwei Weingläser und ging damit zu ihr raus. Ich goß ihr ein Glas voll und gab es ihr.

»Dein Vater hat oft von dir gesprochen.«

»So?«

»Er sagte, du hast keinen Ehrgeiz.«

»Damit hatte er recht.«

»Wirklich?«

»Mein einziger Ehrgeiz ist, *nichts* zu sein. Das finde ich am vernünftigsten.«

»Du bist komisch.«

»Nein, mein Vater war komisch. Komm, ich gieß dir nach. Das ist ein guter Wein.«

»Er sagte, du wärst ein Säufer.«

»Siehst du, zu etwas hab ichs also doch gebracht.«

»Du siehst ihm so ähnlich.«

»Das ist nur äußerlich. Er mochte weichgekochte Eier, und ich mag hartgekochte. Er war gern in Gesellschaft, ich bin lieber allein. Er schlief nachts, ich schlaf lieber tagsüber. Er mochte Hunde, und ich zog ihnen die Ohren lang und steckte ihnen Streichhölzer in den Arsch. Er arbeitete gern, ich liege lieber auf der faulen Haut.«

Ich zog Maria zu mir her, knutschte ihr die Lippen auseinander, wühlte mich in ihren Mund rein und saugte ihr die Luft aus den Lungen. Ich spuckte ihr in den Hals und bohrte ihr den Mittelfinger in die Arschfalte. Wir lösten uns voneinander.

»Er hat mich immer ganz zärtlich geküßt«, sagte Maria. »Er hat mich geliebt.«

»Scheiße«, sagte ich, »meine Mutter war kaum einen Monat unter der Erde, da hat er dir schon die Titten gelutscht und dein Klopapier benutzt.«

»Er hat mich geliebt.«

»Quatsch. Was ihn zu deiner Vagina geführt hat, war nur seine Angst vor dem Alleinsein.«

»Er sagte, du wärst ein verbitterter junger Mensch.«

»Na klar. Bei so einem Vater.«

Ich streifte ihr das Kleid hoch und begann ihre Beine zu küssen. Ich fing mit den Knien an, und als ich höher kam, machte sie die Schenkel auseinander. Ich biß sie kräftig hinein, und sie ließ vor Schreck einen Furz. »Oh, entschuldige.«

»Schon gut«, sagte ich.

Ich goß ihr wieder das Glas voll, rauchte noch eine von den Zigaretten meines toten Vaters und holte die nächste Flasche Wein aus der Küche. Wir tranken noch ein oder zwei Stunden. Es war noch früh am Abend, doch ich fühlte mich müde und ausgelaugt. Der Tod war einfach eine öde Angelegenheit. Das war wohl das Schlimmste daran – daß er so langweilig war. Wenn er kam, konnte man nichts mehr mit ihm anfangen. Man konnte nicht Tennis mit ihm spielen, und man konnte ihn auch nicht in eine Schachtel Pralinen verwandeln. Er war nur *da*. So stupid wie ein platter Reifen.

Ich legte mich ins Bett. Ich hörte, wie Maria ihre Schuhe von den Füßen streifte und ihre Sachen auszog, und dann spürte ich sie neben mir im Bett. Sie legte den Kopf auf meine Brust, und ich spürte meine Finger, die sie hinter den Ohren kraulten. Mein Penis kam hoch. Ich hob ihren Kopf und drückte ihr sanft die Lippen auf den Mund. Dann nahm ich ihre Hand und legte sie um meinen Schwanz.

Ich hatte zuviel getrunken. Ich stieg bei ihr auf, ich schob und schob und war immer kurz davor, aber es reichte nicht. Es wurde eine endlos lange, schweißtreibende Rammelei. Das Bett quietschte und ächzte und ratterte und ging fast aus den Fugen. Maria stöhnte. Ich küßte und küßte sie, und sie schnappte nach Luft. »Mein Gott«, sagte sie, »du fickst mich tatsächlich!« Ich wollte es nur noch hinter mich bringen, aber der Wein hatte mir alles taub gemacht. Schließlich wälzte ich mich von ihr herunter.

»Gott«, sagte sie. »O Gott.«

Wir küßten uns, und es begann wieder von vorn. Ich stieg noch einmal auf, und diesmal spürte ich, wie es mir langsam kam. »Oh«, sagte ich, »Oh...!« Endlich schaffte ich es. Ich stand auf und ging ins Bad, und als ich herauskam, rauchte ich noch eine Zigarette. Dann legte ich mich wieder ins Bett. Sie war schon halb eingeschlafen. »Mein Gott«, sagte sie, »du hast mich tatsächlich *gefickt*!«

Wir schliefen.

Am Morgen stand ich auf, übergab mich, putzte mir die Zähne und gurgelte. Ich machte mir eine Flasche Bier auf. Maria wurde wach und sah mich an.

»Haben wir gefickt?« fragte sie.
»Soll das ein Witz sein?«
»Nein, sag schon: Haben wir...?«
»Nein«, sagte ich, »es ist nichts gewesen.«

Maria ging ins Bad und duschte. Ich hörte sie singen. Sie frottierte sich ab und kam heraus. »Also ich hab wirklich das Gefühl, als wär ich gefickt worden.« Sie sah mich zweifelnd an.

»Es ist nichts gewesen, Maria.«

Wir zogen uns an und gingen in die Cafeteria an der Ecke. Sie bestellte sich Wurst, Rührei, Toast und Kaffee, und ich ein Glas Tomatensaft und ein Roggenbrötchen.

»Ich komm nicht drüber weg. Du siehst ihm täuschend ähnlich.«

»Bitte, Maria, nicht schon am frühen Morgen.«

Ich sah ihr zu, wie sie sich Rührei und Wurst und Toast mit Stachelbeermarmelade in den Mund schob, und plötzlich wurde mir bewußt, daß wir die Beerdigung verpaßt hatten. Wir hatten vergessen, zum Friedhof zu fahren und zuzusehen, wie sie den Alten ins Loch steckten. Das hatte ich mir eigentlich ansehen wollen. Es war schließlich das einzig Gute an der ganzen Geschichte. Doch wir hatten uns dem Trauerzug nicht angeschlossen und waren statt dessen zum Haus meines Vaters gefahren, hatten seine Zigaretten geraucht und seinen Wein getrunken.

Maria schob sich eine besonders große Portion knallgelbes Rührei in den Mund und sagte: »Du mußt mich aber doch gefickt haben. Ich spür, wie mir dein Saft am Schenkel runterläuft.«

»Ach, das ist nur Schweiß. Es ist sehr heiß heute morgen.«

Ihre Hand glitt vom Tisch und verschwand unter ihrem

Kleid. Die Hand kam wieder hoch, und sie schnupperte an ihrem Finger. »Das ist kein Schweiß. Es ist Saft.«

Maria aß ihr Frühstück zu Ende, und wir gingen. Sie sagte mir, wo sie wohnte. Ich fuhr sie hin. Als ich am Straßenrand hielt, fragte sie: »Kommst du noch mit rein?«

»Nee, du, ich hab einiges zu erledigen. Muß mich um die Erbschaftsangelegenheiten kümmern.«

Maria beugte sich zu mir herüber und gab mir einen Kuß. Ihre Augen waren groß und leidend und hatten einen stumpfen Glanz. »Ich weiß, du bist viel jünger als ich, aber ich könnte dich lieben«, sagte sie. »Ich bin mir sicher.«

Als sie vor ihrer Haustür war, drehte sie sich um. Wir winkten uns zu. Dann fuhr ich zum nächsten Spirituosenladen, besorgte mir einen kleinen Whisky für die Gesäßtasche und die Rennzeitung des Tages. Ich freute mich auf einen ergiebigen Tag auf der Rennbahn. Nach einem Tag Pause schnitt ich immer besonders gut ab.

Der Tod des Vaters (II)

Eine Woche nach dem Tod meines Vaters stand ich allein in der Küche seines Hauses in Arcadia. Ich war dem Haus schon seit Jahren nicht mehr näher gekommen als bis zum Freeway, auf dem ich vorbeifuhr, wenn ich unterwegs war zur Galopprennbahn von Santa Anita.

Die letzten Formalitäten hatte ich gerade hinter mir. Ich zapfte mir an der Küchenspüle ein Glas Wasser und trank es, dann ging ich hinaus in den Vorgarten. Die Nachbarn kannten mich nicht. Da mir nichts Besseres einfiel, nahm ich den Gartenschlauch in die Hand, drehte das Wasser an und begann die Sträucher zu wässern. Da und dort wurde jetzt ein Fenstervorhang beiseite gezogen. Dann kamen sie aus ihren Häusern. Eine Frau kam von der anderen Straßenseite herüber.

»Bist du Henry?« fragte sie.

Ich sagte ihr, daß ich es war.

»Wir haben deinen Vater gut gekannt.«

Jetzt kam auch ihr Mann herüber. »Wir kannten auch deine Mutter«, sagte er.

Ich stellte das Wasser ab. »Wollen Sie nicht reinkommen?« fragte ich. Sie stellten sich als Tom und Nellie Miller vor, und wir gingen ins Haus.

»Du siehst genau wie dein Vater aus.«

»Ja, das hör ich öfter.«

Wir saßen da und sahen einander an.

»Oh«, sagte die Frau, »diese vielen *Bilder* an den Wänden. Er muß Bilder sehr gemocht haben.«

»Ja, sieht so aus, nicht?«

»Von dem da mit der Windmühle im Sonnenuntergang bin ich ganz begeistert.«

»Sie können es haben.«

»Ja? Wirklich?«

Es läutete an der Tür. Die Gibsons. Auch sie stellten sich als alte Nachbarn meines Vaters vor.

»Du siehst genau wie dein Vater aus«, sagte Mrs. Gibson.

»Henry hat uns das Bild mit der Windmühle geschenkt.«

»Das ist nett. Ich *liebe* das Bild mit dem blauen Pferd.«

»Sie können es haben, Mrs. Gibson.«

»Oh, das ist doch nicht dein Ernst, oder?«

»Doch, nehmen Sie's nur.«

Es läutete wieder, und ein weiteres Ehepaar kam herein. Ich ließ die Tür gleich offen. Kurz danach steckte ein Mann den Kopf herein. »Ich bin Doug Hudson. Meine Frau ist beim Friseur.«

»Kommen Sie doch rein, Mr. Hudson.«

Noch mehr rückten an. Meistens Ehepaare. Bald stiefelten sie im ganzen Haus herum.

»Hast du vor, das Haus zu verkaufen?«

»Ich glaube, ja.«

»Es ist eine hübsche Gegend. Lauter nette Leute.«

»Ja, das sehe ich.«

»Oh, ich *liebe* diesen Rahmen, aber das Bild gefällt mir nicht.«

»Nehmen Sie den Rahmen.«

»Aber was soll ich mit dem Bild machen?«

»Werfen Sie's in den Müll.« Ich schaute mich um. »Wenn jemand ein Bild sieht, das ihm gefällt – bitte, greifen Sie nur zu.«

Das taten sie. Bald waren die Wände kahl.

»Brauchst du die Stühle da?«

»Nein, eigentlich nicht.«

Leute, die auf der Straße zufällig vorbeikamen, schauten herein und machten sich nicht einmal die Mühe, sich vorzustellen.

»Was ist mit dem Sofa?« fragte jemand mit sehr lauter Stimme. »Wollen Sie das?«

»Nein, ich will kein Sofa.«

Sie nahmen das Sofa, dann den Eßtisch und die Stühle.

»Du hast doch sicher auch irgendwo einen Toaster, nicht, Henry?«

Sie nahmen den Toaster.

»Die Teller da brauchst du doch nicht, oder?«

»Nein.«

»Und das Besteck?«

»Nein.«

»Was ist mit der Kaffeekanne und dem Mixer?«

»Nehmen Sie nur.«

Eine der Damen entdeckte die Speisekammer. »Was ist mit all den Obstgläsern? Das können Sie ja gar nicht alles essen.«

»Also gut, jeder soll sich was nehmen. Aber verteilen Sie's ein bißchen gerecht.«

»Oh, ich will die Erdbeeren!«

»Oh, ich will die Feigen!«

»Oh, ich will die Marmelade!«

Leute gingen und kamen wieder und brachten noch welche mit.

»Hey, hier steht ne Flasche Whisky im Hängeschrank! Trinken Sie, Henry?«

»Lassen Sie den Whisky mal da.«

Das Haus wurde langsam voll. Ich hörte die Klosettspülung. In der Küche stieß jemand ein Glas von der Spüle, und es zerschellte am Boden.

»Den Staubsauger solltest du nicht hergeben, Henry. Den kannst du für deine Wohnung gebrauchen.«

»Na gut, dann behalt ich ihn.«

»In der Garage hatte er einige Gartengeräte. Was ist mit denen?«

»Nein, die behalte ich lieber.«

»Ich gebe dir fünfzehn Dollar dafür.«

»Okay.«

Er gab mir die fünfzehn Dollar, und ich gab ihm den

Schlüssel zur Garage. Kurz danach hörte ich, wie er den Rasenmäher über die Straße zu seinem Haus schob.

»Du hättest ihm nicht alles für fünfzehn Dollar geben sollen, Henry. Es war viel mehr wert.«

Ich ging nicht darauf ein.

»Was ist mit dem Wagen? Er ist vier Jahre alt.«

»Ich glaube, den behalte ich.«

»Ich geb dir fünfzig Dollar dafür.«

»Nein, den Wagen behalte ich.«

Jemand rollte den Wohnzimmerteppich zusammen. Danach verloren sie das Interessse. Bald waren nur noch drei oder vier Leute da. Dann gingen auch sie. Sie ließen mir den Gartenschlauch, das Bett, den Kühlschrank, den Herd und eine Rolle Klopapier.

Ich ging hinaus zur Garage. Zwei kleine Jungen auf Rollschuhen kamen vorbei und hielten an, als ich gerade die Garage abschloß.

»Siehst du den Mann da?«

»Ja.«

»Dem sein Vater ist gestorben.«

Sie rollten davon. Ich nahm wieder den Gartenschlauch in die Hand, drehte die Spritzdüse auf und wässerte die Rosen.

Ein Fall für Harry

Als das Telefon schrillte, war Paul dran. Paul hatte Kummer. Paul war in Northridge.

»Harry?«

»Ja?«

»Ich hab Krach mit Nancy.«

»So?«

»Hör zu, ich will zu ihr zurück. Kannst du mir helfen? Es sei denn, *du* willst zu ihr zurück...«

»Paul«, sagte Harry und lächelte in die Sprechmuschel, »ich will nicht zu ihr zurück.«

»Ich weiß gar nicht, was sie plötzlich hatte. Sie fing wegen Geld an und schrie rum und wedelte mit Telefonrechnungen. Hör zu, ich war schwer am Arbeiten. Ich hab jetzt eine bühnenreife Nummer. Mit Barney. Wir kostümieren uns als Pinguine... er sagt eine Zeile von einem Gedicht, und ich sag die nächste... vier Mikrofone... und eine Jazz-Combo hinter uns...«

»Paul«, sagte Harry, »Telefonrechnungen können ziemlich ärgerlich sein. Du solltest die Finger von ihrem Telefon lassen, wenn du einen in der Krone hast. Du kennst zu viele Leute in Maine, Boston und New Hampshire. Nancy ist ein typischer Fall von Angstneurose. Sie kriegt schon Zustände, wenn sie sich nur in ihr Auto setzt. Sie schnallt sich an, fängt an zu zittern und drückt auf die Hupe wie ein irres Huhn. Und das passiert auch in anderen Situationen. Sie kann in keinen Thrifty Drugstore gehn, ohne daß sie sich aufregt über einen Ladenjungen, der an einem Nußriegel knabbert.«

»Sie sagt, *dich* hätte sie drei Monate durchgefüttert...«

»Meinen Schwanz hat sie durchgefüttert. Meistens mit Kreditkarten.«

»Bist du wirklich so gut, wie behauptet wird?«

Harry lachte. »Ich geb ihnen was fürs Gemüt. Das läßt sich nicht in Zentimetern messen.«

»Ich will zu ihr zurück. Sag mir – was soll ich tun?«

»Entweder du besorgst es ihr wie ein Mann, oder du mußt dir ne Arbeit suchen.«

»Aber du arbeitest doch auch nicht.«

»Mich darfst du nicht als Maßstab nehmen. Das ist ein Fehler, den die meisten machen.«

»Aber wie komm ich zu Geld? Ich hab schon alles versucht. Was soll ich denn machen?«

»Schmeiß dich vor 'n Zug.«

»Kennst du überhaupt kein Mitgefühl?«

»Die einzigen, die sich damit auskennen, sind die, die es brauchen.«

»Du könntest es eines Tages auch mal brauchen.«

»Ich brauch es jetzt schon. Nur in einer anderen Form als du.«

»Ich brauch Münze, Harry. Wie komm ich zu was?«

»Mach 'n Bruch. Geh aufs Ganze. Wenn es klappt, bist du aus allem raus. Wenn es schiefgeht, hast du ne Zelle im Knast – keine Stromrechnung, keine Telefonrechnung, keine Gasrechnung, keine keifenden Weiber. Du kannst ein Handwerk lernen und vier Cents in der Stunde verdienen.«

»Du kannst einen mit Stuß eindecken, da ist alles dran.«

»Okay. Mach dir das Schmalz aus den Ohren, dann erzähl ich dir was.«

»Sag schon.«

»Ich würde sagen, Nancy hat dich abserviert, weil sie einen anderen hat. Schwarz, weiß, rot oder gelb. Merk dir diese Regel, dann kann dich nichts mehr überraschen: Wenn dich eine Frau sausen läßt, hat sie meistens schon das nächste Opfer am Wickel.«

»Mann«, sagte Paul, »ich brauch keine Theorien, sondern Hilfe.«

»Solange du die Theorie nicht begriffen hast, brauchst du immer Hilfe...«

Harry drückte die Gabel nieder, ließ wieder los und rief Nancy an.

»Hallo?« meldete sie sich.

»Ich bins. Harry.«

»Oh.«

»Man erzählt sich, daß dein Abstecher nach Mexiko ein Reinfall war. Stimmt es, daß dich der Kerl total ausgenommen hat?«

»Ach das...«

»Es war ein abgehalfterter spanischer Stierkämpfer, nicht?«

»Mit absolut *märchenhaften* Augen. Nicht wie deine. Deine *sieht* man nicht einmal.«

»Ich will auch nicht, daß man sie sieht.«

»Warum nicht?«

»Wenn sie sehen könnten, was ich denke, könnte ich sie nicht reinlegen.«

»Aha. Und du rufst mich nur an, um mir zu sagen, daß du mit Scheuklappen rumläufst?«

»Das weißt du doch schon. Nein, ich ruf an, weil Paul zu dir zurück will. Nützt dir das was?«

»Nein.«

»Hab ich mir gedacht.«

»Hat er dich wirklich angerufen?«

»Ja.«

»Oh, ich hab jetzt einen anderen. Er ist sagenhaft!«

»Ich hab Paul schon gesagt, daß du wahrscheinlich einen anderen hast.«

»Woher hast du das gewußt?«

»Na, ich kenn dich doch.«

»Harry?«

»Ja, Süße?«

»Fick dich ins Knie.«

Nancy legte auf.

Na bitte, dachte er, da versuch ich zu vermitteln, und alle beide werden sauer auf mich. Harry ging ins Badezimmer und betrachtete sich im Spiegel. Mein Gott, war das nicht das Gesicht eines gutherzigen Menschen? Konnten sie das nicht sehen? So verständnisvoll. So edelmütig. Dicht neben seiner Nase entdeckte er einen Mitesser. Er drückte ihn aus, und das reizende schwarze Ding quoll heraus, gefolgt von einem Schwanz aus gelblichem Schmant. Frauen und die Liebe, dachte er. Wenn man sich damit auskennt, hat mans geschafft. Er rollte den Mitesser zwischen Daumen und Mittelfinger und schnickte ihn weg. Oder vielleicht kam es viel mehr darauf an, ob man die Fähigkeit besaß, die anderen bedenkenlos niederzumachen. Er setzte sich auf den Lokus und dachte darüber nach.

Die Kneipe an der Ecke

Ich weiß nicht mehr genau, wie lange es her ist. Es muß so vor fünfzehn oder zwanzig Jahren gewesen sein. Ich saß an einem heißen Sommerabend in meiner Bude und hielt es vor Langeweile nicht mehr aus. Ich ging aus der Tür und die Straße runter. In den meisten Häusern hatten sie schon zu Abend gegessen und hockten jetzt vor dem Fernseher. An der Ecke zum Boulevard gab es auf der anderen Straßenseite eine Bar. Das Gebäude, grün und weiß gestrichen, stammte aus der Zeit, als sie noch alles aus Holz bauten. Ich ging rein.

Ich setzte mich auf einen Barhocker am hinteren Teil des Tresens, wo ich einigen Abstand zu den anderen Gästen hatte. Ich fühlte mich nicht unbehaglich, nur fehl am Platz. Ich hatte fast mein ganzes Leben in solchen Kneipen zugebracht und konnte schon längst nichts mehr an ihnen finden. Wenn ich etwas trinken wollte, besorgte ich es mir gewöhnlich im Spirituosenladen, ging damit nach Hause und trank allein. Doch wenn ich ausgehen wollte, gab es für mich nichts anderes. In der Gesellschaft, in der ich lebte, waren die meisten interessanten Orte entweder verboten oder zu teuer.

Ich bestellte eine Flasche Bier und steckte mir eine Zigarette an. Es war eine typische Stammkneipe. Jeder kannte jeden. Sie erzählten sich dreckige Witze und starrten in die Glotze. Es war nur eine einzige Frau im Lokal, schon älter, in einem schwarzen Kleid und mit einer roten Perücke. Sie trug ein Dutzend Halsketten und zündete sich immer wieder ihre Zigarette an. Langsam sehnte ich mich schon wieder in meine Bude zurück. Ich beschloß zu gehen, sobald ich mein Bier getrunken hatte.

Ein Mann kam herein und setzte sich auf den Barhocker neben mir. Ich war nicht interessiert und schaute nicht hin, aber an seiner Stimme hörte ich, daß er ungefähr in meinem Alter sein mußte. Sie kannten ihn in der Bar. Einige Stammgäste begrüßten ihn, und der Mann hinterm Tresen redete ihn mit dem Vornamen an. Drei oder vier Minuten saß er schweigend neben mir und trank sein Bier. Dann sagte er: »Tag, wie läufts denn so?«

»Kann nicht klagen.«
»Neu in der Gegend?«
»Nein.«
»Ich hab Sie hier noch nie gesehen.«
Dazu sagte ich nichts.
»Sind Sie aus Los Angeles?«
»Hauptsächlich, ja.«
»Meinen Sie, die Dodgers schaffen es dieses Jahr?«
»Nein.«
»Sie halten nichts von den Dodgers?«
»Nein.«
»Für welche Mannschaft sind Sie?«
»Gar keine. Baseball gibt mir nichts.«
»Was denn dann?«
»Boxen. Stierkampf.«
»Stierkampf ist grausam.«
»Ja, wenn man verliert, ist alles grausam.«
»Aber der Stier hat nicht die geringste Chance.«
»Haben wir doch alle nicht.«
»Sie sind ja verdammt negativ eingestellt. Glauben Sie an Gott?«
»Nicht Ihre Sorte von Gott.«
»Welche dann?«
»Ich bin mir nicht sicher.«
»Ich geh schon in die Kirche, seit ich denken kann.«
Ich schwieg.
»Kann ich Sie zu einem Bier einladen?« fragte er.

»Klar.«

Er bestellte zwei. Als sie kamen, fragte er: »Haben Sie heute die Zeitung gelesen?«

»Ja.«

»Haben Sie das von den fünfzig kleinen Mädchen gelesen, die in dem Waisenhaus in Boston verbrannt sind?«

»Ja.«

»War das nicht entsetzlich?«

»Vermutlich, ja.«

»Sie *vermuten* es?«

»Ja.«

»Wissen Sie's denn nicht *genau*?«

»Wenn ich dabeigewesen wäre, hätte ich wahrscheinlich mein Leben lang Alpträume. Aber wenn man es nur in der Zeitung liest, ist es was anderes.«

»Tun Ihnen diese fünfzig kleinen Mädchen nicht leid, die da verbrannt sind? Sie haben aus den Fenstern gehangen und geschrien.«

»Wird schon schlimm gewesen sein, nehme ich an. Aber für mich wars nur eine Schlagzeile, verstehen Sie, eine Zeitungsmeldung. Ich hab mir nicht viel dabei gedacht und hab die Seite umgeblättert.«

»Sie meinen, Sie haben nichts dabei empfunden?«

»Nein, eigentlich nicht.«

Er trank einen Schluck und saß einen Moment schweigend da. Auf einmal brüllte er los: »*Hey, dieser Mensch sagt, es hat ihn ganz kalt gelassen, als er das von den fünfzig kleinen Waisen gelesen hat, die bei dem Brand in Boston umgekommen sind!*«

Alle schauten zu mir her. Ich starrte auf meine Zigarette. Eine Minute herrschte Schweigen. Dann sagte die Frau mit der roten Perücke: »Wenn ich ein Mann wäre, würd' ich ihn die ganze Straße rauf und runter prügeln.«

»*An Gott glaubt er auch nicht!*« sagte der Kerl neben mir. »*Er haßt Baseball. Er findet Stierkämpfe toll, und es macht ihm Spaß, wenn kleine Waisenkinder in Flammen aufgehn!*«

Ich bestellte mir beim Barkeeper noch ein Bier. Er schob mir die Flasche angewidert hin. Schräg hinter mir spielten zwei junge Burschen eine Partie Billard. Der jüngere, ein großer kräftiger Kerl in einem weißen T-Shirt, legte seinen Stecken weg und kam zu mir her. Er blieb hinter mir stehen, holte Luft und pumpte seine Brust auf.

»Das ist ne anständige Kneipe hier. Wir dulden keine Arschlöcher hier drin. Wir treten sie in den Arsch und schlagen sie zusammen, daß ihnen die Scheiße aus den Ohren kommt!«

Ich spürte ihn hinter mir. Ich hob meine Bierflasche, goß mir das Glas voll, trank es aus und zündete mir eine Zigarette an. Meine Hand blieb vollkommen ruhig. Er blieb noch eine Weile stehen, dann ging er zurück zum Billardtisch. Der Mann neben mir rutschte von seinem Barhocker herunter und setzte sich nach vorn zu den anderen. »Der Hundsknochen ist verbiestert«, hörte ich ihn sagen. »Er hat auf alle einen Haß.«

»So reden Typen wie dieser Hitler«, sagte jemand.

»Widerlich, diese Scheißer.«

Ich trank mein Bier und bestellte mir noch eins. Die beiden jungen Burschen spielten weiter Billard. Einige Leute gingen, und die Bemerkungen über mich flauten ab. Nur die Frau mit der roten Perücke ließ nicht locker. Sie wurde immer betrunkener.

»Drecksack... ein richtiger Drecksack bist du! Du stinkst wie ein Misthaufen! Ich wette, du haßt auch dein Land, nicht? Dein Land und deine Mutter und alles. Ah, ich kenn euch Typen! Drecksäcke seid ihr! Miese feige Drecksäcke!«

Gegen halb zwei ging sie schließlich. Einer der beiden Billardspieler ging auch. Der Bursche in dem weißen T-Shirt setzte sich ans andere Ende der Bar und unterhielt sich mit dem Mann, der mir ein Bier spendiert hatte. Fünf vor zwei stand ich langsam auf und ging raus.

Niemand folgte mir. Ich verlief mich auf dem Boulevard,

kehrte um, bog in meine Seitenstraße ein. In den Häusern und Mietwohnungen brannte kein Licht mehr. Ich fand den alten Bungalow, in dem ich zur Miete wohnte, schloß meine Tür auf und ging hinein. Im Kühlschrank stand noch eine Flasche Bier. Ich machte sie auf und trank sie aus.

Dann zog ich mich aus, ging ins Badezimmer, pinkelte, putzte mir die Zähne, knipste das Licht aus, ging rüber zum Bett, legte mich rein und schlief.

Man lernt nie aus

Wir waren unterwegs zu einem Interview mit der bekannten Dichterin Janice Altrice. Der Herausgeber von *America in Poetry* zahlte mir $ 175 für einen Artikel über sie. Ich hatte mir einen Kassettenrecorder ausgeliehen, und Tony begleitete mich mit seiner Kamera. Er sollte $ 50 für die Fotos bekommen. Die Altrice wohnte am Ende einer langen Straße in den Hollywood Hills. Ein Stück vor unserem Ziel hielt ich am Straßenrand, trank einen Schluck Wodka und reichte Tony die Flasche rüber.

»Trinkt sie?« fragte er.

»Wahrscheinlich nicht«, sagte ich.

Wir fuhren die Straße vollends hoch und bogen rechts in einen schmalen ungepflasterten Zufahrtsweg ein. Janice erwartete uns auf dem Rasen vor ihrem Haus. Sie trug eine Freizeithose und eine weiße Bluse mit einem hohen Kragen aus Spitze. Wir stiegen aus dem Wagen und gingen auf dem Rasen den Abhang zu ihr rauf. Wir stellten uns vor. Ich drückte auf den roten Knopf des Kassettenrecorders.

»Tony wird ein paar Aufnahmen von Ihnen machen«, sagte ich. »Geben Sie sich ganz ungezwungen.«

»Natürlich«, sagte sie.

Sie zeigte auf das Haus. »Wir haben es gekauft, als die Preise noch sehr niedrig waren. Heute könnten wir es uns nicht mehr leisten.« Sie zeigte auf ein kleineres Haus, das etwas seitwärts stand. »Dort arbeite ich. Wir haben es selbst gebaut. Es hat sogar ein Badezimmer. Kommen Sie, ich zeige es Ihnen.«

Wir folgten ihr. Sie zeigte auf einige Blumenbeete. »Die haben wir selbst angelegt. Wir haben eine glückliche Hand mit Blumen.«

»Prachtvoll«, sagte Tony.

Sie öffnete die Tür zu ihrem Arbeitsraum, und wir gingen hinein. Es war ein großer kühler Raum mit sehr schönen indianischen Teppichen und Kunstgegenständen an den Wänden. Es gab einen Kamin, ein Bücherregal, einen großen Tisch mit einer elektrischen Schreibmaschine, ein dickes Wörterbuch, Schreibmaschinenpapier, Notizbücher. Janice war eine kleine Person mit dichten Augenbrauen und sehr kurz geschnittenem Haar. Sie lächelte oft. Über dem einen Augenwinkel hatte sie eine tiefe Narbe, die aussah, als stamme sie von einem Brieföffner.

»Lassen Sie mich mal raten«, sagte ich, »Sie sind einsdreiundfünfzig und wiegen...?«

»Zweiundfünfzig Kilo.«

»Alter?«

Janice lachte. Tony drückte auf den Auslöser. »Es ist das Vorrecht einer Frau, auf diese Frage nicht zu antworten.« Sie lachte wieder. »Schreiben Sie einfach, ich sei alterslos.«

Sie war eine beeindruckende Erscheinung. Ich konnte sie mir gut vorstellen, wie sie in einem College auf dem Podium stand, ihre Gedichte las, Fragen beantwortete, einer neuen Generation von Dichtern auf die Sprünge half und den Weg wies. Wahrscheinlich hatte sie auch gute Beine. Ich versuchte, sie mir im Bett vorzustellen, aber es ging nicht.

»Woran denken Sie?« fragte sie mich.

»Sie haben bestimmt ne Menge Intuition, nicht?«

»Natürlich. Ich mache einen Kaffee. Sie beide brauchen etwas zu trinken.«

»Stimmt. Erraten.«

Während Janice den Kaffee machte, gingen wir durch eine Seitentür nach draußen. Es gab einen kleinen Spielplatz mit Schaukeln und Trapezen, Sandhaufen und solchem Zeug. Ein kleiner Junge von etwa zehn Jahren rannte den Abhang herunter. »Das ist Jason, mein Jüngster«, sagte Janice, die an die Tür gekommen war. »Mein Baby.«

Jason war ein junger Gott mit zerzaustem Blondhaar. Er trug kurze Hosen und eine weite violette Bluse. Seine Schuhe waren goldfarben und blau. Er schien ein gesunder, unternehmungslustiger Bursche zu sein.

»Mama, Mama! Ich will schaukeln! Schubs mich an!« Er rannte zur Schaukel, setzte sich darauf und wartete.

»Nicht jetzt, Jason, wir haben zu tun.«

»Doch! Schubs mich an, Mama!«

»Nicht jetzt, Jason...«

»Mama Mama Mama Mama Mama Mama Mama!« kreischte Jason.

Janice ging hin und schubste ihren Jason. Vor und zurück, rauf und runter. Wir warteten. Es zog sich ziemlich in die Länge. Schließlich hörten sie auf, und Jason sprang herunter. Eine dicke grüne Rotzschliere lief ihm aus dem einen Nasenloch. Er kam zu mir her. »Ich spiele an mir rum«, sagte er. Dann rannte er davon.

»Wir lassen ihn ganz frei aufwachsen«, sagte Janice. Sie blickte träumerisch über die Hügel. »Früher sind wir hier oft ausgeritten. Wir haben gekämpft und uns gewehrt, als sie anfingen, Bauland zu erschließen. Aber jetzt rücken sie uns näher und näher. Trotzdem, es ist immer noch ein reizendes Fleckchen Erde. Als ich damals vom Pferd fiel und mir das Bein brach, schrieb ich mein Buch *The Upward Bird, A Chorus of Magic*.«

»Ja, ich erinnere mich daran«, sagte Tony.

»Den Redwood da habe ich vor fünfundzwanzig Jahren gepflanzt«, sagte sie und zeigte auf einen Baum. »Damals war unser Haus das einzige in der Gegend, aber alles verändert sich eben, nicht wahr? Besonders in der Lyrik. Es gibt viel Neues und Aufregendes, aber auch so vieles, das schauderhaft schlecht ist.«

Wir gingen wieder rein, und sie schenkte jedem eine Tasse Kaffee ein. Wir setzten uns, und während wir den Kaffee tranken, fragte ich sie, welche Dichter sie am liebsten lese. Sie zählte rasch einige der jüngeren auf: Sandra Merrill, Cynthia Westfall, Roberta Lowell, Sister Sarah Norbert und Adrian Poor.

»Mein erstes Gedicht schrieb ich in der Grundschule. Ein Muttertagsgedicht. Der Lehrerin gefiel es so gut, daß sie es mich vor der Klasse vorlesen ließ.«

»Ihre erste Dichterlesung, wie?«

Janice lachte. »Ja, so könnte man sagen. Meine Eltern fehlen mir sehr. Sie sind schon mehr als zwanzig Jahre tot.«

»Das ist ungewöhnlich.«

»Es ist gar nicht ungewöhnlich, daß man seine Eltern liebt.«

Sie war in Huntington Beach geboren und hatte immer an der Westküste gelebt. Ihr Vater war Polizist gewesen. Sie fing an, Sonette zu schreiben, als sie an der Highschool das große Glück hatte, Inez Claire Dickey als Lehrerin zu haben. »Sie zeigte mir, wie wichtig die Disziplin der poetischen Form ist.«

Janice schenkte Kaffee nach. »Es war mir immer ernst damit, daß ich Dichterin werden wollte. Ich studierte bei Ivor Summers an der Stanford University. Meine erste Veröffentlichung hatte ich in der *Anthology of Western Poets*, die Summers herausgab.« Summers war ihr erster wichtiger Einfluß. Die Summers-Gruppe hatte es in sich: Ashberry Charleton, Webdon Wilbur und Mary Cather Henderson. Doch dann löste sie sich davon und schloß sich »den Dichtern der Langzeile« an.

Janice studierte Jura und gleichzeitig Poetik. Nach dem Examen arbeitete sie als Sekretärin in einer Anwaltskanzlei. Sie heiratete ihren Freund aus der Highschool, Anfang der vierziger Jahre – »in jenen düsteren und tragischen Kriegsjahren«. Ihr Mann war bei der Feuerwehr. »Ich entwickelte mich zur dichtenden Hausfrau.«

»Haben Sie hier eine Toilette?«

»Die Tür da links.«

Ich ging rein, und Tony nutzte die Gelegenheit, um sie von allen Seiten zu knipsen. Ich erleichterte mich, trank einen tüchtigen Schluck Wodka, zog den Reißverschluß hoch, ging wieder raus und setzte mich.

Ende der vierziger Jahre blühte das lyrische Talent von Janice Altrice so richtig auf, und ihre Gedichte erschienen immer häufiger in Zeitschriften. Alan Swillout verlegte ihren ersten Gedichtband: *I Command Everything To Be Green.* Dem folgte der Band *Bird, Bird, Bird, Never Die,* ebenfalls bei Swillout.

»Ich ging wieder auf die Universität«, sagte sie. »UCLA. Ich machte einen M.A. in Journalismus und einen M.A. in Englisch. Im folgenden Jahr machte ich meinen Doktor in Englisch, und seit Anfang der sechziger Jahre unterrichte ich Englisch und kreatives Schreiben hier an der State University.«

Zahlreiche Auszeichnungen zierten ihre Wände: Eine Silbermedaille vom Los Angeles Aphids Club für ihr Gedicht »Tintella«; ein 1. Preis von der Lodestone Mountain Poetry Group für ihr Gedicht »The Wise Drummer«; und noch allerhand weitere Preise und Auszeichnungen. Janice ging an ihren Schreibtisch und holte aus einer Schublade einen Teil des Manuskripts, an dem sie gerade arbeitete. Sie las uns mehrere lange Gedichte vor, die eindrucksvoll bewiesen, wie sehr ihr Werk inzwischen gereift war. Ich fragte sie, was sie von der derzeitigen Lyrikszene halte.

»Es gibt so viele, die sich Dichter nennen«, sagte sie. »Aber sie haben keine Ausbildung, keinerlei Gespür für ihr Handwerk. Die Wilden haben das Schloß erobert. Nirgends findet man handwerkliche Sorgfalt, nur das Verlangen nach Anerkennung. Und all diese neuen Dichter scheinen einander zu bewundern. Das macht mir Sorgen, und ich habe oft mit meinen Freunden und Kollegen darüber gesprochen. Ein junger Dichter von heute denkt offenbar, er brauche nichts weiter als eine Schreibmaschine und etwas Papier. Sie sind nicht ordentlich vorbereitet, sie haben überhaupt keine Schulung.«

»Ja, das wird es wohl sein«, sagte ich. »Tony, hast du genug Fotos?«

»Yeah«, sagte Tony.

»Und noch etwas stört mich«, sagte Janice. »Daß die Preise und Stipendien viel zu oft an Establishment-Dichter von der Ostküste vergeben werden. Die Dichter von der Westküste übergeht man.«

»Ist es denkbar, daß die von der Ostküste besser sind?« fragte ich.

»Das finde ich ganz und gar nicht.«

»Tja«, sagte ich, »ich glaube, wir müssen wieder los. Eine letzte Frage: Wie gehen Sie an ein Gedicht heran?«

Sie überlegte. Ihre langen Finger strichen zart über den groben Stoff, mit dem ihr Sessel bezogen war. In der tiefstehenden Sonne warfen die Gegenstände im Zimmer lange Schatten. Ihre Worte kamen langsam, wie in einem Traum: »Ich fühle ein Gedicht bereits, wenn es noch ganz undeutlich und fern ist. Es nähert sich mir – wie eine Katze, die über den Teppich kommt, auf leisen Sohlen, aber ohne Hochmut. Es braucht sieben oder acht Tage, bis es da ist. Ich verspüre eine köstliche Erregung, ich werde aufgeregt, es ist ein ganz herrliches Gefühl. Dann weiß ich, es ist da, und dann kommt es in einem einzigen *Rausch*, und alles wird ganz leicht, ganz leicht. Was für ein überwältigendes Gefühl, ein Gedicht zu schaffen – so königlich! So sublim!«

Ich schaltete das Tonband ab. »Vielen Dank, Janice. Ich schicke Ihnen dann Exemplare von der Ausgabe, in der das Interview erscheint.«

»Ich hoffe, es ist gut geworden.«

»Oh doch. Sicher.«

Sie brachte uns an die Tür, und ich ging mit Tony den Abhang runter zum Wagen. Ich drehte mich noch einmal um

– sie stand immer noch da. Ich winkte. Janice lächelte und winkte zurück. Wir stiegen ein und fuhren los, und als wir unten um die Kurve waren, hielt ich an und drehte den Schraubverschluß der Wodkaflasche auf. »Laß mir noch was drin«, sagte Tony. Ich schluckte einiges, und Tony trank den Rest und warf die Flasche aus dem Fenster.

Ich machte den Gang rein, und wir fuhren zügig talwärts. Nun ja, es war immer noch besser, als in einer Autowaschanlage zu schuften. Ich mußte das Tonband nur noch abtippen und ein paar Fotos aussuchen. Als wir aus den Hügeln heraus waren, kamen wir mitten in den Feierabendverkehr hinein. Es war schlicht zum Kotzen. Ich ärgerte mich, daß wir uns die Zeit nicht besser eingeteilt hatten.

Ein vergeßlicher Killer

Leslie ging unter den Palmen die Straße lang und machte einen Schritt über einen Batzen Hundekot. Es war 22.15 Uhr in East Hollywood. Der Dow-Jones-Index war an diesem Tag um 22 Punkte gestiegen, und die Experten fanden keine Erklärung dafür. Die Experten konnten mit Erklärungen viel besser aufwarten, wenn es an der Aktienbörse abwärts ging. Untergangsstimmung machte sie glücklich. Es war ein kalter Abend. Leslie knöpfte seine Jacke zu und zog fröstelnd die Schultern hoch.

Ein schmächtiger Mann, etwa einsfünfundsechzig groß und nicht mehr als sechzig Kilo schwer, kam ihm entgegen. Der Mann trug einen grauen Filzhut und war ungefähr 45 Jahre alt. Sein Gesicht war so nichtssagend wie die Vorderansicht einer Wassermelone. Leslie nahm eine Zigarette heraus und verstellte ihm den Weg.

»Haben Sie Feuer?« fragte er.

»Oh... ja.« Als der Mann in die Tasche griff, stieß ihm Leslie das Knie in die Weichteile. Der Mann knickte grunzend ein, und Leslie drosch ihm die Faust hinters Ohr. Der Mann ging zu Boden. Leslie kniete sich neben ihn, drehte ihn auf den Rücken, zog sein Schnappmesser und schnitt ihm unter dem kalten Mond von East Hollywood die Kehle durch.

Es war sehr merkwürdig. Wie ein Traum, an den man sich nur schwach erinnert. Der ganze Vorgang hatte etwas Unwirkliches. Zuerst schien das Blut zu zögern, und Leslie sah nur die klaffende Wunde. Dann sprudelte es heraus, und er wich angeekelt zurück. Er stand auf, ging einige Schritte, kehrte um, griff in die Tasche des Mannes und fand die Streichhölzer. Er richtete sich auf, zündete seine Zigarette an und ging die Straße hinunter zu seiner Wohnung. Leslie hatte nie Streichhölzer bei sich. Es kam ihm fast wie eine Laune des Schicksals vor, daß er nie Streichhölzer hatte, wenn er welche brauchte. Streichhölzer und Kugelschreiber...

Zu Hause machte es sich Leslie mit einem Scotch und Soda bequem. Aus dem Radio kam etwas von Copeland. Nun, Copeland war nicht gerade erhebend, aber jedenfalls besser als Sinatra. Man nahm es eben, wie es kam, und versuchte damit auszukommen. Sein Alter hatte ihm das immer gesagt. Na, scheiß auf den Alten. Scheiß auch auf die ganzen Jesus-Freaks. Und auf Billy Graham. Kreuzweise.

Jemand klopfte an die Tür. Es war Sonny, der blonde Bursche, der in dem Bungalow schräg gegenüber wohnte. Sonny war halb Mann und halb Schwanz, und das machte ihn konfus. Die meisten Kerle mit großen Schwänzen hatten Probleme, wenn das Ficken vorbei war. Doch Sonny war netter als die meisten. Er war ein sanftmütiger, umgänglicher Typ, und er war einigermaßen intelligent. Manchmal war er sogar lustig.

»Du, Leslie, ich möchte gern ein bißchen mit dir reden.«

»Meinetwegen, aber... Scheiße, ich bin hundemüde. Ich war den ganzen Tag auf der Rennbahn.«

»Ziemlicher Schlauch, hm?«

»Wie ich nach dem neunten Rennen auf den Parkplatz komme, stellt sich raus, daß mir irgendein Kaffer beim Raussetzen den Kotflügel abgerissen hat. Das ist doch ein blödsinniger dumpfer Scheiß, verstehst du.«

»Wie hast du am Wettschalter abgeschnitten?«

»Zweihundertachtzig Dollar gewonnen. Aber jetzt bin ich müde.«

»Okay, ich bleib auch nicht lange.«

»Na schön. Was ist es diesmal? Deine Alte? Warum schlägst du deine Alte nicht grün und blau? Hinterher fühlt ihr euch beide besser.«

»Nein, mit meiner Alten ist nichts. Es ist einfach... ach

Scheiße, ich weiß auch nicht. Eben alles, weißt du. Ich komm in nichts *rein*. Ich kann keinen *Einstieg* finden. Alles ist versperrt. Alle Karten sind schon vergeben.«

»Na leck mich, das ist doch nichts Besonderes. Das Leben ist halt ne einseitige Angelegenheit. Aber du bist ja erst siebenundzwanzig. Vielleicht hast du Glück und findest doch noch was.«

»Was hast du gemacht, als du in meinem Alter warst?«

»Ich war schlechter dran als du. Ich hab mich nachts besoffen auf die Straße gelegt und gehofft, daß mich jemand überfährt. Hat aber nie geklappt.«

»Was anderes ist dir nicht eingefallen?«

»Sich was auszudenken, was man anfangen soll, das gehört zum Schwierigsten überhaupt.«

»Yeah. Kommt einem alles so sinnlos vor.«

»Tja, wir haben eben den Sohn Gottes auf dem Gewissen. Denkst du, der Bastard verzeiht uns das? Ich bin vielleicht verrückt, aber *der* ist es nicht, das weiß ich.«

»Du hockst da in deinem zerfledderten Bademantel rum und bist die halbe Zeit besoffen, aber du hast mehr Verstand als alle, die ich kenne.«

»Hey, das find ich gut. Kennst du viele?«

Sonny zuckte nur die Schultern. »Ich muß bloß eins wissen: Gibt es einen Ausweg? Kommt man da irgendwie raus?«

»Kid, es gibt keinen Ausweg. Die Psychiater liegen uns in den Ohren, wir sollen Schach spielen oder Billard oder Briefmarken sammeln. Irgendwas. Bloß nicht über die Zusammenhänge nachdenken.«

»Schach ist langweilig.«

»Alles ist langweilig. Man kommt nicht raus. Du weißt ja, was manche Wermutbrüder früher auf den Arm tätowiert hatten: ›Zum Sterben geboren‹. Hört sich vielleicht zickig an, ist aber eine elementare Lebensweisheit.«

»Was meinst du, was sie heute auf die Arme tätowiert haben?«

»Ich weiß nicht. Wahrscheinlich ›JESUS KRIEGT DICH‹ oder so was.«

»Wir kommen von Gott einfach nicht los, nicht?«

»Vielleicht kommt er nicht von uns los.«

»Na, ich geh jetzt wieder. Ist immer gut, mit dir zu reden. Wenn ich mit dir geredet habe, geht mirs jedesmal besser.«

»Jederzeit, Kid.«

Sonny stand auf und ging. Leslie goß sich noch einen Scotch ein. Nun ja, die L.A. Rams hatten also ihre Verteidigung verstärkt. Eine kluge Entscheidung. Darauf lief schließlich alles im Leben hinaus: VERTEIDIGUNG. Der Eiserne Vorhang, das eiserne Denken, das eiserne Leben. Irgendwann würde ein wirklich knochenharter Trainer jedesmal, wenn seine Mannschaft am Zug war, das lederne Ei zwischen die gegnerischen Torstangen kicken lassen und nie mehr ein Spiel verlieren.

Leslie trank sein Glas aus, zog die Hosen herunter und kratzte seinen juckenden Hintern. Leute, die sich die Hämorrhoiden kurieren ließen, waren Dummköpfe. Hämorrhoiden leisteten einem Gesellschaft, wenn sonst niemand da war. Als er sich den nächsten Scotch einschenkte, klingelte das Telefon.

»Hallo?«

Es war Francine. Francine gab gerne an und bildete sich ein, sie würde Eindruck auf ihn machen. In Wirklichkeit war sie zum Gähnen langweilig. Leslie sagte sich oft, daß es ausgesprochen großzügig von ihm war, sich so von ihr langweilen zu lassen. Jeder andere hätte bei ihr den Hörer wie eine Guillotine niedersausen lassen.

Wer war das doch gleich, der diesen hervorragenden Essay über die Guillotine geschrieben hatte? Camus? Ja, Camus. Der war zwar auch ein Langweiler gewesen, aber der Essay über die Guillotine und *Der Fremde*, das waren bemerkenswerte Leistungen.

»Heute war ich zum Lunch im Beverly Hills Hotel«, sagte

Francine. »Ich hatte einen Tisch für mich allein. Ich hab mir einen Salat und Cocktails bestellt. Dustin Hoffman war da und noch ein paar Filmstars. Ich hab versucht, mit den Leuten in meiner Nähe ins Gespräch zu kommen, und sie haben mich immer nur angelächelt und genickt. Lauter Tische mit lächelnden und nickenden Gesichtern, klein und gelb wie Osterglocken. Ich hab weiter geredet, und sie haben gelächelt. Die dachten, ich wär bescheuert, und man würde mich am besten los, wenn man lächelt. Sie wurden immer nervöser. Verstehst du?«

»Natürlich.«

»Ich hab mir gedacht, das wird dich sicher interessieren.«

»Yeah...«

»Bist du allein? Möchtest du Gesellschaft?«

»Nein, Francine, heute abend bin ich wirklich müde.«

Nach einer Weile legte Francine auf. Leslie zog sich aus, kratzte sich noch einmal am Hintern und ging ins Badezimmer. Er zog zwischen den wenigen Zähnen, die er noch hatte, eine Strähne Zahnseide durch. ›Ekelhaft, daß man einfach so weitermacht‹, dachte er. ›Ich sollte mir die Dinger mit einem Hammer einschlagen. Da hab ich schon so viele Prügeleien hinter mir, und nie hat mir einer die Zähne eingeschlagen. Naja, eines Tages ist es mit allem aus und vorbei.‹ Er drückte etwas Zahnpasta auf die elektrische Zahnbürste und versuchte, noch ein bißchen Zeit zu schinden.

Danach saß er noch eine ganze Weile mit einem letzten Scotch und einer Zigarette im Bett. Das gab einem wenigstens etwas zu tun, während man abwartete, wie sich die Dinge entwickelten. Er schaute auf das Streichholzbriefchen, das er in der Hand hielt, und plötzlich wurde ihm klar, daß es die Streichhölzer waren, die er dem Mann mit dem Wassermelonengesicht aus der Tasche gezogen hatte. Der Gedanke machte ihn stutzig. War das wirklich geschehen? Grübelnd drehte er die Papphülle hin und her. Er las die Reklame, die darauf gedruckt war:

1000 Aufkleber
Mit Ihrem Namen und Ihrer Adresse
Für nur $ 1,00

Na, dachte er, das ist eigentlich gar kein schlechtes Angebot.

Kuppelei

Ich kannte Lucy Sanders seit zwei oder drei Jahren, und die letzten drei Monate waren wir intim gewesen. Wir hatten uns gerade getrennt. Sie erzählte herum, sie hätte mir den Laufpaß gegeben, weil ich ein unverbesserlicher Trinker sei, doch in Wirklichkeit hatte ich sie verlassen – zugunsten der Frau, mit der ich vor ihr zusammen war.

Sie kam nicht gut damit zurecht, wie ich ihren Anrufen entnahm. Also sagte ich mir, ich sollte bei ihr vorbeischauen und ihr erklären, was die Trennung von ihr notwendig gemacht hatte. Ich wollte ein netter Mensch sein und ihr ›drüber weghelfen‹, wie man das nennt.

Als ich hinkam, machte mir ihre Freundin auf.

»Was willst du hier?«

»Ich will Lucy drüber weghelfen.«

»Sie ist im Schlafzimmer.«

Ich ging rein. Sie lag auf dem Bett, nur mit einem Slip bekleidet und ziemlich betrunken. Sie hatte fast eine ganze Flasche Scotch geleert. Auf dem Boden stand ein Pott, in den sie sich übergeben hatte.

»Lucy«, sagte ich.

Sie wandte den Kopf. »Du bist es! Du bist zurückgekommen! Ich hab gewußt, daß du nicht bei diesem Luder bleibst.«

»Nee du, Augenblick mal, Baby, ich wollte dir nur erklären, warum ich dich verlassen habe. Ich bin ein netter Mensch. Ich dachte, ich erklär dirs.«

»Ein Ekel bist du! Du bist ein gräßlicher Mensch!«

Ich setzte mich auf die Bettkante, nahm die Flasche vom Bücherbord und trank einen ordentlichen Schluck.

»Danke für die Blumen. Also schau, du hast genau gewußt, daß ich in Lilly verknallt bin. Du hast es die ganze Zeit gewußt, als wir zusammen waren. Lilly und ich – naja, wir verstehn uns eben.«

»Aber du hast gesagt, sie wär dein Tod!«

»Das war Theater. Man verkracht sich, und man verträgt sich wieder. Passiert ständig. Ganz normal.«

»Ich hab dich bei mir aufgenommen und wieder hochgepäppelt.«

»Ich weiß. Es stimmt, daß du mich wieder hochgepäppelt hast – für Lilly.«

»Du elender Hund, du *merkst* es nicht mal, wenn du eine gute Frau hast!«

Lucy beugte sich über den Bettrand und würgte in den Pott.

Ich trank die Flasche vollends aus. »Du solltest das Zeug nicht trinken. Es ist Gift.«

Sie stemmte sich hoch. »Bleib bei mir, Larry, geh nicht zu ihr zurück. Bleib bei mir!«

»Das geht nicht, Baby.«

»Schau dir meine Beine an! Ich hab gute Beine! Und mein Busen! Ist das nichts?!«

Ich warf die Flasche in den Papierkorb. »Sorry. Ich muß jetzt gehn, Baby.«

Mit einem Satz war Lucy aus dem Bett und ging mit geballten Fäusten auf mich los. Die Schläge trafen mich auf den Mund und die Nase. Ich ließ es ein paar Sekunden über mich ergehen, dann packte ich sie an den Handgelenken und stieß sie zurück aufs Bett. Ich drehte mich um und verließ das Zimmer. Ihre Freundin war vorne im Wohnzimmer.

»Da versucht man, ein netter Mensch zu sein«, sagte ich zu ihr, »und was kriegt man dafür? Eine Schramme an der Nase.«

»Aus dir wird nie ein netter Mensch«, sagte sie.

Ich knallte die Tür hinter mir zu, stieg in mein Auto und fuhr weg.

Am nächsten Tag kam ein Anruf von Lucy.

»Larry?«

»Ja, was ist?«

»Hör zu, ich möchte deinen Freund Don kennenlernen.«

»Wieso?«

»Du hast doch gesagt, er ist dein einziger Freund. Ich würde deinen einzigen Freund gerne kennenlernen.«

»Na, was soll's. Meinetwegen.«

»Danke.«

»Ich besuche am Mittwoch meine Tochter, und anschließend fahr ich zu ihm raus. Ich werde so um fünf dort sein. Du kannst ja zwischen fünf und halb sechs vorbeikommen, dann stell ich dich vor.«

Ich gab ihr die Adresse und sagte ihr, wie sie fahren mußte. Don Dorn war Maler. Er war zwanzig Jahre jünger als ich und hatte ein kleines Haus am Strand. Ich drehte mich um und schlief weiter. Ich schlief immer bis Mittag. Es war das Geheimrezept, dem ich mein erfolgreiches Überleben verdankte.

Don und ich leerten zwei oder drei Flaschen Bier, bis Lucy erschien. Sie brachte eine Flasche Wein mit und schien freudig erregt zu sein. Ich machte die beiden miteinander bekannt, und Don entkorkte die Weinflasche. Lucy setzte sich zwischen uns und leerte ihr erstes Glas auf einen Zug. Don und ich blieben bei Bier.

»Oh«, sagte Lucy mit einem Blick auf Don, »er ist einfach *hinreißend*!«

Don reagierte nicht. Sie zupfte ihn am Hemd. »Sie sind einfach *hinreißend*!« Sie goß sich ihr Glas wieder voll. »Waren Sie gerade unter der Dusche?«

»Vor einer Stunde ungefähr.«

»Ach, dann haben Sie also Naturlocken? Wie *hinreißend*!«

»Wie läufts mit der Malerei?« fragte ich Don.

»Ich weiß nicht. Ich kriege meinen Stil langsam über. Ich glaube, ich muß mich in was anderes reinschaffen.«
»Ach, das sind *Ihre* Bilder an der Wand?« fragte Lucy.
»Ja.«
»Sie sind wunderschön! Verkaufen Sie sie?«
»Manchmal.«
»Oh, ich *liebe* Ihre Fische! Wo haben sie all die Aquarien her?«
»Ich hab sie gekauft.«
»Dieser orangene Fisch da! Den finde ich einfach *sagenhaft*!«
»Yeah. Ganz hübsch.«
»Fressen sie sich gegenseitig auf?«
»Manchmal.«
»Ich finde Sie *hinreißend*!«
Lucy trank ein Glas Wein nach dem anderen.
»Du trinkst zu schnell«, sagte ich.
»Das mußt *du* grade sagen.«
»Immer noch mit Lilly zusammen?« fragte mich Don.
»Und wie«, sagte ich.
Lucy goß sich noch ein Glas Wein runter. Die Flasche war jetzt leer. »Entschuldigt mich mal«, sagte sie und rannte ins Badezimmer. Wir hörten sie reihern.
»Wie läufts am Wettschalter?« fragte Don.
»Zur Zeit ganz gut. Und wie siehts in deinem Leben aus? Gut gebumst in letzter Zeit?«
»Ich hab eine Pechsträhne erwischt.«
»Nur nicht aufgeben. Das Blatt muß sich auch mal wieder wenden.«
»Das will ich schwer hoffen.«
»Lilly wird immer besser. Ist mir ein Rätsel, wie sie das macht.«
Lucy kam aus dem Badezimmer. »Mein Gott, ist mir schlecht. Mir ist ganz schwindelig.« Sie warf sich auf Dons Bett und streckte alle viere von sich. »Mir dreht sich alles.«

»Mach einfach die Augen zu«, sagte ich.

Sie lag da, sah mich an und stöhnte. Don und ich tranken noch einiges Bier. Dann sagte ich ihm, daß ich wieder los mußte.

»Bleib gesund«, sagte er.

»Machs gut«, sagte ich.

Ich fuhr los, und er stand schwankend vor seiner Tür und sah mir nach.

Ich wälzte mich im Bett herum und nahm den Hörer ab.

»Hallo?«

Es war Lucy.

»Tut mir leid wegen gestern abend. Ich hab den Wein zu schnell getrunken. Aber ich war ein braves Mädchen und hab das Badezimmer aufgewischt. Don ist ein netter Bursche. Ich mag ihn sehr. Vielleicht kauf ich ihm eins von seinen Bildern ab.«

»Gut. Er kann die Knete gebrauchen.«

»Du bist mir nicht böse, oder?«

»Weshalb denn?«

Sie lachte. »Ich meine, weil mir schlecht wurde und alles.«

»In Amerika wird jedem ab und zu mal schlecht.«

»Ich bin keine Trinkerin.«

»Das weiß ich.«

»Ich bin das ganze Wochenende zu Hause, falls du mich sehn willst.«

»Nee, will ich nicht.«

»Du bist mir nicht böse, Larry?«

»Nein.«

»Na dann – tschüs.«

»Tschüs.«

Ich legte den Hörer auf die Gabel und versuchte weiterzuschlafen. Wenn mein Glück am Wettschalter anhielt, würde ich mir ein neues Auto kaufen und nach Beverly Hills ziehen. Wieder klingelte das Telefon.

»Hallo?«

Es war Don.

»Gehts gut?« fragte er.

»Ja. Und bei dir?«

»Alles bestens.«

»Ich hab vor, nach Beverly Hills zu ziehen.«

»Hört sich ja toll an.«

»Ich will näher bei meiner Tochter sein.«

»Wie gehts deiner Tochter?«

»Sie macht sich fabelhaft. Sie hat sämtliche Qualitäten. Innerlich und äußerlich.«

»Hast du von Lucy gehört?«

»Grade mit ihr telefoniert.«

»Sie hat mir einen runtergelutscht.«

»Und? Wie wars?«

»Es ist mir nicht gekommen.«

»Schade.«

»Es ist nicht deine Schuld.«

»Na hoffentlich.«

»Also du bist gut drauf, Larry?«

»Glaub schon, ja.«

»Okay, laß wieder von dir hören.«

»Klar. Wiedersehn, Don.«

Ich legte auf und schloß die Augen. Es war erst viertel vor elf, und ich schlief regelmäßig bis Mittag. Das Leben ist so gut zu einem, wie man es läßt.

Gottesanbeterin

Angel's View Hotel. Marty gab dem Mann an der Rezeption das Geld, nahm den Schlüssel an sich und ging die Treppe hoch. Draußen war es schon dunkel, und Marty war in keiner guten Stimmung. Zimmer 222. Was hatte das zu bedeuten? Er ging rein und knipste das Licht an. Kakerlaken krochen unter die Tapete und nagten und raschelten und kauten. Es gab ein Telefon im Zimmer, ein Münztelefon. Er warf 10 Cents ein und wählte ihre Nummer. Sie meldete sich. »Toni?« fragte er.

»Ja, hier ist Toni...«

»Toni, ich dreh durch.«

»Ich hab doch gesagt, ich treff mich mit dir. Wo bist du jetzt?«

»Im Angel View, Sechste und Coronado, Zimmer 222.«

»In zwei Stunden, okay?«

»Kannst du nicht gleich kommen?«

»Hör mal, ich muß die Kinder rüber zu Carl bringen, und anschließend will ich bei Jeff und Helen vorbeischauen, wir haben uns schon Jahre nicht mehr gesehen...«

»Herrgott, Toni, ich liebe dich! Ich will dich *jetzt* sehen!«

»Vielleicht könntest du dich von deiner Frau endlich mal scheiden lassen...«

»Diese Dinge brauchen *Zeit*.«

»Ich seh dich in zwei Stunden, Marty.«

»Hör zu, Toni...«

Sie legte auf.

Marty ging zum Bett und setzte sich auf die Kante. Diese Affäre würde seine letzte sein. Es schlauchte ihn einfach zu sehr. Frauen waren stärker als Männer. Sie wußten immer den richtigen Dreh. Ihm fiel nie einer ein.

Es klopfte an die Tür. Er ging hin und machte auf. Es war

eine Blondine von Mitte dreißig in einem ausgefransten blauen Hauskleid. Ihr Lidschatten war sehr violett, ihre Lippen waren stark geschminkt. Sie roch leicht nach Gin.

»Sagen Sie, es macht Ihnen doch nichts aus, wenn ich meinen Fernseher laufen lasse, oder?«

»Nein, schon gut. Machen Sie nur.«

»Der Kerl, der vor Ihnen das Zimmer hatte, war irgendwie nicht ganz dicht. Kaum hatte ich den Fernseher an, da fing er schon an, gegen die Wand zu hämmern.«

»Mir macht es nichts aus, wenn Ihr Fernseher läuft.« Er schloß die Tür. Er fischte seine vorletzte Zigarette aus der Packung und zündete sie an. Diese Toni. Wenn er doch nur von ihr loskäme. Wieder klopfte es an die Tür. Es war noch einmal die Blondine. Ihre Augen waren fast so violett wie der Lidschatten. Es war kaum vorstellbar, aber es sah aus, als hätte sie noch eine weitere Schicht Lippenstift aufgetragen.

»Ja?« sagte Marty.

»Wissen Sie, was bei den Gottesanbeterinnen das Weibchen tut, wenn sie am Machen sind?«

»Was am Machen?«

»Ficken.«

»Was tut sie denn?«

»Sie beißt ihm den Kopf ab. Während sie's machen, beißt sie ihm den Kopf ab. Naja, ich schätze, es gibt noch schlimmere Arten, wie man sterben kann – meinen Sie nicht?«

»Yeah«, sagte Marty. »Krebs, zum Beispiel.«

Die Blondine kam herein und machte die Tür hinter sich zu. Sie ging zum einzigen Sessel im Zimmer und setzte sich. Marty setzte sich aufs Bett. »Hat es Sie erregt, als ich ›ficken‹ sagte?« wollte sie wissen.

»Ein bißchen, ja.«

Sie stand auf, kam zu ihm ans Bett, beugte sich herunter, bis ihr Gesicht dicht vor seinem war, und sah ihm in die Augen. »*Ficken, ficken, ficken!*« sagte sie. Sie kam noch etwas näher und sagte es noch einmal: »FICKEN!« Dann ging sie zurück zum Sessel und setzte sich wieder.

»Wie heißen Sie?« fragte Marty.

»Lilly. Lilly LaVell. Ich war mal Stripperin im Burbank.«

»Ich bin Marty Evans. Freut mich, Ihre Bekanntschaft zu machen.«

»*Ficken*«, sagte sie langsam und mit Nachdruck. Sie ließ ihre Zungenspitze zwischen den geöffneten Lippen sehen.

»Sie können Ihren Fernseher jederzeit anstellen«, sagte Marty.

»Kennen Sie das von der Schwarzen Witwe?«

»Ich weiß nicht.«

»Na, dann sag ichs Ihnen. Wenn sie damit fertig sind – mit dem *Ficken* – frißt sie ihn bei lebendigem Leib.«

»Oh«, sagte Marty.

»Aber es gibt auch noch schlimmere Arten, wie man sterben kann, meinen Sie nicht?«

»Sicher. Zum Beispiel an Lepra.«

Die Blondine stand auf und ging im Zimmer auf und ab. »Neulich abends war ich auf dem Freeway unterwegs, ich hatte einiges getrunken, und aus dem Autoradio kam ein Hornkonzert von Mozart, das ging mir richtig durch und durch. Da fahr ich mit hundertvierzig Sachen durch die Gegend und lenke mit den Ellbogen und hör mir dieses Hornkonzert an – können Sie das glauben?«

»Sicher. Ich glaubs Ihnen.«

Lilly blieb stehen und schaute Marty an. »Glauben Sie auch, daß ich ihn in den Mund nehmen und Sachen mit Ihnen machen kann, die noch kein Mann erlebt hat?«

»Tja, ich weiß nicht recht, was ich glauben soll.«

»Na, ich kanns aber. Ich kanns...«

»Ich finde Sie ganz nett, Lilly, aber ich treffe mich hier in einer Stunde mit meiner Freundin.«

»Na, dann bring ich Sie schon mal in Schwung für sie.«

Lilly ging zu ihm hin, zog ihm den Reißverschluß auf und holte seinen Penis aus dem Schlitz der Unterhose.

»Oh, ist der niedlich!«

Sie feuchtete ihren rechten Mittelfinger an und rieb ihm damit an der Eichel herum.

»Aber er ist ganz violett!«
»Genau wie dein Lidschatten...«
»Oh, er wird ja so groß!«

Marty lachte. Eine Kakerlake kroch hinter der Tapete hervor und peilte die Lage. Eine zweite folgte ihr. Sie ließen ihre Fühler kreisen. Plötzlich stülpte Lilly ihre Lippen über seinen Penis und begann zu saugen. Ihre Zunge war fast so rauh wie Sandpapier und schien die richtigen Stellen zu kennen. Marty schaute auf sie herunter und wurde sehr erregt. Er wühlte mit beiden Händen in ihrem Haar und gab gepreßte Laute von sich. Dann biß sie plötzlich zu. Der Schmerz war so fürchterlich, als beiße sie ihm das Glied mitten durch. Sie zuckte jäh mit dem Kopf nach oben, ohne mit den Zähnen locker zu lassen, und riß ihm ein Stück von der Eichel ab. Brüllend vor Schmerz wälzte sich Marty auf dem Bett hin und her. Die Blondine stand auf und spuckte aus. Blut und Fleischfetzen klatschten auf den Teppich. Dann ging sie aus der Tür, machte sie hinter sich zu und war verschwunden.

Marty zerrte den Bezug vom Kopfkissen und hielt ihn an seinen Penis. Er hatte Angst, nach unten zu schauen. Er spürte seinen hämmernden Puls im ganzen Körper. Vor allem da unten. Er merkte, wie sich das Blut durch den Kopfkissenbezug drückte. In diesem Augenblick klingelte das Telefon.

Es gelang ihm, vom Bett aufzustehen, an den Apparat zu gehen und den Hörer abzunehmen. »Yeh?« »Marty?« »Yeh?« »Hier ist Toni.« »Ja, Toni...« »Du klingst so komisch...« »Ja, Toni...« »Ist das alles, was du sagen kannst? Ich bin jetzt bei Jeff und Helen. Ich komm dann so in einer Stunde.« »Ja, gut.« »Sag mal, was ist denn mit dir? Ich dachte, du liebst mich?« »Ich weiß nicht mehr so recht, Toni...« »Ach, dann rutsch mir doch den Buckel runter!« sagte sie wütend und legte auf.

Marty tastete seine Taschen nach einem 10-Cent-Stück ab, fand eines und steckte es in den Schlitz. »Vermittlung? Ich brauche einen Krankenwagen. Kann auch ein privates Unternehmen sein, aber es muß schnell gehen. Ich glaube, ich verblute...«

»Haben Sie schon mit Ihrem Arzt gesprochen, Sir?«

»Hören Sie, besorgen Sie mir *bitte* einen Krankenwagen!«

Im Zimmer nebenan saß die Blondine vor ihrem Fernseher. Sie beugte sich vor und drückte auf den Knopf. Die Dick Cavett Show fing gerade an.

Der Riß

Frank steuerte den Wagen auf den Freeway und fädelte sich in den Feierabendverkehr ein. Er hatte einen Job als Lagerarbeiter bei der American Clock Company und machte die Arbeit jetzt schon seit sechs Jahren. So alt war er in einem Job noch nie geworden, und mittlerweile machte ihn die stumpfsinnige Maloche richtig fertig. Doch ohne College-Abschluß und bei einer Arbeitslosenrate von zehn Prozent hatte er mit seinen 42 Jahren keine andere Wahl. Es war sein fünfzehnter oder sechzehnter Job. Sie waren alle grauenhaft gewesen.

Frank war müde. Er wollte möglichst rasch nach Hause und sich bei einem Bier entspannen. Er wechselte mit seinem VW auf die Überholspur, doch dann war er sich gar nicht mehr so sicher, daß er auf schnellstem Weg nach Hause wollte. Denn dort wartete Fran auf ihn. Vier Jahre ging das schon.

Er wußte, was ihm bevorstand. Fran konnte sich nicht beherrschen und mußte jedesmal prompt über ihn herziehen. Wenn er zur Tür hereinkam, wartete er schon darauf. Herrgott, sie konnte es nicht erwarten, auf ihm rumzuhacken. Und wenn sie erst mal angefangen hatte, ging es Schlag auf Schlag.

Frank wußte, daß er ein Versager war. Es war nicht nötig, daß Fran ihn ständig daran erinnerte und mit der Nase darauf stieß. Man hätte meinen sollen, daß zwei Menschen, die zusammenleben, sich gegenseitig helfen. Aber nein, sie gewöhnten sich das Mäkeln und Kritisieren an. Er kritisierte sie, sie kritisierte ihn. Sie waren alle beide Versager. Jetzt ging es nur noch darum, wer sich sarkastischer darüber auslassen konnte.

Und Meyers, dieser Mistkerl. Zehn Minuten vor Feierabend war er nach hinten in die Versandabteilung gekommen und hatte Frank beharrlich gelöchert...

»Frank.«

»Ja?«

»Machen Sie auch überall Aufkleber mit VORSICHT GLAS drauf?«

»Ja.«

»Packen Sie auch alles gut ein?«

»Ja.«

»Unsere Kunden beschweren sich immer häufiger, daß eine Lieferung in Scherben ankommt.«

»Wahrscheinlich läßt sichs nicht vermeiden, daß auf dem Transport mal was kaputtgeht.«

»Sie sind ganz sicher, daß Sie alles ordentlich verpacken?«

»Ja.«

»Vielleicht sollten wir die Spedition wechseln.«

»Die sind alle gleich.«

»Na, ich möchte aber, daß sich das bessert. Ich will weniger Schadensmeldungen.«

»Ja, Sir.«

Meyers hatte einmal in der American Clock Company das Sagen gehabt, doch Trunksucht und eine gescheiterte Ehe hatten ihn ruiniert. Er hatte den größten Teil seines Aktienpakets verkaufen müssen und war jetzt nur noch zweiter Geschäftsführer. Seit er das Trinken aufgegeben hatte, war er immer gereizt. Ständig versuchte er Frank zu nerven und zu einem Wutausbruch zu provozieren, um ihn feuern zu können. Es gab nichts Schlimmeres als einen bekehrten Säufer und einen wiedergeborenen Christen, und Meyers war beides.

Frank, immer noch auf der Überholspur, schloß zu einem alten Wagen auf. Es war ein ziemlich rostzerfressener Sechszylinder, ein Benzinsäufer, und aus dem Auspuff quollen rußige Schwaden. Die stark verbeulten und eingedellten Kotflügel hingen lose und klapperten. Die Lackierung war fast vollständig hin und die ursprüngliche Farbe nicht mehr zu erkennen. Man sah nur noch ein rostiges Grau.

All das machte Frank nichts aus. Was ihn ärgerte, war die Tatsache, daß der Wagen zu langsam fuhr – genau im gleichen Tempo wie der Wagen daneben auf der mittleren Spur. Frank sah auf seinen Tacho: Sie fuhren alle 80. Warum?

Nun, wenn er an Fran dachte, die zu Hause auf ihn wartete, konnte es ihm eigentlich egal sein. Fran am einen Ende und Meyers am anderen. Zeit für sich allein hatte er nur auf der Fahrt von und zur Arbeit. Das waren die einzigen Stunden, wo ihn niemand nervte. Oder wenn er schlief.

Trotzdem behagte es ihm nicht, auf dem Freeway eingeklemmt zu sein. Es war nicht einzusehen. Er besah sich die beiden Burschen in dem Wagen vor ihm. Sie lachten und redeten aufeinander ein. Zwei junge Burschen, etwa 23 oder 24. Frank war froh, daß er ihr Geschwafel nicht anhören mußte. Die Typen gingen ihm langsam auf die Nerven.

Dann sah er seine Chance: Der Wagen rechts neben dem alten Sechszylinder legte ein wenig zu und setzte sich ab. Frank hängte sich hinter ihn. Er freute sich auf den Augenblick, wenn er Gas geben und die Lücke nutzen konnte. Wenigstens zu diesem kleinen Sieg würde es ihm reichen, nach einem schauderhaften Arbeitstag und mit der Aussicht auf einen ebenso schauderhaften Abend.

Doch als er gerade im Begriff war, vor der alten Karre wieder auf die Überholspur zu wechseln, trat der Kerl am Steuer aufs Gas und setzte sich wieder neben den Wagen, der vor Frank fuhr.

Frank steuerte hinter den beiden Strolchen zurück auf die Überholspur. Sie redeten und lachten immer noch. Er sah den Aufkleber, den sie an der hinteren Stoßstange hatten. JESUS LIEBT DICH.

Am Heckfenster war noch eine Plakette. THE WHO.

Na bitte, sie hatten Jesus, und sie hatten The Who. Warum zum Kuckuck konnten sie ihn nicht vorbeilassen?

Frank drückte drauf, bis er fast ihre Stoßstange berührte. Sie redeten und lachten weiter. Und fuhren genau im gleichen Tempo wie der Wagen rechts vor ihnen. Achtzig.

Frank schaute in den Rückspiegel. Hinter ihm, so weit er sehen konnte, reihte sich Wagen an Wagen.

Frank lenkte den VW auf die mittlere Spur, dann auf die rechte. Hier ging es rascher voran. Er überholte einen Wagen, hatte freie Bahn und gab Gas. In diesem Augenblick sah er links die alte Karre mit den beiden Strolchen herankommen. Sie setzten sich neben ihn. Frank sah auf den Tacho: 99. Er legte noch ein wenig zu. Die Kerle waren immer noch neben ihm. Warum hatten sie es jetzt auf einmal so eilig?

Frank trat das Gaspedal voll durch. Der VW machte nur 120. Bei Vollgas würde er den Motor oder das Getriebe ruinieren. Die beiden Strolche hielten mit, obwohl auch sie ihren Wagen zu Tode schinden mußten.

Er schaute nach links. Zwei blonde Bürschchen mit ein bißchen Bartflaum am Kinn. Ihre Gesichter so nichtssagend wie Truthahnärsche.

Der auf dem Beifahrersitz zeigte ihm den Finger.

Frank erwiderte das Zeichen. Als der Fahrer herübersah, zeigte er auch ihm den Finger. Dann zeigte er auf die nächste Ausfahrt. Die beiden nickten.

Er bog in die Ausfahrt, und sie folgten ihm. Als er an einer Ampel halten mußte, warteten sie hinter ihm. Dann bog er rechts ab und fuhr, bis er zu einem Supermarkt kam. Dort kurvte er über den leeren Parkplatz, und dann fiel ihm die Laderampe auf. Es war dunkel da hinten. Der Supermarkt war schon geschlossen, die Laderampe war verlassen, die stählernen Rolläden unten. Am hinteren Ende der Rampe hatte man leere Kisten aufgestapelt. Frank hielt vor den Stufen, stieg aus, schloß den Wagen ab und ging hinauf. Die Burschen parkten ihre alte Karre neben seinem VW, stiegen aus und kamen zu ihm hoch. Sie waren nicht besonders kräftig gebaut. Zusammen hatten sie ihm weniger als 15 Kilo voraus.

Der Kerl, der ihm den Finger gezeigt hatte, sagte: »So, du alter Kacker!« Er streckte die Hände in Karatehaltung aus und stürzte sich mit einem hohen schrillen Schrei auf ihn, wirbelte herum, versuchte aus der Drehung einen Tritt nach hinten, traf vorbei, kam auf die Füße und erwischte Frank mit der Handkante hinterm Ohr. Es war nicht mehr als ein Wischer. Frank wuchtete ihm die Rechte in den Magen. Mit seinen ganzen 105 Kilo dahinter. Der Kerl sackte zu Boden und hielt sich den Bauch.

Der andere zückte ein Schnappmeser und ließ die Klinge herausschnellen.

»Dir schneid ich deine mistigen Klöten ab!« sagte er zu Frank.

Frank wartete ab, während der Kerl herankam und sein Messer nervös von der einen Hand in die andere gleiten ließ. Er wich zurück, bis er die Kisten im Rücken spürte. Der Kerl kam in geduckter Haltung auf ihn zu und gab zischende Laute von sich. Als er zum Stoß ansetzte, griff Frank nach oben, packte eine Kiste und schleuderte sie dem Burschen ins Gesicht. Frank packte ihn am Arm, das Messer fiel zu Boden, und dann drehte er ihm den Arm auf den Rücken und drückte ihn nach oben, so weit es ging.

»Aua!« kreischte der Kerl. »Sie brechen mir den Arm!«

Frank ließ ihn los und trat ihn mit voller Wucht in den Hintern. Der Bursche stolperte nach vorn, hielt sich den Hintern und schlug der Länge nach hin. Frank hob das Messer auf, ließ die Klinge zurückschnalzen, steckte es ein und ging langsam zu seinem Wagen zurück. Als er einstieg und den Motor anließ, waren die beiden Kerle von der Rampe heruntergekommen und standen seitlich von ihm dicht beisammen. Sie beobachteten ihn mißtrauisch.

Plötzlich gab er Vollgas und fuhr genau auf sie zu. Sie konnten gerade noch zur Seite springen. Er tippte die Bremse an, fing den leicht schleudernden Wagen ab und fuhr vom Parkplatz herunter.

Erst auf dem Boulevard fiel ihm auf, daß seine Hände zitterten. Es war ein elend beschissener Tag gewesen. Der VW stotterte, als protestiere er gegen die Mißhandlung auf dem Freeway.

Dann sah Frank die Bar. *The Lucky Knight*. Vor dem Lokal gab es Parkplätze. Er stellte den Wagen ab, stieg aus und ging rein.

Frank setzte sich an die Bar und bestellte sich eine Flasche Budweiser. »Wo ist Ihr Telefon?«

Der Barkeeper zeigte es ihm. Es war hinten neben dem Durchgang zu den Toiletten. Er steckte 10 Cents rein und wählte die Nummer.

»Ja?« meldete sich Fran.

»Hör zu, Fran, ich komme heute ein bißchen später. Ich wurde aufgehalten.«

»Aufgehalten? Soll das heißen, du bist überfallen worden?«

»Nein, ich hatte ne Schlägerei.«

»Eine *Schlägerei*? Erzähl mir doch nichts! Du kannst nicht mal einen Strohsack umhauen!«

»Fran, verschon mich doch bitte mit diesen alten abgedroschenen Ausdrücken.«

»Na ist doch wahr! Du könntest keinen Strohsack umhauen!«

Er legte auf und ging zurück zu seinem Barhocker. Er setzte die Flasche an und trank einen Schluck.

»Ein Mann, der aus der Flasche trinkt, ist mir immer sympathisch«, sagte die Frau neben ihm. Sie war etwa 38, hatte Dreck unter den Fingernägeln, und ihr blondgefärbtes Haar war nachlässig hochgesteckt. Silberne Reifen baumelten an ihren Ohrläppchen, und ihr Mund war dick geschminkt. Sie leckte sich langsam über die Lippen und steckte sich eine Virginia Slim an.

»Ich bin Diana.«

»Frank. Was trinken Sie?«

»Er weiß schon...« Sie nickte dem Barkeeper zu, und der Mann griff nach einem Markenwhisky, den sie offenbar bevorzugte, und kam damit her. Frank nahm zehn Dollar aus der Brieftasche und legte sie auf die Bar.

»Sie haben ein faszinierendes Gesicht«, sagte Diana. »Was machen Sie so?«

»Nichts.«

»Genau die Sorte Mann, die mir gefällt.«

Sie hob ihr Glas, und während sie trank, drückte sie ihren Schenkel an ihn. Frank pulte mit dem Fingernagel das aufgeweichte Etikett von der Bierflasche. Als Diana ausgetrunken hatte, machte er dem Barkeeper ein Zeichen.

»Noch zwei.«

»Yeah, und was nehmen Sie?«

»Ich nehme ihres.«

»Was, Sie nehmen ihr den Drink weg?« sagte der Barkeeper. »Is ja allerhand!«

Sie lachten alle. Frank zündete sich eine Zigarette an, und der Barkeeper brachte die Flasche. Mit einem Mal sah es doch noch nach einem ganz brauchbaren Abend aus.

Volltreffer

Ich schätze, ich war damals so um die 28. Ich arbeitete nichts, aber ich hatte ein bißchen Geld, weil ich mit einigen Pferdewetten endlich mal durchgekommen war. Ich hatte ein paar Stunden in meinem möblierten Zimmer gesessen und getrunken. Jetzt war es neun Uhr abends, und mir war langweilig. Ich ging raus und latschte die Straße runter. Nach einer Weile kam ich zu der Bar, die gegenüber von meiner Stammkneipe lag, und aus irgendeinem Grund ging ich hinein. Das Lokal war wesentlich sauberer und vornehmer als meine Kneipe. Naja, dachte ich, vielleicht habe ich Glück und kann hier ein Klasseweib abschleppen.

Ich setzte mich an die Bar, einige Hocker von einer jungen Frau entfernt. Sie saß allein. Am hinteren Ende der Bar waren vier oder fünf Leute, Männer und Frauen, und der Barkeeper stand bei ihnen, unterhielt sich mit ihnen und lachte. Ich saß gut drei oder vier Minuten da, und der Barkeeper nahm keinerlei Notiz von mir. Er redete einfach weiter und lachte. Ich haßte diese Armleuchter. Sie konnten nach Herzenslust trinken, bekamen Trinkgelder, bekamen was fürs Bett, wurden angehimmelt. Sie kriegten alles, was sie wollten.

Ich nahm meine Packung Zigaretten aus der Tasche und klopfte mir eine heraus. Keine Streichhölzer. Auch keine auf der Bar. Ich wandte mich an die Lady.

»Verzeihung, haben Sie Feuer?«

Mißmutig kramte sie in ihrer Handtasche, brachte ein Streichholzbriefchen zum Vorschein und warf es mir hin, ohne mich anzusehen.

»Können Sie behalten«, sagte sie.

Sie hatte langes Haar und eine gute Figur. Sie trug eine Jacke aus Webpelz und einen kleinen Hut mit Pelzbesatz. Ich beobachtete sie, wie sie einen Zug an ihrer Zigarette machte, den Kopf nach hinten legte und den Rauch von sich blies, als wüßte sie mordsmäßig Bescheid. Ganz die Sorte, bei der es einen juckt, nach dem Gürtel zu greifen.

Der Barkeeper zeigte mir weiter die kalte Schulter.

Ich griff mir einen Keramik-Aschenbecher, hielt ihn einen halben Meter über die Bar und ließ ihn fallen. Das wirkte. Er kam her. Die Bohlen ächzten unter seinem Gewicht. Er war ein ziemlicher Brocken, vielleicht einsneunzig, 120 Kilo. Einiges Fett um den Bauch, aber breite Schultern, Quadratschädel, große Hände. Er stellte was vor. Wenn man sich nicht daran störte, daß er recht dämlich wirkte. Eine schweißnasse Haarsträhne hing ihm über das eine Auge.

»Doppelten Cutty Sark on the rocks«, instruierte ich ihn.

»Ihr Glück, daß Sie den Aschenbecher nicht kaputt gemacht haben«, sagte er.

»Ihr Glück, daß Sie's gehört haben«, gab ich zurück.

Die Bohlen knirschten und ächzten, während er nach hinten ging, um den Drink zu mixen.

»Hoffentlich mixt er mir jetzt keinen Mickey«, sagte ich zu der Frau im künstlichen Nerz.

»Jimmy ist anständig«, sagte sie. »Jimmy macht so was nicht.«

»Ich hab noch nie einen anständigen Kerl getroffen, der Jimmy heißt«, sagte ich.

Jimmy kam mit meinem Drink. Ich nahm einen 50-Dollar-Schein aus der Brieftasche und ließ ihn auf den Tresen fallen. Jimmy nahm ihn, hielt ihn ans Licht und sagte »*Shit!*«

»Was'n los, Boy?« fragte ich. »Noch nie 'n Fünfziger gesehn?«

Er ging damit zur Registrierkasse. Ich trank einen Schluck aus meinem Glas. Es war tatsächlich Whisky. Ohne Zusätze.

»Führt sich auf, als hätt' er noch nie einen Fünfziger gesehn«, sagte ich zu der Frau. »Ich hab *nur* Fünfziger bei mir.«

»Und nichts als Bullshit auf Lager«, sagte sie.

»Irrtum«, korrigierte ich sie. »Geschissen hab ich grad erst vor zwanzig Minuten.«

»Haa, haa...«

»Ich kann mir alles leisten, was du zu bieten hast.«

»Ist aber nicht zu verkaufen.«

»Was ist denn? Hast du 'n Vorhängeschloß dran? Falls ja, glaub nur nicht, daß jemand fragt, ob er den Schlüssel haben kann.«

Ich trank wieder einen Schluck.

»Auch 'n Drink?« fragte ich sie.

»Ich trinke nur mit Leuten, die ich mag.«

»Jetzt redest *du* aber Scheiße«, sagte ich.

Wo bleibt der Barkeeper mit dem Wechselgeld? dachte ich. Er läßt sich ein bißchen viel Zeit...

Ich wollte gerade nochmal den Aschenbecher fallen lassen, da kam er zurück. Die Bohlen knarzten unter seinen dämlichen Füßen.

Er legte mir das Wechselgeld hin. Ich sah es mir an, während er sich schon wieder entfernte.

»Hey!« schrie ich hinter ihm her.

Er kam zurück. »Was ist?«

»Sie haben mir auf zehn Dollar rausgegeben. Ich hab mit einem Fünfziger bezahlt.«

»Sie haben mir einen Zehner gegeben...«

Ich wandte mich an die Frau. »Sie haben es doch gesehen, nicht? Ich hab ihm fünfzig Dollar gegeben!«

»Sie haben Jimmy einen Zehner gegeben«, sagte sie.

»Scheiße, was soll das?« beschwerte ich mich.

Jimmy drehte sich um und ging weg.

»*Das ziehst du bei mir nicht ab!*« schrie ich ihm nach.

Er ging ungerührt weiter. Er stellte sich wieder zu der Clique am Ende der Bar, und alle fingen wieder an zu reden und zu lachen.

Ich saß da und überlegte. Die junge Frau in meiner Nähe

legte wieder den Kopf in den Nacken und ließ eine graue Rauchwolke aus ihrer Nase entweichen.

Sollte ich den Spiegel hinter der Bar einschlagen? In einem anderen Lokal hatte ich es schon einmal getan. Doch diesmal zögerte ich. Verlor ich etwa meinen Pep? Der Hundesohn hatte mich vollgepißt von oben bis unten, und alle hatten zugesehen...

Seine ruhige selbstsichere Art beunruhigte mich mehr als seine Statur. Er mußte noch etwas in petto haben. Eine Knarre unter der Bar? Er wollte mich nur zu etwas verleiten. Die Augenzeugen würde er alle auf seiner Seite haben.

Ich überlegte hin und her. Neben dem Ausgang gab es eine Telefonkabine. Ich ging hin, setzte mich rein, warf 10 Cents in den Schlitz und wählte aufs Geradewohl eine Nummer. Sie sollten denken, ich würde meine Kumpels anrufen, und die würden prompt erscheinen und das Lokal auseinandernehmen. Ich hörte das Zeichen am anderen Ende. Es hörte auf, als jemand den Hörer abnahm. Eine Frau meldete sich.

»Hallo?«
»Ich bins«, sagte ich.
»Sam? Bist du's?«
»Yeah. Paß auf...«
»Sam, es ist was Schreckliches passiert! Wooly ist überfahren worden.«
»Wooly?«
»Unser *Hund*, Sam! Wooly ist *tot*!«
»Ja, also jetzt paß mal auf! Ich bin im Red Eye! Weißt du, wo das ist? Gut. Setz dich ins Auto und schaff mir Lefty und Larry und Tony und Big Angelo her, und zwar schnellstens! Kapiert? Und Wooly bringst du auch mit!«

Ich legte auf und blieb sitzen. Ich überlegte, ob ich die Polizei anrufen sollte. Aber ich wußte schon, was dann passieren würde. Alle würden sich hinter den Barkeeper stellen, und ich würde in der Ausnüchterungszelle landen...

Ich verließ die Kabine, ging zurück zu meinem Barhocker

und trank mein Glas aus. Ich hob den Aschenbecher hoch und ließ ihn auf den Tresen knallen. Der Barkeeper sah zu mir her. Ich stand auf, streckte den Arm aus und zeigte ihm den Finger. Dann drehte ich mich um und ging hinaus. Sein Lachen und das Gelächter seiner Clique folgten mir.

Ich besorgte im Spirituosenladen zwei Flaschen Wein und ging ins Hotel Helen, schräg gegenüber von dem Lokal, in dem ich gewesen war. Ich hatte im Hotel eine Freundin, die wie ich an der Flasche hing. Sie war zehn Jahre älter als ich und arbeitete dort als Zimmermädchen. Ich ging zwei Treppen hoch, klopfte an ihre Tür und hoffte im stillen, daß sie allein war.

»Baby«, rief ich zu ihr rein, »ich hab Ärger. Ich bin gelinkt worden...«

Die Tür ging auf. Betty war allein, und sie hatte mehr Schlagseite als ich.

Ich ging hinein und machte die Tür hinter mir zu.

»Wo hast du deine Gläser?«

Sie zeigte darauf. Ich schraubte eine der beiden Flaschen auf und goß zwei Gläser voll. Sie setzte sich auf die Bettkante, und ich ließ mich in ihren Sessel fallen. Ich gab ihr die Flasche rüber. Sie zündete sich eine Zigarette an.

»Ich hasse diesen Laden, Benny. Warum wohnen wir nicht mehr zusammen?«

»Du hast angefangen, dich auf den Straßen rumzutreiben, Baby. Du hast mich wahnsinnig gemacht.«

»Na, du weißt ja, wie ich bin.«

»Yeah...«

Betty nahm ihre Zigarette aus dem Mund und drückte sie geistesabwesend in ihr Bettlaken. Ich sah, wie sich der Rauch hochkringelte. Ich stand auf und zog ihr die Hand hoch. Auf der Kommode stand ein Teller. Ich ging hin und holte ihn. Er war mit Essensresten verkrustet. Es sah nach dem Rest einer Tamale aus. Ich stellte den Teller neben ihr aufs Bett.

»Da hast 'n Aschenbecher...«
»Weißt du, du fehlst mir so«, sagte sie.
Ich trank mein Glas aus und goß es mir wieder voll. »Schau her, ich bin da drüben beim Wechselgeld für einen Fünfziger beschissen worden.«
»Wie kommst *du* zu fünfzig Dollar?«
»Spielt jetzt keine Rolle, ich hatte sie eben. Der Schweinepriester hat mich gelinkt...«
»Warum hast du ihm nicht die Fresse poliert? Hast du Angst? Das ist Jimmy. Die Frauen sind ganz verrückt nach ihm. Jede Nacht, wenn die Bar schließt, geht er hinten auf den Parkplatz und singt ihnen was vor. Sie stehn um ihn rum und hören zu, und dann nimmt er jedesmal eine mit nach Hause.«
»Er ist nichts als ein Stück Scheiße...«
»Er hat mal Football gespielt für Notre Dame.«
»Was soll der Scheiß? Hast du ne Schwäche für den Kerl?«
»Ich kann ihn nicht ausstehn.«
»Gut. Ich werd ihm nämlich den Sack platthauen.«
»Ich glaub, du traust dich nicht...«
»Schon mal erlebt, daß ich mich vor einer Schlägerei drücke?«
»Ich hab dich ein paar verlieren sehen.«
Ich überging diese Bemerkung. Wir tranken weiter und kamen auf andere Dinge zu sprechen. Ich weiß nicht mehr, um was es ging. Wenn sie sich nicht auf der Straße herumtrieb, war Betty ein ganz guter Kumpel. Sie hatte Verstand, aber sie war immer durcheinander. Wie eben hoffnungslose Alkoholiker so sind. Ich konnte wenigstens ein oder zwei Tage aussetzen. Sie konnte nie aufhören. Es war traurig.
Wir redeten. Wir verstanden uns, und das machte das Zusammensein leicht. Gegen zwei Uhr morgens stand Betty auf und sagte: »Komm her, ich zeig dir mal was...«
Wir gingen ans Fenster, und da drüben auf dem Parkplatz sahen wir Jimmy. Tatsächlich – er sang. Drei Mädchen standen bei ihm. Es wurde viel gelacht.

›Vor allem über mich und meine fünfzig Dollar‹, dachte ich.

Dann stieg eines der Mädchen mit ihm ins Auto. Die anderen beiden gingen weg. Nach einer Weile gingen die Scheinwerfer an. Dann startete er den Wagen und fuhr weg.

So ein Angeber, dachte ich. Ich mach die Scheinwerfer immer erst an, wenn der Motor läuft.

»Der Armleuchter hält sich für eine große Nummer«, sagte ich zu Betty. »Dem hau ich den Sack platt.«

»Dazu hast du nicht den Mumm«, meinte sie.

»Sag mal, hast du noch den Baseballschläger unter deinem Bett?« fragte ich.

»Yeah, aber den kann ich dir nicht geben.«

»Von wegen«, sagte ich und gab ihr zehn Dollar.

»Okay.« Sie holte ihn unter dem Bett hervor. »Hoffentlich triffst du auch richtig…«

In der folgenden Nacht war ich gegen zwei Uhr auf dem Parkplatz. Ich hockte hinter ein paar hohen Mülltonnen an der Seite des Gebäudes und hatte Bettys Baseballschläger in der Hand. Es war ein alter Redd Foxx Spezial.

Ich mußte nicht lange warten. Der Barkeeper kam mit seinen Mädchen heraus.

»Sing uns was vor, Jimmy!«

»Sing uns eins von *deinen* Liedern!«

»Na schön… meinetwegen«, sagte er.

Er machte seine Krawatte ab, verstaute sie in der Jackentasche, öffnete den obersten Knopf an seinem Hemd und sang den Mond an.

> »*I am the man you're waiting for…*
> *I am the man you must adore…*
> *I am the man who will fuck you on the floor…*
> *I am the man who will make you ask for more…*
> *… and more…*
> *… and more…*«

Die drei Mädchen applaudierten und lachten und drängten sich um ihn.

»Oh, Jimmy!«

»Oh, Jimmy!«

Er machte einen Schritt zurück und musterte die drei. Sie warteten. Schließlich sagte er: »Okay, heute nacht ist es... Caroline.«

Die beiden Verlierer sanken ein wenig in sich zusammen, senkten gottergeben das Haupt und gingen langsam über den Parkplatz davon. Als sie am Boulevard waren, drehten sie sich um und winkten Jimmy und Caroline zu.

Caroline war einigermaßen beschickert und stand schwankend auf ihren hohen Absätzen. Sie hatte eine gute Figur. Langes Haar. Irgendwie kam sie mir bekannt vor.

»Du bist ein richtiger Mann, Jimmy«, sagte sie. »Ich liebe dich.«

»Quatsch. Du willst mir nur einen runterlutschen, du Luder.«

»Ja, das auch, Jimmy!« Caroline lachte.

»Du wirst mir gleich jetzt einen runterlutschen«, sagte Jimmy. Seine Stimme klang plötzlich gemein.

»Nein, Jimmy... warte doch... das geht mir zu schnell.«

»Du sagst, du liebst mich, also lutsch mir auch einen runter.«

»Nein, warte...«

Jimmy war ziemlich betrunken. Mußte er wohl auch sein, um sich so aufzuführen. Es gab nicht viel Licht auf dem Parkplatz, aber es war keineswegs so dunkel, daß man nichts gesehen hätte. Nun, manche Kerle waren eben abartig und machten es gern in aller Öffentlichkeit.

»Du lutschst mir einen runter, du Luder, und zwar gleich...«

Er zog sich den Reißverschluß runter, packte sie an ihren langen Haaren und drückte ihr den Kopf nach unten. Ich hatte den Eindruck, daß sie es machen würde. Sie schien nachzugeben.

Plötzlich brüllte Jimmy. Und wie.

Sie hatte ihm reingebissen. Er zerrte sie an den Haaren hoch und schlug ihr die Faust ins Gesicht. Dann rammte er ihr das Knie in den Unterleib. Sie fiel hin und regte sich nicht mehr.

Die ist k.o., dachte ich. Vielleicht schleife ich sie hinter die Mülltonnen und besorge es ihr, wenn er weg ist...

Verdammt, der Kerl macht mir Angst. Ich beschloß, mich nicht von der Stelle zu rühren. Ich hielt mich an meinem Baseballschläger fest und wartete darauf, daß er endlich verschwand.

Ich sah, wie er sich den Reißverschluß hochzog und wie auf Eiern zu seinem Wagen ging. Er schloß die Fahrertür auf, stieg ein und saß eine Weile da. Dann leuchteten die Scheinwerfer auf, und der Motor sprang an.

Er saß nur da und ließ den Motor aufheulen.

Dann sah ich ihn aussteigen. Der Motor lief noch. Die Scheinwerfer waren an. Er kam vorne um den Wagen herum, in meine Richtung.

»Ich seh dich... verdammt, wer ist da hinter den Mülltonnen? Ich... seh dich... komm da raus!«

Er kam auf mich zu. Im fahlen Mondschein wirkte er wie eine schauerliche Kreatur aus einem billigen Horrorfilm.

»Du verschissene Wanze!« schrie er. »Dich tret ich platt!«

Jetzt war er heran. Ich saß hinter den Mülltonnen in der Falle. Ich hob den Redd Foxx und schlug ihm das Ding mitten auf den Schädel.

Er fiel nicht um. Er blieb einfach stehen und starrte mich an. Ich verpaßte ihm noch einen Schlag. Es war wie in einer alten Stummfilmkomödie. Er blieb einfach stehen und schnitt mir eine gruselige Grimasse.

Ich kam hinter den Mülltonnen hervor und machte mich auf den Heimweg. Er folgte mir.

Ich drehte mich um. »Laß mich in Ruhe«, sagte ich. »Vergessen wirs.«

»Dich mach ich alle, du Strolch!« sagte er.

Seine großen Pranken griffen nach meiner Kehle. Ich wich ihm aus und drosch ihm den Schläger aufs Knie. Es knallte wie ein Pistolenschuß. Er ging zu Boden.

»Vergessen wirs«, sagte ich. »Lassen wirs dabei.«

Er kroch mir auf Händen und Knien nach.

»Ich mach dich fertig, du Bastard!«

Ich schlug ihm das Holz mit aller Kraft ins Genick, und er streckte alle viere von sich. Er lag genau neben seiner bewußtlosen Freundin. Ich sah mir diese Caroline näher an. Es war die mit dem künstlichen Nerz. Ich entschied, daß ich doch keine Lust dazu hatte.

Ich lief hinüber zum Wagen des Barkeepers, schaltete die Scheinwerfer aus, stellte den Motor ab und warf die Schlüssel auf das Dach des Gebäudes. Dann lief ich zu den beiden reglosen Gestalten zurück und nahm Jimmys Brieftasche an mich.

Ich rannte vom Parkplatz, und nach ein paar Schritten auf der Straße sagte ich »*Scheiße!*« und rannte zurück – zu den Mülltonnen, wo ich meinen Whisky vergessen hatte. Eine Halbliterflasche in einer braunen Tüte. Ich steckte sie ein.

Ich ging bis zur nächsten Straßenecke, überquerte die Straße, entdeckte einen Briefkasten und schaute mich um. Kein Mensch zu sehen. Ich nahm das Geld aus der Brieftasche und warf sie in den Kasten.

Dann ging ich nach Norden, bis ich zum Hotel Helen kam. Ich stieg die Treppen hoch und klopfte an die Tür.

»Betty, ich bins! Benny! Mach auf, Menschenskind!«

Die Tür ging auf.

»Scheiße... was ist denn?« fragte sie.

»Ich hab einen Whisky.«

Ich ging rein und machte die Kette an die Tür. Sie hatte

sämtliche Lichter an. Ich machte die Runde und knipste die Lampen aus, bis das Zimmer dunkel war.

»Was ist los?« fragte sie. »Spinnst du?«

Ich fand ihre Gläser und goß mit zitternder Hand zwei Drinks ein.

Ich nahm sie am Arm und zog sie zum Fenster. Unten war bereits die Polizei da. Die Blaulichter rotierten.

»Verdammt, was ist passiert?« fragte sie.

»Jemand hat es Jimmy besorgt«, sagte ich.

Der Krankenwagen sauste heran, fuhr auf den Parkplatz und hielt. Sie luden zuerst das Mädchen ein. Dann Jimmy.

»Was ist mit dem Mädchen? Wer war das?« fragte Betty.

»Jimmy...«

»Und wer hat Jimmy erwischt?«

»Was spielt das für eine Rolle?«

Ich stellte mein Glas auf dem Fensterbrett ab, nahm das Geld aus der Tasche und zählte es. 480 Dollar.

»Da, Baby...« Ich gab ihr einen Fünfziger.

»Ach Gott, vielen Dank, Benny!«

»Nicht der Rede wert.«

»Muß ja unheimlich gut laufen auf dem Rennplatz.«

»Besser denn je, Baby...«

»Cheers!« sagte sie und hob ihr Glas.

»Cheers!« sagte ich und hob meines.

Wir stießen an und tranken ex, während der Krankenwagen rückwärts raussetzte und mit heulender Sirene in südlicher Richtung davonfuhr.

Wir waren nur noch nicht dran.

Seitensprung eines Amateurs

Es war ein angenehm warmer Abend auf der Rennbahn für Viertelmeilenrennen. Ted war mit 200 Dollar gekommen, und nach den ersten beiden Rennen waren daraus schon 530 geworden. Er kannte sich aus. Vielleicht hatte er sonst nicht viel los, aber bei Pferdewetten machte ihm keiner was vor. Er stand vor dem Totalisator und sah sich die Leute an. Sie hatten nicht die geringste Ahnung, wie man ein Pferd einschätzen mußte. Doch unbeirrt kamen sie mit ihren Träumen zur Rennbahn und ließen ihr Geld da. Als Lockmittel bot die Rennbahn fast in jedem Rennen eine $2-Exacta-Wette an. Das und die ›Pick-6‹. Ted spielte nie die Exacta oder Pick-6 oder das Daily Double. Er suchte sich das beste Pferd aus (was nicht unbedingt heißen mußte, daß es auch als Favorit gewettet wurde) und setzte immer nur auf Sieg.

Marie machte ihm wegen seiner Wettleidenschaft soviel Ärger, daß er nur zwei- oder dreimal in der Woche hinging. Er hatte seine Baufirma verkauft und sich vorzeitig zur Ruhe gesetzt. Das Wetten war so ziemlich das einzige, was ihm jetzt noch Abwechslung bot.

Das Pferd Nr. 4, mit 6:1 gewettet, sah nach einem guten Tip aus. Aber bis zum Start waren es noch achtzehn Minuten. Jemand zupfte ihn am Ärmel.

»Entschuldigen Sie, aber ich habe die zwei ersten Rennen verloren, und ich hab gesehen, wie Sie Ihre Gewinntickets eingelöst haben. Sie sehen aus, als wüßten Sie, was Sie tun. Auf wen tippen Sie im nächsten Rennen?«

Es war eine Rotblonde von etwa 24. Sie hatte schmale Hüften, einen überraschend großen Busen, lange Beine, eine niedliche Stupsnase und einen vollen Mund. Sie trug ein hellblaues Kleid und weiße Stöckelschuhe. Ihre blauen Augen schauten zu ihm hoch.

»Tja«, sagte er mit einem Lächeln, »ich erwische meistens den Sieger.«

»Ich wette sonst nur auf der Galopprennbahn«, sagte die Rotblonde. »Diese Viertelmeilenrennen gehn so *schnell*.«

»Ja, die meisten sind in weniger als achtzehn Sekunden vorbei. Da weiß man ziemlich schnell, ob man richtig lag oder nicht.«

»Wenn meine Mutter wüßte, daß ich hier draußen mein Geld verspiele, würde sie mich mit dem Gürtel vertrimmen.«

»Das würde ich auch gern«, sagte Ted.

»Sie sind doch nicht einer von *denen*, oder?« fragte sie.

»War nur ein Scherz. Kommen Sie, gehn wir in die Bar. Vielleicht können wir einen Sieger für Sie austüfteln.«

»Ja, gern – Mister...?«

»Sagen Sie einfach Ted zu mir. Und wie heißen Sie?«

»Victoria.«

Sie gingen in die Bar. »Was nehmen Sie?« fragte Ted.

»Egal. Dasselbe wie Sie«, sagte Victoria.

Ted bestellte zwei Jack Daniels. Er kippte seinen, während sie an ihrem Glas nur nippte und unverwandt geradeaus schaute. Er besah sich ihren Hintern. Perfekt. Sie war besser als so ein verdammtes Starlet vom Film. Und sie sah auch nicht verwöhnt aus.

»Also«, sagte Ted und tippte mit dem Zeigefinger auf sein Rennprogramm, »im nächsten Rennen macht mir das Pferd Nr. 4 den besten Eindruck, und das bei 6:1...«

Victoria gab ein »Ooooh« von sich, das sehr sexy klang. Sie beugte sich zu ihm herüber, um in sein Programm zu sehen, und berührte ihn dabei mit dem Arm. Dann spürte er, wie sie ihren Schenkel an seinen drückte.

»Die meisten Leute wissen einfach nicht, wie sie ein Pferd einschätzen müssen«, erklärte er ihr. »Zeigen Sie mir einen Mann, der ein Pferd richtig bewerten kann, und ich zeige Ihnen einen, der so viel Geld gewinnen kann, daß es ihm aus sämtlichen Taschen quillt.«

Sie lächelte ihn an. »Ich wollte, ich hätte soviel drauf wie Sie.«

»Sie haben eine ganze Menge drauf, Baby. Noch einen Drink?«

»O nein, vielen Dank...«

»Na, dann sollten wir jetzt wetten gehen«, sagte Ted.

»Ist gut, ich setze zwei Dollar auf Sieg. Welches ist es – das Pferd Nr. 4?«

»Yeah, Baby, die Vier...«

Sie plazierten ihre Wetten und gingen nach vorn auf die Tribüne, um sich das Rennen anzusehen. Die Vier kam schlecht weg, wurde links und rechts gerempelt, fing sich wieder, lag an fünfter Stelle in einem Feld von neun Pferden, legte dann aber zu und ging Nase an Nase mit dem 2:1-Favoriten durchs Ziel. Das Zielfoto mußte entscheiden.

Verdammt nochmal, dachte Ted, ich *muß* dieses Rennen gewinnen. Bitte, laß mich nur noch dieses eine gewinnen!

»Oh, ich bin ja so aufgeregt!« sagte Victoria.

Auf der Anzeigetafel leuchtete die Nummer des Siegers auf: 4.

Victoria stieß einen Freudenschrei aus und hüpfte auf und nieder. »Wir haben gewonnen, gewonnen, *gewonnen*!«

Sie fiel Ted um den Hals und gab ihm einen Kuß auf die Wange.

»Kein Grund zur Aufregung, Baby«, sagte er. »Das beste Pferd hat gesiegt, das ist alles.«

Sie warteten auf die offizielle Bestätigung, und dann leuchtete die Quote des Siegers auf: $14.60.

»Wieviel haben Sie gesetzt?« fragte Victoria.

»Vierzig auf Sieg«, sagte Ted.

»Und wieviel kriegen Sie dafür?«

»Zweihundertzweiundneunzig Dollar. Gehn wir kassieren.«

Sie machten sich auf den Weg zu den Schaltern. Ted spürte, wie sie ihn an der Hand faßte und daran zog. Er blieb stehen.

»Beugen Sie sich ein bißchen runter«, sagte sie, »ich will Ihnen was ins Ohr flüstern.«

Ted beugte sich herunter und spürte ihre kühlen, pink geschminkten Lippen an seinem Ohr. »Sie sind... ein toller Mann... ich will mit Ihnen... ficken...«

Ted stand da und sah sie mit einem ungläubigen Grinsen an. »Mein Gott«, sagte er.

»Was ist? Haben Sie Angst?«

»Nein nein, das ist es nicht...«

»Was dann?«

»Marie... meine Frau. Ich bin verheiratet. Sie schaut immer auf die Uhr. Sie weiß, wann die Rennen zu Ende sind und wie lange ich für die Heimfahrt brauche.«

Victoria lachte. »Dann gehn wir eben *gleich*! Wir gehn in ein Motel!«

»Tja... gern«, sagte Ted.

Sie lösten ihre Gewinntickets ein und gingen hinaus auf den Parkplatz. »Wir nehmen meinen Wagen«, sagte Victoria. »Ich fahre Sie dann wieder her.«

Sie fanden ihren Wagen, einen 82er Fiat. Blau. Passend zu ihrem Kleid. Auch das Nummernschild paßte: VICKY stand darauf. Als sie den Schlüssel ins Türschloß steckte, zögerte sie. »Und Sie sind auch wirklich nicht einer von der Sorte?«

»Von welcher Sorte?«

»Einer von denen, die einen mit dem Gürtel schlagen? Meine Mutter hatte mal ein fürchterliches Erlebnis...«

»Keine Sorge«, sagte Ted, »ich bin ganz harmlos.«

Etwa anderthalb Meilen von der Rennbahn gab es ein Motel. *The Blue Moon*. Nur daß der ›Blaue Mond‹ einen grünen Anstrich hatte. Sie gingen rein, füllten das Meldeformular aus und bekamen Zimmer 302. Unterwegs hatten sie eine Flasche Cutty Sark erstanden.

Ted pellte die Gläser aus den Zellophanhüllen, zündete sich eine Zigarette an und goß zwei Drinks ein, während Victoria sich auszog. Slip und BH waren pink, und ihr Körper war rosig und weiß – ein märchenhafter Anblick. Es war doch erstaunlich, daß es immer mal wieder eine Frau gab, die so aussah, während alle anderen, jedenfalls die meisten, nichts oder so gut wie nichts darstellten. Es war zum Verrücktwerden. Victoria war eine Traumfrau, und der Traum verdrehte ihm den Kopf.

Sie war jetzt nackt, kam zu ihm her, setzte sich zu ihm auf den Bettrand und schlug die Beine übereinander. Ihre Brüste waren sehr fest, und sie schien schon richtig erregt zu sein. Er konnte sein Glück nicht fassen.

Sie kicherte.

»Was ist?« fragte er.

»Denkst du an deine Frau?«

»Nein, eigentlich habe ich an was anderes gedacht...«

»Naja, es wäre doch ganz normal, daß du dir Gedanken machst wegen deiner Frau.«

»Herrgott, *du* hast doch gesagt, wir sollen ficken!« sagte Ted.

»Ich hab das Wort nicht so gern...«

»Willst du etwa kneifen?«

»Ach was, nein. Hast du mal ne Zigarette für mich?«

»Klar...«

Ted zog eine Zigarette aus der Packung und gab ihr Feuer.

»Du hast einen Körper«, sagte Ted, »so was Schönes hab ich noch nie gesehen.«

»Das glaub ich dir gern«, sagte sie mit einem Lächeln.

»Hey, machst du vielleicht einen Rückzieher?«

»Natürlich nicht«, antwortete sie. »Zieh deine Sachen aus.«

Ted zog sich aus. Er fühlte sich fett und alt und häßlich, doch zugleich genoß er es auch, solches Glück zu haben. Es war in mehr als einer Hinsicht sein bisher bester Tag auf der Rennbahn gewesen. Er hängte seine Kleider über eine Stuhllehne, setzte sich neben Victoria und goß wieder zwei Drinks ein.

»Weißt du«, sagte er, »du bist Klasse, aber ich habe auch Klasse. Jeder von uns beiden zeigt es eben auf seine Art. Ich bin im Baugewerbe erfolgreich gewesen, und ich bin es immer noch, nur jetzt eben mit den Pferden. Den Instinkt hat nicht jeder.«

Victoria trank die Hälfte ihres Cutty Sark und schenkte ihm ein Lächeln. »Oh, du bist mein großer dicker Buddha!«

Ted trank sein Glas aus. »Hör zu, wenn du's nicht machen willst, lassen wirs. Vergiß es.«

»Laß doch mal sehn, was mein Buddha so hat...«

Er spürte eine Hand zwischen seinen Schenkeln. Sie bekam sein Ding zu fassen und befühlte es.

»O-oh... ich spüre was...«

»Klar«, sagte er. »Na und?«

Sie beugte sich herunter und gab ihm einen Kuß darauf. Dann spürte er, wie sich ihre Lippen öffneten und ihre Zunge herauskam.

»Du *Fotze*...«, sagte er.

Victoria hob den Kopf und sah ihn an. »Bitte sag nicht so schmutzige Sachen.«

»Schon gut, Vicky, schon gut. Keine schmutzigen Sachen.«

»Komm unter die Decke, Buddha!«

Ted kroch unter die Decke. Er spürte ihren Körper neben sich. Ihre Haut war kühl. Ihr Mund öffnete sich, und er küßte sie und drückte seine Zunge hinein. Es war ein wunderbares Gefühl. So frisch, so frühlingshaft, neu, aufregend, jung. Verdammt, es war einfach herrlich. Er würde es ihr richtig besorgen. Und wie! Er fingerte unten an ihr herum, und sie brauchte eine ganze Weile, doch schließlich gab sie nach. Er bohrte seinen Finger hinein. Jetzt hatte er das Luder soweit. Er rieb ihr den Kitzler. Wenn du Vorspiel willst – bitte sehr, dachte er, kannst du haben.

Sie biß ihn in die Unterlippe. Der Schmerz ging ihm durch und durch. Er leckte über die frische Wunde und schmeckte

Blut. Er richtete sich halb auf und schlug ihr links und rechts eine runter. Er drängelte ihn unten rein, rammte ihn hinein und preßte seinen Mund auf ihre Lippen. Er stieß und stieß in wilder Erregung, hob ab und zu den Kopf und sah sie an. Er versuchte es zurückzuhalten und in die Länge zu ziehen, und sooft er den Kopf hob, sah er im Mondschein diese Wolke von rotblondem Haar auf dem Kissen...

Ted schwitzte und stöhnte wie ein Schuljunge. Das war es. Das Nirwana. Der Ort aller Träume. Victoria blieb stumm. Sein Stöhnen wurde schwächer, und nach einer Weile rutschte er von ihr herunter.

Er lag auf dem Rücken und starrte in die Dunkelheit.

›Ich habe vergessen, ihr die Titten zu lutschen‹, dachte er. Dann hörte er ihre Stimme. »Weißt du, was?« fragte sie.
»Was?«
»Das erinnert mich an diese Viertelmeilenrennen.«
»Wie meinst du das?«
»In achtzehn Sekunden ist alles vorbei.«
»Wir machen noch ein Rennen, Baby«, sagte er.

Sie stand auf und ging ins Badezimmer. Ted wischte sich den Schwanz am Laken ab und kam sich vor wie ein alter Profi. Victoria hatte irgendwie einen gemeinen Zug, aber auch mit ihr konnte man fertig werden. Schließlich hatte er einiges drauf. Wie viele Männer in seinem Alter hatten ihr eigenes Haus und 150 000 Dollar auf der Bank? Er war ein Mann von Klasse, und das wußte sie auch verdammt gut.

Als sie aus dem Badezimmer kam, wirkte sie immer noch ganz cool und unberührt, fast jungfräulich. Ted knipste die Bettlampe an. Er setzte sich auf und goß noch einmal zwei Drinks ein. Sie setzte sich mit ihrem Glas auf den Bettrand, und er schwang die Beine heraus und setzte sich neben sie.

»Victoria«, sagte er, »ich könnte dir ein schönes Leben bieten.«

»Ja, ich nehm schon an, du hast den Bogen raus, Buddha.«
»Und im Bett werde ich auch noch besser.«

»Klar.«

»Du hättest mich erleben sollen, als ich noch jung war. Ich war ein Kerl mit Ecken und Kanten, aber ich war gut. Ich hatte es. Ich hab auch heut noch das Zeug dazu.«

Sie lächelte ihn an. »Na komm, Buddha, so schlecht gehts dir doch gar nicht. Du hast eine Frau, und du hast auch sonst noch allerhand.«

»Nur das nicht, was ich mir am meisten wünsche«, sagte er. Er wandte den Kopf und sah sie an.

»Deine *Lippe*! Du blutest ja!«

Ted schaute in sein Glas. Blut schwamm auf dem Whisky, und er spürte, wie es ihm vom Kinn herabtropfte. Er wischte es mit dem Handrücken ab.

»Ich geh unter die Dusche und mach mich frisch, Baby. Bin gleich wieder da.«

Er ging ins Badezimmer, zog die Schiebetür der Duschkabine auf, drehte das Wasser an und hielt prüfend die Hand darunter. Die Temperatur schien richtig zu sein. Er stellte sich rein, und das Wasser lief an ihm herunter. Er sah die hellrosa Schlieren des Bluts, das mit dem Wasser in den Abfluß strömte. So eine Wildkatze. Tja, die brauchte eine feste Hand.

Marie war schon in Ordnung, sie war ganz nett, aber eben irgendwie langweilig. Sie hatte ihren jugendlichen Elan verloren. Nun, dafür konnte sie nichts. Vielleicht fand er einen Weg, mit Marie zusammenzubleiben und sich Victoria nebenher zu halten. Mit Victoria fühlte er sich wieder jung, und so etwas hatte er verdammt nötig. Das und noch mehr solche guten Ficks. Natürlich, die Frauen waren alle verrückt und verlangten immer mehr, als da war. Sie begriffen nicht, daß eine Nummer im Bett keine glorreiche Erfahrung war, nur eine notwendige.

»Beeil dich, Buddha!« hörte er sie rufen. »Laß mich hier nicht ganz allein!«

»Bin gleich soweit, Baby!« rief er zu ihr hinaus.

Er seifte sich gründlich ein und wusch sich ab. Dann stieg er heraus, frottierte sich trocken und kam ins Zimmer zurück.

Das Zimmer war leer. Sie war fort.

Die Entfernung zwischen den Gegenständen, der Abstand zwischen vorhin und jetzt war erstaunlich. Auf einen Blick erfaßte er die Wände, den Teppich, das Bett, die beiden Stühle, den Couchtisch, die Kommode, den Aschenbecher, in dem noch die beiden Zigaretten qualmten. Die Entfernung zwischen diesen Dingen war riesig. Zwischen vorhin und jetzt lagen Lichtjahre.

Er rannte zum Wandschrank und zog die Tür auf. Nichts als leere Kleiderbügel.

Dann fiel ihm auf, daß auch seine Kleider verschwunden waren. Seine Unterwäsche, sein Hemd, die Hose, Autoschlüssel und Brieftasche. Sein Geld, seine Schuhe, seine Socken, alles.

Er bückte sich und schaute unters Bett. Auch nichts.

Auf der Kommode stand die halbleere Flasche Cutty Sark. Er ging hin und goß sich etwas ins Glas. Erst jetzt sah er, daß sie mit ihrem Lippenstift etwas auf den Spiegel über der Kommode geschrieben hatte: »GOODBYE BUDDHA!«

Ted trank das Glas aus, und als er es abstellte, sah er sich im Spiegel – sehr fett, sehr alt. Er wußte nicht mehr weiter.

Er ging mit der Flasche zum Bett und sank schwer auf die Matratze, wo er vor einer Weile noch mit Victoria gesessen hatte. Er setzte die Flasche an und trank, während der grelle Lichtschein der Neonreklamen vom Boulevard durch die staubigen Jalousien drang.

Regungslos saß er da, starrte hinaus und sah den Autos zu, die vorbeifuhren.